व्यंग्य प्रसंग

सम्पादक

अनूपमणि त्रिपाठी

redgrab
books

व्यंग्य प्रसंग (व्यंग्य संकलन)
संपादक - अनूपमणि त्रिपाठी

प्रकाशक : रेडग्रैब बुक्स
942, मुट्ठीगंज, इलाहाबाद-3 उत्तर प्रदेश, भारत
वेबसाइट - www.redgrabbooks.com
ईमेल- contact@redgrabbooks.com

संस्करण : प्रथम, जनवरी 2018

ISBN : 978-93-87390-16-4
आवरण : श्री कम्प्यूटर्स, इलाहाबाद
टाइप सेटिंग : श्री कम्प्यूटर्स, इलाहाबाद

संपादकीय

व्यंग्य इन दिनों

इन दिनों, व्यंग्य खूब लिखा जा रहा है और खूब पढ़ा जा रहा है। समकालीन परिदृश्य में यत्र तत्र सर्वत्र व्यंग्य बिखरा पड़ा है। जाहिर है विसंगतियों की उर्वरा भूमि (न चाहते हुए भी इसका प्रयोग करने को बाध्य होना पड़ रहा है।) दिनों-दिन फैलती जा रही है। ऐसे में एक मंच पर अलग-अलग स्वर, छटाएँ, भंगिमा यदि एक साथ रखी जाएँ, तो आज की राजनीतिक, सामाजिक और आर्थिक स्थितियों को बेहतर ढंग से समझा जा सकता है; जाहिर है व्यंग्य के माध्यम से... साथ ही साहित्य का संवर्धन तो है ही। व्यंग्य के माध्यम से ही समकालीन परिदृश्य को अच्छे से समझा-बूझा जा सकता है। तो वहीं इस संग्रह के जरिए समकालीन व्यंग्य परिदृश्य को भी अच्छे से जाना-बूझा जा सकता है। विसंगतियों, पाखण्डों को सामने लाने वाला व्यंग्य, रचनाओं की स्वयं क्या स्थिति है, इस किताब को पढ़कर जाना जा सकता है। व्यंग्य-प्रंसग के इस संग्रह को तैयार करने में सबसे चौंकाने वाली बात जो मेरे सामने आयी, वह यह कि साहित्य पर केन्द्रित खूब व्यंग्य रचनाएँ मिलीं, जिसकी झलक आप इस संग्रह में देखेंगे भी। पर इसका क्या अर्थ लगाया जाए। विषयों की कमी हो गयी है? नहीं, ऐसा नहीं है; साहित्य से इतर भी कई विषयों पर रचनाएँ मिलीं, जहाँ एक तरफ किसान है, तो दूसरी तरफ नेता; जहाँ एक तरफ धर्म है तो दूसरी तरफ आम आदमी। और हाँ, साथ में 'बीच का आदमी' भी; दिनेश बैस की रचना। फेसबुक पर विनोद कुमार विक्की का व्यंग्य है तो मोबाइल पर विनोद कुमार दवे का। 'चंदा और बिजली' पर शुभ्रांशु पाण्डेय अपनी कलम चलाते हैं तो भारत विनय, अपने व्यंग्य से 'फेल होने के फायदे' बताते दिखते है; फिर पूरी प्रखरता से मोहन लाल मौर्य 'मेरे अरमान कब पूरे होंगे' साहित्य पटल पर रखते हैं, अर्थात विषय वैविध्य भी है। साथ में यह भी सच है इस किताब 'व्यंग्य-प्रसंग' को तैयार करते वक्त साहित्य और स्वनामधन्य साहित्यकारों पर उम्मीद से ज्यादा व्यंग्य लेख आए। 'आदरणीय मठाध्यक्ष जी' श्री संजय पुरोहित। 'बौज्यू की किताबें ठिकाने लग गईं' गौरव त्रिपाठी। 'साहित्य में धाक और ढाक' जगदीश ज्वलंत। संतोष त्रिवेदी का व्यंग्य 'साहित्य के आकाश में सफल प्रक्षेपण' इत्यादि।

साहित्य पर इन दिनों खूब लिखे जाने का मतलब यह कि व्यंग्यकार किसी को नहीं बख्शता; चाहे वह स्वयं हो या उसके आस-पास की दुनिया। कबीर ने तो कब की मुनादी कर रखी है 'न काहू से दोस्ती न काहू से बैर। व्यंग्य, लोक कल्याण के भाव से लिखा जाता है; उसका लक्ष्य सुधार या परिवर्तन ही होता है, न कि किसी का उपहास उड़ाना। जहाँ व्यंग्य एक तरफ चेताता है, तो वहीं दूसरी तरफ चैतन्य भी करता है। व्यंग्य-प्रसंग को तैयार करते समय विषय वैविध्य का भी ध्यान रखा गया और प्रत्येक लेखक की दो रचनाओं का चयन किया गया, ताकि उसके लेखन का विविध पक्ष पाठकों के सामने आ सके।

कहना न होगा, आज राजनीति और धर्म का चोली-दामन का साथ हो गया है।

राजनीति, जनकल्याण से दूर तो धर्म के तथाकथित ठेकेदार कैसे उस राजनीति के सहभागी बनते जा रहे हैं, इस पाखण्ड को युवा व्यंग्यकार अलंकार रस्तोगी अपने आलेख 'न बाबा न' में किस तरह से अपने भाषायी कौशल से अनावृत करते हैं, *'हमारे देश में बाबागिरी का माहौल भी इस कदर अनुकूल है कि जब जागो तभी सवेरा और बना लो कहीं भी अपना डेरा, क्योंकि यहाँ हर बन्दे को बिना मेहनत किये नौकरी चाहिए, हर लड़के को हूर से नूर वाली बीवी की दरकार है। बीमारियों का इलाज या तो झोला छाप डाक्टरों के झोले में होता है या बाबाओं के थैले में।'* तो वहीं अजयश्री अपने व्यंग्य लेख 'नेता प्रशिक्षण केन्द्र' में... *'क्योंकि हर नेता लकझक सफेद आवरण पहनता है; वो हरदम विरोधी को दागदार और अपने को ईमानदार कहता है। सच कहता हूँ मित्रों, मेरा बेटा जो इस दुनिया को नहीं जानता, सीधी बातों का मतलब कितना घुमावदार होता है वो नहीं पहचानता; भला इन नेताओं को क्या समझेगा?'* नेता के जनविरोधी कृत्य की बहुत ही रोचक ढंग से पोल खोलते हैं।

अमित शर्मा युवा व्यंग्यकार हैं। हाल-फिलहाल वे खूब लिख रहे हैं। वे साहित्य में व्याप्त विसंगतियों की अच्छे से खबर लेते हैं - *'साहित्य के प्रति उनके समर्पण का आलम यह है कि जिस दिन वो साहित्य सृजन नहीं कर पाते' उस दिन बेचैन होकर साहित्य वमन करने लगते हैं। साहित्यिक और रचनात्मक ईमानदारी के मामले में चतुर्वेदीजी का हाथ बिल्कुल साफ है और इसी के चलते वो सभी सम्मानित पुरस्कारों पर हाथ साफ कर चुके हैं।'* (साहित्य का अग्निपथ, अमित शर्मा) तो वहीं आशीष आर्य 'ईक्षित', लोकतंत्र का मन्दिर कहे जाने वाले संसद के कर्णधारों को छुपे तौर पर धार्मिक सलाह भी दे जाते हैं कि मंदिर में जूता पहनकर जाया ही न जाये ताकि जूतमपैजार की नौबत ही न आये। एक बानगी देखिए! 'भारतीय संसद सत्रों का एक अहम हिस्सा बन चुकी इस चप्पल तकनीक में सच में कोई सारगर्भित प्रीत समायी है, तभी तो जब भी मौका मिलता है, नामी-गिरामी जगहों पर चप्पल के छोटे से छोटे वैविध्य प्रयोग को मीडिया तड़कीले-भड़कीले नमक-मिरचे के साथ कैमरा में कैद करता है। और एक खास बात, कि नेताओं की मूलतः सफेद वर्दी पर यह प्रायोगिक अस्त्र बड़ा फबता भी है।' (चाल चलती चप्पलें - आशीष आर्य ईक्षित)

इस संग्रह में कई युवा व्यंग्यकारों की रचनाएँ सम्मिलित हैं। कुछ में कौंध, कुछ में हास्य का पुट, तो कुछ में सब कुछ कह देने की त्वरित लालसा दीखती है। कुछ अनगढ़ भी रह जाता है तो कुछ भविष्य की ओर संकेत कर जाता है। परन्तु यह स्पष्ट है कि आज का युवा व्यंग्यकार किसी को नहीं छोड़ता। युवा व्यंग्यकार विनोद कुमार 'विक्की' तो व्यंग्यकारों पर ही व्यंग्य करते हुए दिखते हैं। 'व्यथा एक व्यंग्यकार की' में वे लिखते हैं कि अपनी कलम और रचनाओं की कॉपी को बक्से में बंद कर छज्जे पर रखते हुए मैं यही सोच रहा था कि *'क्या गलती सिर्फ रचनाकार की ही है, संपादक की कोई खता नही! क्या ससमय रचना स्वीकृति-अस्वीकृति के बारे में लेखक को सूचित करना संपादक का फर्ज नहीं है? यदि ऐसा होता तो क्यों मैं एक पत्रिका में स्वीकृत रचना को दूसरी पत्रिका में प्रेषित करता या*

फिर एक पत्रिका में अस्वीकृत रचना को अन्यत्र प्रयोग में ले आता?'' व्यंग्य हो या अन्य कोई विधा; शायद ही कोई लेखक बचा हो जो अस्वीकृति या गलती से दो जगह रचना छप जाने वाली खुशी या कभी-कभी संपादक से प्रसाद के रूप में मिलने वाली डाँट से अछूता रहा हो।

हम आम भारतीयों का चरित्र यह है कि खुद चाहे न कुछ कर पाएँ पर कुछ कर लेने का सुझाव झट दे देते हैं। आज सुझाव ज्यादा हैं, पर खुद अमल करने वाले कम। 'चंद सुझाव आपके नाम' में दिलबाग विर्क लिखते हैं, *'आखिर कोई किस-किस के उपदेश सुने और कितने उपदेश सुने, उपदेश की डोज पहले ही ओवर हो गई है, लेकिन डोज ओवर हुआ हो या नहीं, नए उपदेश सुनने सबको पड़ते हैं, चाहे आप इनको खुशी से सुनो या मजबूरी में। मैं भी सुनता हूँ, आप भी सुनते होंगे। जब हर कोई उपदेश दे रहा हो तो हम भागकर जाएँगे कहाँ।'* तो वहीं आज लोकतंत्र में ऐसे हालात हैं कि जहाँ सवाल उठाना खतरे से खाली नहीं। *'लोकतान्त्रिक देश में, 'लोक' का 'तन्त्र' पे सवाल उठाना शर्मनाक है। लोक का धर्म कि वह तन्त्र के कर्म के नीचे दबा रहे, तन्त्र से बस इतना पूछे, मालिक! कब, कहाँ, और कैसे जुतना है?' तन्त्र कहेगा, 'तू तो लोक है। सदैव जुतेगा; तेरा जन्म ही जुतने हेतु हुआ है...तू जुतेगा तो मेरी यानी तन्त्र की फसल अच्छी होगी...' ज्यादा से ज्यादा 'लोक' इतना ही कहेगा, 'मालिक थोड़ी देर के लिए उठ जाइए...आपके वजन से मेरा दम घुट रहा है... 'मालिक एक आदमी को मारकर खा जाएगा। अपना वजन और बढ़ा लेगा। लोक की याचना अस्वीकार करेगा। कहेगा, 'हम तुझे मरने नहीं देंगे'।* (सवालात न उठाना उन पर- अभिषेक अवस्थी) तंत्र की चक्की में पिसती जनता और उसके दोहन का उम्दा शब्दचित्रण करने का प्रयास किया गया है।

जहाँ आज देश उपग्रह छोड़ रहा है, वहीं सड़क जैसे मूलभूत संसाधन से वंचित है। आज भी हर चुनाव में सड़क मुद्दा बना रहता है। लेखिका नीलम कपूर जहाँ सड़क पर होने वाले राजनीति की पोल खोलती हैं, वहीं सड़क द्वारा उन प्रवृत्तियों को भी निशाने पर लेती हैं, जिसे हम जानकर भी अनजान रहते हैं। 'भारत एक उत्सवप्रधान देश है जिनमें शादी विवाह सर्वोत्तम उत्सव हैं। इसको प्रत्येक नागरिक जात-पाँत, धर्म-समाज या व्यवसाय का भेदभाव छोड़कर मनाता है। यदि भारत में सड़क न होतीं तो कितनों के यहाँ यह उत्सव मन न पाता, क्योंकि सड़क घेरकर बारात निकालने से लेकर, सड़क छेककर विवाह का शामियाना तानने तक शुभ-विवाह के सभी सत्कर्म यहीं किये जाते हैं। शामियाने की बाँस बल्ली की किल्ली ठोंकने से हुए गुच्चुक गड्ढे आदि सालों तक उस सड़क पर से गुजरने वालों को, जो कि उस विवाह में आमंत्रित भी नहीं थे, इस आयोजन की मधुर स्मृतियों का सहभागी बना देते हैं।' (भारत की सड़क : एक लघु निंबध - नीलकमल कपूर) लेखिका ने संभवतः उस संकेत को इतनी गहराई से आत्मसात कर लिया कि शायद ही कोई काम, जो भारतीय सड़कों पर किया जा सकता हो, छूट गया हो।

व्यंग्य में सारा खेल ही दृष्टि का है। आज दिशाभ्रम की स्थिति में तो यह देखना बहुत आवश्यक हो जाता है; जैसे वरिष्ठ व्यंग्यकार ब्रजेश कानूनगो 'ऐनक के बहाने' देखते हैं।

'कुछ देर वार्तालाप इसी तरह किसी घटिया टीवी सीरियल के संवादों की तरह चलता रहा। ऐसी स्थितियों में दोनों पक्ष बातचीत की निरर्थकता को जानते हुए भी इसकी औपचारिक अनिवार्यता को समझते हैं और ठीक उसी तरह विवश होते हैं जिस तरह परिवार के किसी सदस्य के निधन पर मातमपुरसी करने अथवा किसी बीमार के प्रति अस्पताल के पलँग के पास सहानुभूति प्रकट करते हुए होते हैं। यों कहें यह एक तरह की 'अनिवार्य विवशताएँ' होती हैं।'

उदारीकरण के बाद से देश में कई परिवर्तन हुए। एक तरफ समृद्धि के टापू बने तो दूसरी ओर किसानों के खुदकुशी करने का सिलसिला चला। इन विसंगतियों को परत दर परत छीलकर रख देते हैं वरिष्ठ व्यंग्यकार कमलेश पाण्डेय। वे लिखते हैं - *'ऐसा नहीं है कि खाली जमीन देखते ही किसान हल-बैल या ट्रैक्टर लेकर उस पर टूट पड़ता है; बल्कि उसे खेती करने के क्रम में कुछ और भी कर्म करने पड़ते हैं। सबसे पहले वह कर्ज लेता है... खेती करने से अन्न उपज जाता है, इसलिए किसानों पर अन्नदाता होने के आरोप लगते रहे हैं। यों खेतों में फल-सब्जियाँ-कपास आदि भी उगते हैं पर फलदाता कहलाने का एकाधिकार तो सरकार या ईश्वर ही के पास है।''* (खेती का विकास बनाम विकास की खेती - कमलेश पाण्डेय)

डा. संगीता गाँधी के दो लघु व्यंग्य हैं, दोनों ही अपने कथन और प्रभाव में बेजोड़। *'रहने दो गीता की आत्मा, मैं तुम्हारे ही मोहल्ले में रहती थी; सब जानती हूँ तुम्हारी करतूतें। सत्संग में सबकी चुगलियाँ करना तुम्हारी पूजा थी, व्रत में ठूँस ठूँस कर फल खाना... सब पता है। और जो बहू को लम्बी गाड़ी के लिए एक बार घर से निकाला था, एक पोती के बाद चुपचाप दूसरे शहर जाकर बहू का गर्भपात कराया; सारा मोहल्ला जानता था तुम्हारे कर्म।'* इस छोटी सी व्यंग्य रचना में लेखिका ने समाज के सबसे संवेदनशील पहलू जाति, भाषा, व्यवसाय आदि के आधार पर बिखरी और आत्माविहीन राजनेताओं की लच्छेदार कूटनीति की बिसात पर एक हो जाने वाली जनता का सटीक चित्रण करने की सफल कोशिश की है, तो वहीं 'भीख माँगना एक सरल व्यवसाय' में प्रियंका गुप्ता लिखती हैं - *'हमारे गुस्से से, डरने के बजाय वह भिखारी ही गुस्सा गया। हमें परे करके भड़ाक से पूरा दरवाजा खोलकर वह वहीं दरवाजे पर पालथी मारकर बैठ गया और फिर कटोरे को पटक कर बोला, 'काहे भाईऽऽऽ...हमें काहे को शरम आएगी? शरम क्या हमारी सखी है? अरे, हत्या, लूट, अपहरण करके शरम आती है किसी को? दूसरे की बहू-बेटियों की अस्मत खराब करते हुए शरम आती है किसी को? अपने ही घर में, अपने ही भाई-भतीजों, बाप की जेब या गला काटते शरम आती है किसी को? फिर खाली-पीली हमीं को शरम काहे आए।' आपको भी इतनी ही बेशर्मी से वोट माँगते नेतागण याद आ गए, मेरी तरह?*

- अनूपमणि त्रिपाठी
anoopmtripathi@gmail.com

अनुक्रम

अलंकार रस्तोगी

मोबाइल - 9838565890
ईमेल - rastogi.alankar@gmail.com
पुस्तकें - खुदा झूठ न लिखवाये, सभी विकल्प खुले हैं (दोनों व्यंग्य संग्रह)
पता - 448/733 बाबा बालक दास पुरम, ठाकुरगंज, लखनऊ

न बाबा न

इस घोर कलयुग में परम सतयुगी बाबाओं के चरम पर चल रहे बेशरम कामों की गरम शामों को देखकर अब अपना भी पापी मन इस कलम घिस प्रोफेशन को अलविदा कर बाबागीरी में कूदने को कुलबुला रहा है। यहाँ तो हम चाहे जितनी कलम घिस दें या फिर अपना इकलौता सिर ही कलम कर दें, रहेंगे फिर भी बेचारे तथाकथित लेखक ही। सौभाग्य से हमारे पास बाबागीरी के सारे मूलभूत तत्व भी प्रचुर मात्रा में उपलब्ध हैं; बोलने की कला यानि वोकल आर्ट में अपना चार्ट तो वैसे ही काफी ऊपर रहा है। कॉमर्स से लेकर काम-रस तक, पाप-पुन्य से लेकर पॉलिटिक्स तक अपनी महारत सबमें है। इन टॉपिक्स पर धारा प्रवाह बोलने की गवाह तो वैसे ही हमारे मोहल्ले की सारी पब्लिक रही है। अपनी वाणी से साधकों को लॉयल और दुनिया को कायल बनाने के लिए अब महज किसी धार्मिक चैनल के प्राइम टाइम स्लाट पर बैकग्राउण्ड म्यूज़िक और साउण्ड इफेक्ट्स के साथ एक धाँसू परफारमेन्स का सहारा लेना बाकी रह जाता है।

किसी ने खूब कहा है कि 'जो होता है अच्छा होता है'। अब अपना भूतकाल, जो हमें अभी तक भूत की तरह डराया करता था; रेप, मर्डर, चोरी, डकैती कर फालतू में हम भागे-भागे घूमते थे। बाबागीरी कर हमें इन पापों के प्रायश्चित का अवसर भी प्राप्त होगा और अपने अनुभवों से हम जनता को इन दुष्कर्म के मर्म से परिचित भी करा सकेंगे और फिर बाबागीरी के साथ अपना यह

साइड बिजनेस भी आराम से कर सकेंगे। अभी तक हमने अपने मोहल्ले के महज दो चार प्लाट ही कब्जियाये हैं। इस बाबागीरी से एक फायदा यह भी हो जायेगा कि अपनी जो तमन्ना देशभर में मैदान से लेकर हिल स्टेशन तक प्रॉपर्टी बनाने की थी, वह भी पूरी हो जायेगी। आश्रम की आड़ में दस-पन्द्रह हजार एकड़ जमीन तो आराम से अपने बाप की हो जायेगी। जिस डांस के कीड़े को शान्त करने के लिए हमें अपने यारों-दोस्तों की बारातों का सहारा लेना पड़ता था, अब कम से कम अपने साधकों-साधिकाओं के साथ इस शौक को रोज के रोज पूरा तो कर सकेंगे। ईश्वर भक्ति तो होगी ही, तन और मन की शक्ति भी मिल जायेगी। जिस होली को खेलने के लिए हमें न जाने कहाँ-कहाँ की भाभियाँ अरेंज करनी पड़ती थीं, अब बाबागीरी के बाद न जाने कितने लोग हमसे होली खेलने को खुद तरसेंगे। एक तरफ हमारे हाथ में हाईप्रेशर पिचकारी और दूसरी तरफ होली खेलने के लिए तड़पती पब्लिक। इस चार्म के वार्म की कल्पना आप भी कर सकते हैं।

अपनी बाबागीरी थोड़ी लेटेस्ट और हाईटेक टाइप की होगी। अपने सारे प्रवचन हमारे ब्लॉग पर उपलब्ध होंगे, ट्वीटर पर हमें फॉलो किया जा सकेगा और फेसबुक पर भी आप हमारा फेस देख सकेंगे। हमारे आशीर्वाद और प्रसाद, वेबसाइट पर ऑनलाइन होंगे और आप अपने डोनेशन थ्रू बाबाजी डॉट कॉम भेज सकेंगे। हम अपने कार्यक्रम पैसे देकर लगभग सारे न्यूज चैनलों में दिखाया करेंगे, ताकि हम पर किसी को न्यूज बनाने का मौका ही न मिले। हम भक्तों को समाधान भी नये तरीके से देंगे। कबड्डी खेलने से कैंसर से मुक्ति मिलेगी तो, सिरका चाटने से सरकारी नौकरी मिलेगी, काला पर्स रखने से पैसा बढ़ेगा। तो वहीं समोसे के साथ लाल चटनी खाने से मनचाहा वर मिल जायेगा। हाँ, इस बाबागिरी के चक्कर में हमें अपने चिकने-चुपड़े चेहरे पर झाड़ी रूपी दाढ़ी जरूर उगानी पड़ेगी। जीन्स टी-शर्ट के अलावा हमने कुछ छूकर नहीं देखा; अब उसी गेटप को बसंती चोले में कन्वर्ट करना पड़ेगा। खैर बहुत कुछ पाने के लिए कुछ-कुछ तो खोना ही पड़ेगा।

इस समय अपनी लोकप्रियता का ग्राफ बड़ों-बड़ों को साफ करता चला जा रहा है। अपनी इस लोकप्रियता और बढ़ती हुई ऐश को अपनी अगली सात पुश्तों के लिए कैश करने को अब हम कई तथाकथित देश भक्त टाइप की राजनीतिक पार्टियों के सम्पर्क में हैं। ईश्वर ने चाहा तो आपको प्रजातान्त्रिक

विवशता के विकल्प के रूप में हम जल्दी ही उपलब्ध हो जायेंगे। अभी तक तो हम आपका लोक और परलोक ही सुधारने का दावा करते थे, अब हम इससे अपना भी लोक और परलोक सुधार सकेंगे।

असीम प्रसन्नता की बात तो यह भी है कि अब इस बाबागिरी में महिलाओं ने भी सूत्रपात कर दिया है। अब महिलायें भी बराबरी से प्रवचन से प्रवचन मिलाकर इस मैदान में उतर सकती हैं। इसके कई फायदे होंगे; एक तो आपकी सजने-सँवरने की मुराद पूरी होगी, ऊपर से आपके भक्त आपके नाम के आगे भले ही माँ जैसा निरूपा राय का प्रतीक शब्द लगा दें, लेकिन आप अपनी चुलबुली हरकतें, मल्लिका शेरावत की तरह जारी रख सकती हैं। भक्तों के साथ नाच-गाना कर महिलायें अपने सांस्कृतिक कर्तव्य का पालन भी कर सकती हैं।

हमारे देश में बाबागिरी का माहौल भी इस कदर अनुकूल है कि जब जागो तभी सवेरा और बना लो कहीं भी अपना डेरा। क्योंकि यहाँ हर बन्दे को बिना मेहनत किये नौकरी चाहिए, हर लड़के को हूर से नूर वाली बीवी की दरकार है। हर दूसरा शख्स अपने पुश्तैनी मुकदमे झेल रहा है, हर इंसान तरक्की के लिए प्रगाढ़ मेहनत नहीं, बल्कि जुगाड़ तकनीक ज्यादा पसंद करता है। यहाँ लोग दिल से नहीं, बाबाओं के बिल से लोगों को जीतना ज्यादा पसंद करते हैं। यहाँ बीमारियों का इलाज या तो झोला छाप डॉक्टरों के झोले में होता है या बाबाओं के थैले में। हम इंसान होने की फितरत तो खुद पैदा कर नहीं पाते हैं और इंसानी जरूरत के लिए बाबाओं की शरण ढूँढ़ते हैं।

प्रतिमाओं में शापित प्रतिमान

उनको बहुत ज़ोरों की समाज सेवा लगी थी, जिसे रोक पाना अब उनके लिए मुश्किल ही नहीं, नामुमकिन भी हो रहा था। वे उस सटीक विकल्प की तलाश में थे, जिससे अपने उस अंदरूनी विकार को बाह्य आकार दे सकें। सारे परम्परागत और गैर परंपरागत विकल्पों पर विचार किया गया। हर विकल्प न चाहते हुए भी उन्हें उसी ओर ले गया, जिस ओर जनता का भला होने की संभावना बनती। इसमें यह समस्या थी कि यदि जनता का भला हो गया तो वह उनको भोला समझ भला आगे क्यों पूछती? जन सेवा के सारे विकल्पों और

उनके दुष्परिणाम पर विचार करने के बाद वह एक अद्भुत निष्कर्ष पर पहुँचे। उन्होंने तय किया कि मोहल्ले के जिस पार्क मे खेलकर बच्चे लोग नाहक ही अपना समय और ऊर्जा बरबाद करते हैं, उसी पार्क के बीचो-बीच वह एक महान व्यक्तित्व की प्रतिमा लगवाएँगे। उन महान व्यक्तित्व का एक जाति विशेष के प्रति संघर्ष, उस जाति विशेष के हर्ष का कारण बनकर उस जाति विशेष का समर्थन भी प्राप्त करवा देगा . उनकी प्रबल कर्मठता और राजनीति के सबल सम्बन्ध काम आये। सरकार के ज़िम्मेदार और ईमानदार अधिकारियों ने समाज का कल्याण और बाल हित के लिए मनचाही रकम निर्गत कर दी .

सरकारी रकम का निर्गत होना और आबरू के बाज़ार में खड़ी स्त्री एक समान होती है; हर कोई उसमे अपना हिस्सा माँगने लगता है। खैर, समुचित नोट–खसोट के बाद पार्क के बीच में एक बहुत बड़े बजट से अपेक्षाकृत एक कम बड़ी प्रतिमा स्थापित हो गयी। अब वह बहुत प्रसन्न थे, क्योंकि जिनकी प्रतिमा लगी थी, उनकी महिमा इतनी अपरम्पार थी, जो उन्हें इस बार के चुनाव की नैया पार लगाने में सहायक होने वाली थी। यदि ऐसा कहा जाये कि प्रतिमा के लगने से खेल में बाधा में पड़ी तो यह गलत होगा, क्योंकि खेल तो खेला ही जा रहा था; भले ही वह कैसे भी और किसी के द्वारा खेला गया हो। बड़ों के खेल में बच्चों का खेल बाधित होना भी यह दर्शाता है कि उन्हें इस देश में रहकर प्रजातान्त्रिक विवशता वाला खेल भी समझ आ जाना चाहिए।

खैर, प्रतिमा अपने कर्तव्यों का पूर्ण निष्ठा और अंतःकरण से निर्वहन कर रही थी। उसको स्थापित करने वाले साहब, राजनीति के जिस मुकाम पर जाना चाहते थे, वहाँ पर स्थापित हो चुके थे। पार्क में खेलने वाले बड़े बच्चों को अब अपना हमराज़ भी उस प्रतिमा के रूप में मिल चुका था। सारी प्रेम कहानियाँ बाकायदा दिल और तीर के निशान के साथ उसी प्रतिमा पर बयां की जाती थीं, जिसे देखकर छोटे बच्चे अपने सुखद भविष्य को लेकर कृत संकल्प हो चले थे। साँझ ढले उसी परम उद्धारक प्रतिमा के नीचे, परम नशेड़ी लोग अपना उद्धार करवाने पहुँच जाते। सही कहा गया है महान लोगों का जीवन जीते जी तो काम आता ही है उनके मरने के बाद भी समाज उससे लाभान्वित होता रहता है। उस प्रतिमा के सदुपयोगों की लिस्ट, सास–बहू वाले धारावाहिक की तरह बढ़ती चली जा रही थी। मोहल्ले के जितने भी आवारा कुत्ते थे, सबकी शरण-स्थली वही परम पवित्र स्थल बन चुका था। जितना स्नेह और आत्मीयता वह प्रतिमा

अब पा रही थी, शायद जीते जी उसमें बैठा हुआ व्यक्ति न पाया हो .पक्षियों ने तो उस प्रतिमा से इतना अधिक लगाव कर लिया था, कि लगता था यदि इस संसार में उस प्रतिमा का कोई वास्तव में शुभचिंतक है तो बस वही हैं। अपने समस्त नित्यकर्म तो उन्हें उस प्रतिमा के सान्निध्य में करने ही थे, बल्कि उन्होंने उस प्रतिमा के सर पर अपना घोंसला भी बनाकर अपनेपन की अप्रतिम मिसाल रखी थी। भले ही शहर में मकानों की कमी नहीं थी, लेकिन एक अदद घर उन पक्षियों को उस प्रतिमा में ही मिल पाया था। उस प्रतिमा के चारों तरफ ऊँची –ऊँची घास उग आई थी, मानो उसकी देखभाल करने वालों ने उसके चारों तरफ घास का सुरक्षा कवच बना दिया हो। अब तो वह घास इतनी दीर्घ हो चुकी थी कि लोग अपनी लघु शंका का निवारण भी उसमें करने लग गए थे।

अच्छा हुआ प्रतिमाएँ सीमेंट और मौरंग से बनती हैं और उनमें उबाल नहीं आता, वरना अपने इस सम्मान को देखकर उसका भी खून खौल ही जाता। अच्छा हुआ प्रतिमा की जेब में लगा हुआ कलम असली नहीं था, वरना तब क्या होता जब उसी कलम से लोग उन पर अपनी प्रेमिकाओं के लिए स्तुति गान लिख उस प्रतिमा की आत्मा का ही सर शर्म से कलम कर देते। अच्छा हुआ उस प्रतिमा की आँखों पर लगा चश्मा किसी ने चुरा लिया था, वरना जिन आँखों ने हमेशा विसंगति पर पैनी नज़र रखी, आज वही आँखें शायद यह बर्दाश्त न कर पातीं। अच्छा हुआ उस प्रतिमा के हाथ की उठी हुई उँगली को किसी ने तोड़ दिया, वरना वह कैसे सहन कर पाते कि आवारा स्कूली पथभ्रष्ट बच्चे उनकी पथ प्रदर्शित करती हुई उँगली पर ही अपने बस्ते टाँग रहे हैं। अच्छा हुआ प्रतिमा के हाथ की किताब असली नहीं थी, वरना वो कैसे उस नियम और कानून सिखाती किताब को उन लोगों के सामने पकड़ पाते, जिनके सामने ही उसकी धज्जियाँ उड़ रही थीं। अच्छा ही हुआ कि वह प्रतिमा भ्रष्टाचार के बालू से बनी थी और लालच्च के लोहे से ढली थी; कम से कम यह सब अनैतिकता देखने के लिए उसे ज्यादा दिन तो नहीं टिकना पड़ेगा, लेकिन इस देश के महापुरुष आखिर कब तक खैर मनाएँगे? फिर कोई महापुरुष आपने किये हुए कर्मों की सजा पाने के लिए प्रतिमा में ढाल दिया जायेगा।

अजय कुमार मिश्रा 'अजयश्री'

मोबाइल - 09415017598
ईमेल - ajayshree30@ymail,com
पुस्तकें - ध्रुव सत्य,आप का सच, शब्दों के रंग, शब्द कुछ कहते हैं, प्रेम का पहला कोण
पता - 5-बागीश भवन,424/A-11,वैशाली एन्कलेव, C-9,इन्दिरा नगर,लखनऊ (उ.प्र.)-226016

नेता प्रशिक्षण केन्द्र !

सुधीजनों! अभी मैं आरती खत्म कर 'त्वमेव माता च पिता त्वमेव, त्वमेव बंधुश्च सखा त्वमेव विद्‌या द्रविणं त्वमेव ,त्वमेव सर्वं मम देवदेव का पाठकर उठा ही था कि मुझे देखकर बेटा बड़बड़ाने लगा, जब देखो कहते रहते हैं कि एन.डी.ए. की तैयारी करो, सी.डी.एस. की तैयारी करो; देश की सेना का अपना ही ग्लैमर है, आई प्राउड माई आर्मी, जय हिन्द। क्या बात है बेटा? मैंने उससे प्यार से पूछा, क्या कोई शक है? नहीं डैडू, ऐसा तो मैं कभी सपने में भी नहीं सोच सकता; मुझे क्या किसी को शक नहीं है उनकी कर्तव्यनिष्ठा और पराक्रम पर। "तो फिर चीन की तरह सुबह-सुबह वाकयुद्ध क्यों कर रहे हो?" डैडू, जबसे देश के नेताओं के कम पढ़े लिखे बच्चे राज्य के मुख्य मंत्री, उपमुख्य मंत्री और मंत्री बनने लगे.. कुछ तो सीधे प्रधानमंत्री बनना चाहते हैं, तभी से मेरे मन में भी ये ख्याल आता है कि मैं क्यों नहीं नेता बन सकता?"..और कहने लगा, डैडू मुझे भी नेता बनना है। ये सुनकर मेरा सिर चकराया। मैंने पूछा, बेटा ये सुविचार कहाँ से आया? ये अलग बात है कि नेता का मतलब क्या होता है... शायद आज तक उसको और उन जैसों को समझ नहीं आया। उनका मतान्तर है कि... नेता वो जो साम दाम और दण्ड किसी तरह जनता का वोट अपने पक्ष में कर ले। वो अपने पूर्वजों से भी नहीं सीखना चाहते कि असली नेता वह है जो जन-जन का विश्वास जीत ले, जन-मन-गण का अधिनायक हो। मुझे नेताओं की तरह विषयान्तर होने की जरूरत नहीं है। आप सभी जन के मन में नेताओं की

जो छवि,फेविकोल से सीने में चिपकी है, उसको हटा पाना बहुत मुश्किल है... क्योंकि हर नेता लक-झक सफेद आवरण पहनता है,वो हरदम विरोधी को दागदार और अपने को ईमानदार कहता है। सच कहता हूँ मित्रों! मेरा बेटा जो इस दुनिया को नहीं जानता... सीधी बातों का मतलब कितना घुमावदार होता है, वो नहीं पहचानता... भला इन नेताओं को क्या समझेगा..? आप भी कमाल करते हैं डैडू, आप ने देखा नहीं, कैसे ये नेता लोग साफ-सुथरे कपड़े पहनकर आते हैं और एक दूसरे पर कीचड़ उछालकर चले जाते हैं। बात तो तू सही कह रहा है, मेरे लाल पर अच्छा नहीं है; इस ख्याल से ही डरता हूँ, तू अपने रस्ते से भटक न जाये।

इनका क्या, ये तो ऐसे ही सड़क, टी.वी. से लेकर संसद तक लड़ते रहेंगे... और जरूरत पड़ने पर दाँत काटी रोटी खाते रहेंगे। "लेकिन डैडू, जब इनको आपस में कीचड़ ही उछालना है, तो साफ कपड़े क्यों पहनते हैं?" "वैसे ही बेटा, जिसकी प्रतिरोधक क्षमता कम होती है, वो बीमारी से बचने के लिए साफ-सफाई अधिक रखता है। चूँकि अधिकतर नेता तन-मन से काले होते हैं, इसलिए इनकी प्रतिरोधक क्षमता बढ़ाने के लिए एंटीबायटिक की तरह सफेद कपड़ा एक तरह से अनिवार्य कर दिया गया है... फिर भी ये कालेधन रूपी इन्फेक्शन से बच नहीं पाते।" "कुछ भी हो पापा... खूब मजे करते हैं, बड़ी-बड़ी गाड़ियों में चलते हैं... आगे-पीछे हमेशा बॉडीगार्ड रहते हैं; आम लोगों से कम मिलते हैं, लोग रास्ता छोड़कर हट जाते हैं, इनकी महानता के डर से लोग सिर झुकाते हैं।" "नही बेटा... ऐसी बात नही है...।" आप झूठ कहते हैं... इनकी तन्ख्वाह भी बहुत अधिक होती, तभी तो ये और इनके बच्चे कितने मजे करते हैं..आप की तरह हर महीने इन्तजार में जोड़-घटाना नहीं करते। "सच बेटा ... इनकी भी तन्ख्वाह हमारी तरह ही होती है, पर इनको इन्तजार नहीं करना पड़ता... चलिए, मान लिया कि आप सच कह रहे हैं तो आप इनकी तरह धन-दौलत, मकान प्रापर्टी क्यों नहीं बना लेते? "बेटा उनके पास जादू की छड़ी होती है, जो कि मेरे पास नहीं है।" बात टालने के लिए मैंने कह दिया। "मुझे भी वो जादू की छड़ी पानी है पापा...।"

"बेटा, हम जैसे लोगों की जादू की छड़ी... उनका कर्म, मेहनत होती है...! ठीक है पापा मैं करुँगा मेहनत,आप मुझे वो स्कूल बताईए... जहाँ नेता लोगों ट्रेनिंग करते है... और प्रशिक्षण के बाद उच्चकोटि के नेता बनकर बाहर

आते हैं... मेरा भी एड्मिशन करवाइए, मैं भी प्रशिक्षण लेकर उच्चकोटि का नेता बनूँगा और देश का मान बढ़ाऊँगा...।'' मेरा बेटा अधीर था, मसला गम्भीर था। वैसे मैंने सुना है कि अभी-अभी किसी नेता ने एक स्कूल मुम्बई में खोला है, पर मैं बेटे को कैसे समझाऊँ... आज के नेताओं की सच्चाई बेटे को कैसे बताऊँ...? वो जो उनके बार में सोच रहा था... आप तो जानते ही हैं सुधीजनों! वो लेश मात्र नहीं है; जितना सम्मान नेताओं को दे रहा था,वो उसके पात्र नहीं हैं; पर मरता क्या न करता मुझे इस भ्रम को दूर भगाना था; अच्छे बुरे नेताओं से उसे रूबरू करवाना था। ''बेटा मैं तुम्हें समझाता हूँ; आज और कल के नेताओं के बारे में विस्तार से बताता हूँ।'' कम पढ़ाई और लिखाई, चोरी, चकारी और पिटाई। जो अपनों को छलते हैं,वादा केवल करते हैं,पैदल चलकर आते हैं, मोटर गाड़ी पाते हैं,जिनका कोई ईमान नहीं, जनता में कोई मान नहीं, सच्चाई जो छुपाता है, झूठी बात बताता है, नेता वो कहलाता है। पर बेटा कल का नेता ऐसा नहीं था, जेब उसके पैसा नहीं था,जो लोगों से नहीं घबराते थे, हर सच्चाई सबको वो बताते थे; जिसको अपना भान न था, जनता का अभिमान वो था... अगर वादा कुछ कर जाते थे, मर कर भी उसे निभाते थे, नेता वो कहलाते थे।

बेटा मेरा घबराया! आँखों में आँसू भर आया। सुनकर सच्चाई सिहर गया, सपना उसका बिखर गया। सहला कर सिर उसको पास बुलाया, नेता (लीडर) का मतलब समझाया बेटा मेरा मुस्कुराया हाँ डैडू, सैनिक मुझको बनना है,मान देश का गढ़ना है। पर अब जिद है मेरी भी; बेटा नेता ही तुमको बनना है, पढ़-लिखकर सपने बुनना है। इस देश को हमें बचाना है, एक नया भारत बनाना है।

हे आत्मन !

हे आत्मन! मैं महामाया द्वारा इस धरा के जम्बूदीपे, भारतखण्डे स्थित हिमालय के चरणों में विराजे उत्तर प्रदेश के अवध नगरी में प्रदूषण युक्त अचलायमान गोमतीतट पर स्थित लखनपुरी में गर्त में गिराए मनुष्यों की भाँति विचरण कर रहा हूँ। धार्मिक-सामाजिक मान्यताओं को मानने वाला प्राणी, आज दर-दर की ठोकरें खा रहा है; जबकि प्रायः देखने को मिल रहा है कि शिक्षा से विरक्त, धर्म से दूर, सामाजिक मान- मर्यादाओं का कोई बंधन नहीं; ऐसे नर-

नारी प्रकृति के सभी रत्नों का उपभोग अबाध रूप से कर रहे हैं। हमारे जैसे लोग कुल,नगर,राज्य की चिंता में दुर्बल काया को प्राप्त हो रहे हैं। हे नश्वर शरीर के आत्मन! मेरे प्राण-प्रिय, मेरा मार्ग-दर्शन करो, ताकि मैं भी इनकी तरह ऐश्वर्य को प्राप्त होऊँ।

हे मूरख, अल्पज्ञानी! कितनी बार कहा तुझसे कि अपने आँख,कान और दिमाग में स्थित उस छोटे से मेंदूला को सदैव जागृत अवस्था में रख। अवचेतन मन को चेतना प्रदान कर; पर तू है कि अपने आस-पास घट रही घटनाओं का ध्यान रखना तो दूर, स्वयं की चिंता भी नहीं करता। कब तक आखिर कब तक तू स्थूल काया कि भाँति दूसरों पर निर्भर रहेगा?

अरे देख, अपने नयनों को खोल; चहुँओर ज्ञान की बारिश हो रही है, रसपान कर उसकी बूँदों का, पी ले इस मायाजगत के अमृत को, अमर हो जा इस नश्वर दुनिया में पुरातन साहित्य की भाँति। सीख उनसे, कैसे-कैसे बाबा, ज्ञानी,विद्वान,संचार तंत्र के मायाजाल का वृहद उपयोग कर इस अंधभक्ति वाली दुनिया के भाग्य विधाता बन बैठे हैं। जन समूह उनके करतल ध्वनि पर नृत्य करा रहा है। उनकी सूक्ष्म ज्ञानपटुता,शब्दों की कारीगरी के संयोग से मिलकर, उनके कीर्ति की पताका को श्रेष्ठता प्रदान कर रही है, जबकि तू कर्मों की बेदी पर गीता का ज्ञान धारण कर, बिना फल की चिंता किये हवन कुंड में स्वयं की आहुति दिए जा रहा है।

बाहर निकल उस ज्ञान के अन्ध कूप से, जो तुझे आवश्यकता के आविष्कार के जनकों के द्वारा निर्मित इस रंग-बिरंगी दुनिया के तिलिस्म से दूर ले जा रही है। विघटित हो जाने दे उस सामाजिक सरोकार को जो एक आदर्श जीवन की सीख देते हैं और बाधित करते हैं

अतृप्त मन की अनगिनत आकांक्षाओं को जो भौतिक ऐश्वर्य की दुनिया में ले जाते हैं, जहाँ आनंद ही आनन्द है।

वैसे ये कार्य इतना सरल भी नहीं है। इसके लिए तेरी ही भाँति कुछ अल्प ज्ञानियों, या ये कहना उचित होगा कि वो आज की दुनिया के अजूबे, स्वयं को सरल और ईमानदार समझाने का भ्रम रखते हैं तथा कुछ धनाढ्य जो अनैतिक रूप से अर्जित की गयी संपदा के मालिक हों, उनका बड़ी चतुराई के साथ चयन करना होगा। ऐसे व्यक्तियों का चयन इसलिए आवश्यक हो जाता है कि वो

अपने संस्कारों और धर्म से बँधे होते हैं, अर्थात ऐसे व्यक्ति बात-बात पर संस्कारों की दुहाई देने और धर्मरूपी शस्त्र से अति शीघ्र भयभीत हो जाते हैं। समाज में इनके मुखारबिन्द से निकली एक-एक वाणी तेरी ख्याति को जन-जन तक पहुँचाने का कार्य करेगी, जिसका अमूल्य लाभ तेरी यश कीर्ति को उत्कृष्टता प्रदान करेगा।

अभिषेक अवस्थी

मोबाइल - 9953419323/8287519323
पता - सी 56 ए/5 सैक्टर 62 नोएडा यूपी 201301
ईमेल - awasthi.abhishek45@gmail.com

बलिहारी गुरु मेरे, बेड़ा पार लगाओ...

'हे पथप्रदर्शक! मार्गदर्शक! मुझे क्षमा करें मेरे संरक्षक।'

मैंने हाथ जोड़कर अपने पूर्व गुरु से क्षमायाचना की। वे सबकुछ जानते हैं, फिर भी अनभिज्ञ रहे। पीछे मुड़े, मुस्कुराए, गंभीर मुद्रा बनायी। फिर मेरी ओर देखा। बोले, 'अरे क्या हुआ? किस बात की क्षमा वत्स?'

गुरुवर, मुझे क्षमा करें... मैं बोला, "जबसे आपका साथ छोड़ा है, तब से तरक्की ने मुझसे मुँह मोड़ा है; मैं दोबारा आपकी शरण में आना चाहता हूँ, आपके दिखाए रास्ते पे न चलकर मैंने भूल कर दी। मैं सच्चाई के गलत रास्ते पे चल पड़ा, आज खाली हाथ हूँ खड़ा।" गुरुवर हें-हें-हें कर हँसे। बोले, खराब कविता कहने की आदत गयी नहीं तुम्हारी... ख़ैर, मैं जानता था। तुम वापसी करोगे, सभी करते हैं। जो नहीं करता वह गरीबी की चारपाई पे पड़ा रहता है, उसका जीवन चार दिन का ही रह जाता है। वही चारपाई उसकी मृत्युशैया में परिवर्तित हो जाती है। उसके चार पाए, चार कंधों के समान हो जाते हैं। ईमानदारी को इंसानी कंधे नसीब नहीं होते अब। मैंने तुम्हें कितना समझाया था, मगर तुम नहीं माने। मैंने कहा, "आप सही कह रहे हैं गुरुजी; नहीं मानने का बहुत 'लॉस' हुआ मुझे। परसों की ही बात है। कोई किताब न छपवाने पे, मुझे साहित्य में योगदान के लिए पुरस्कार मिलने वाला था, लेकिन आपके शिष्यों ने टाँग अड़ा दी। पुरस्कार को ही अवैध घोषित करवा दिया।

गुरुजी बोले, "हाँ जानता हूँ, तुम्हें उठाकर पटका नहीं, यही गनीमत समझो।"

क्षमा! क्षमा! क्षमा! गुरुवर; आप कहें तो पैरों पे लोट जाऊँ। आप महान हैं; ऐसे साधू-संत हैं, जिनका शिष्य बने बिना आदमी का गुज़ारा नहीं। आपका साथ छोड़कर मैंने अपराध किया है, अब आप ही कुछ रास्ता दिखाइए, सफलता के सूत्र बताइए; मैं आपको सफलता का 'ट्वेंटी-परसेंट' अर्पित कर दूँगा।'

गुरुजी दानवीय हँसी हँसे- ही-हा-हा-हा। बोले- ''साधु की बात अच्छी कही, तुम्हें साधुवाद। अब तनिक भी परेशान न हो, अब मेरी संगत मे हो। 'तुलसी संगत साधु की, हरै कोटि अपराध।' मैंने अपने आग लगाऊ शिष्यों को गुप्तचरी सिखायी थी। उन्होंने तुम्हारी जासूसी की। तुम्हारी असफलता से खुश हुए। मेरी सफलता को इसका श्रेय दिया। गुरु, गुरु होता है, चेला, चेला होता है; मानते तो हो न? तुमने कुछ ऐसे कृत्य किए हैं, जो अत्यंत असामाजिक हैं। भारतीय समाज में इन हरकतों का कोई स्थान नहीं। अब मैं तुम्हें कुछ सूत्र दे रहा हूँ। गाँठ-बाँध लोगे तो फायदे में रहोगे। फायदे का कुछ भाग मेरे नाम करोगे, तो सशरीर कायदे में रहोगे।' मैंने लोटते हुए उन्हें प्रणाम किया। ज्ञानी के आगे लोटे की भाँति लोटते रहना चाहिए। उसका अहं शांत रहता है। मैंने उनसे ज्ञान रूपी 'एसिड-रेन' बरसाते रहने का आग्रह किया।

वे स्वीकार करते हुए बोले, ''सुनो प्यारे! सबसे पहले ईमानदारी का भूत उतार दो, भ्रष्टाचार का दामन थाम लो। रिश्वत, नीचे से ऊपर की ओर बहती गंगा है, हाथ धोने के साथ-साथ लगातार नहाते रहो। पैसे को अपना यार बनाओ, प्यार बनाओ, रिश्तेदार बनाओ। बचपन से तुम्हें पढ़ाया ही है। न बाप, न भैया, सबसे बड़ा रुपैया। बिना दाम के परोपकार भी न करो।'' गुरुजी के प्रवचन की धारा अनवरत बह रही थी। वे आगे बोले, ''गुप्तचरों ने बताया कि तुम अपने बॉस के साथ भी पंगा लेते रहते हो, अन्याय टाइप कुछ सहन नहीं करते। यह बहुत गंदी आदत है; सुधार लो वरना जल्द स्वर्ग सिधार जाओगे। बॉस जो कहे, उसे ही अंतिम सत्य माना करो। वो कहे कि तुम मूर्ख हो, तो स्वयं को महामूर्ख सिद्ध करो। बॉस प्रजाति खुद को नारायण समझती है। बॉस जब बुलाए, जहाँ बुलाए, किसी भी काम हेतु बुलाए, नारद की तरह उसके समक्ष हाज़िर हो जाओ। जितना उसकी बात को काटोगे, उतना तुम्हारा वेतन कटेगा। शोषित होने के लिए सदैव तैयार, तत्पर, व अग्रणी रहो, सुखी रहोगे।'

अब बात पुरस्कार की। पार्थ! पुरस्कार यूँ ही नहीं मिलते; इसके लिए 'चाटुकारिता' मे 'डबल एम.ए.' करना पड़ता है, 'चापलूसी-मैनेजमेंट' मे

निष्णात होना होता है। 'षड्यंत्र' मे 'पी.एच.डी' करनी पड़ती है, तुम मेरे सबसे खराब शिष्य रहे; कह सकते हो कि शिष्य के नाम पे कलंक रहे। इनमें से कुछ भी नहीं कर पाए। मैंने बहुत प्रयास किए कि तुम्हारी ओर से मैं ही 'षड्यंत्र की थीसिस' जमा कर दूँ, परंतु तुम नहीं माने; तुम पे उस समय भी सच्चाई, ईमानदारी आदि का भूत सवार था। भूतों ने आज तक किसी को नहीं बख्शा है, उसी का परिणाम तुम आज भुगत रहे हो। पुरस्कार चाहिए तो कम से कम इतना तो करो- पुरस्कार दिलवाने या न दिलवाने मे किसी षड्यंत्र का हिस्सा ज़रूर बनो; न दिलवाने में अपनी महत्त्वपूर्ण भूमिका निभाओ। जितना ज़्यादा यह करोगे, उतना पुरस्कृत होने के अवसर बढ़ जाएँगे।

"गुरुवर! मैं नतमस्तक हूँ। आपने मेरे ज्ञानचक्षु खोल दिए, अब से ऐसा ही प्रयास रहेगा।" मैंने कहा।

गुरुजी पुनः पीछे मुड़े। मुस्कुराए... और देर तक, अनवरत बस मुस्कुराते रहे।

सवालात न उठाना उन पर

एक 'मित्रनुमा' मित्र हैं। लाख मना करने के बावजूद मुझे छोटा भाई कहते हैं। मानते हैं कि नहीं, ये हम नहीं जानते हैं। वे भी लिखते हैं। मैं अक्सर उनसे लेखन-संबन्धित प्रश्न पूछता हूँ। वे मुझे उत्तर देते हैं। मूर्ख जानकर विस्तारपूर्वक समझाते हैं। हर शब्द के साथ प्रसन्नता के सौ फूल झड़ते हैं। चेहरा 'दिवाली में रौशन' घर जैसा हो जाता है। आँखें झालर के टिमटिमाते बल्ब जैसी हो जाती हैं। इतना चमक उठते हैं कि चेहरे के कील-मुहाँसे-दाग-धब्बे शर्मा कर पर्दा कर लेते हैं। रोशनी हो तो गड्ढे दिखाई देते हैं; रोशनी हद से ज़्यादा हो, तो गड्ढे भरे हुए दिखाई देते हैं। वैसे कोई कुछ भी कहे, मैं खुद को समझदार मानता हूँ, अतः स्वयं को अविलंब मूर्ख घोषित करता देता हूँ। खुदी को बुलंद कर लेता हूँ। मैं कभी गया नहीं गया,लेकिन सत्य का बोध हो गया। मूर्खता के नेपथ्य में ही समझदारी है। समझदारी ही मूर्खता को पालती-पोसती है। वैसे समझदारी का विलोम मूर्खता है, मगर मुझे समझदारी और मूर्खता पर्याय लगते हैं। सरलता से समझने हेतु ये मानिए कि 'नेता बराबर समझदारी' और 'नेता के गुर्गे (गुंडे)

बराबर मूर्खता'।

मूर्खता सिद्ध करने के लिए उसके मूल सिद्धान्त का पालन आवश्यक है। मूल सिद्धान्त कहता है कि आप सवाल कर सकते हैं, अनवरत कर सकते हैं; मगर सवाल उठा नहीं सकते। उठाया तो दुनिया से उठ सकते हैं। मैंने इस सिद्धान्त का अनुसरण करने का पुरज़ोर प्रयास किया, मगर मेरा हर प्रयास जनता द्वारा दिए गए वोट जैसा हो जाता है; हमेशा असफल, बेकार और बेहूदा साबित होता है। कभी-कभी नहीं भी होते हैं, तो कर दिए जाते हैं। एकदा मूर्खता के सिद्धान्त से मैं भटक गया, परिणामतः मैंने 'मित्रनुमा' मित्र के लेखन पे सवालात उठा दिए। वे शिष्टतावश अमित्र हो गए। जब मित्र का अमित्र होना और शिष्टता का अशिष्टता होना, एकसमान है। मैंने 'सवालात' उठाए, वे 'मुक्कालात' पे उतर आए। उनके मामा डीआईजी हैं, सो मुझे हवालात भिजवाने पे आ गए। मैंने मामले की गंभीरता को समझा। 'मूर्खता में समझदारी' के दूसरे सिद्धान्त की शरण ली। अविलंब क्षमायाचना की। बात बन गयी, वरना मेरी हवालात यात्रा से सनसनी फैल जाती। मेरे चरित्र पे सवालात उठते। बात दूर तलक जाती कि ये आदमी तो नेता बनने पे उतारू है, हवालात से शुरूआत कर दी है।

लोकतान्त्रिक देश में, 'लोक' का 'तन्त्र' पे सवाल उठाना शर्मनाक है। लोक का धर्म कि वह तन्त्र के कर्म के नीचे दबा रहे। तन्त्र से बस इतना पूछे,'मालिक! कब, कहाँ, और कैसे जुतना है?' तन्त्र कहेगा, 'तू तो लोक है! सदैव जुतेगा, तेरा जन्म ही जुतने हेतु हुआ है...तू जुतेगा तो मेरी यानि तन्त्र की फसल अच्छी होगी...। ज़्यादा से ज़्यादा 'लोक' इतना ही कहेगा, 'मालिक! थोड़ी देर के लिए उठ जाइए... आपके वज़न से मेरा दम घुट रहा है।'' मालिक एक आदमी को मारकर खा जाएगा। अपना वज़न और बढ़ा लेगा। लोक की याचना अस्वीकार करेगा, कहेगा, 'हम तुझे मरने नहीं देंगे'।

एक मित्र की प्राइवेट नौकरी छूट गयी। भारतीय लोकतन्त्र की नज़र से देखें तो वजह जायज़ थी। उन्होंने मूर्खता के सिद्धांतों का पालन नहीं किया था। उनके बॉस ने उनकी एक दिन की छुट्टी नामंज़ूर कर दी थी। मित्र से बोले, 'बात को समझो... रिसैशन' चल रहा है; जहाँ एक ओर दूसरी कंपनीज़ बंद हो रही हैं...वही मेरी मेहनत के बल पे मेरी कंपनी 'बूम' कर रही है... गॉड हैज़ गिफ्टेड अस लाइफ तो वर्क; 'कर्म ही पूजा है' रिवाजनुसार और कायदन मित्र को

चुपचाप माफी माँग लेनी चाहिए थी। बॉस के भाषण पे बोलना चाहिए था, 'सर! आप महान हैं, मेरी आँखें खुल गईं...।' किन्तु मित्र अनहोनी के शिकार हुए। वे बोले, 'लेकिन सर, कुछ दिन पहले ही तो आप भी चार दिन की छुट्टी पे गए थे, रिसैशन' तब भी था...'

बॉस लाल होते हुए बोले, 'शाटअप यू...अब तुम मुझपर सवाल उठाओगे? तब वैष्णोदेवी जाना था, सपना आया था। माता ने बुलाया था, सो चला गया था...।

मित्र अब भी समझदारी के जर्जर झूले में झूल रहे थे। वे फिर बोले, 'पिछले हफ़्ते ही आप अपने बेटे की पीटीएम पे छुट्टी लेकर गए थे...'

शटअप यू रास्कल... बॉस ने उसे बीच में ही रोक दिया। हिन्दी-अँग्रेजी में अपनी मज़बूत पकड़ का प्रदर्शन किया। अपने श्रीमुख से शुद्ध गालियों का प्रवचन दिया। बोले, 'अब तू मुझपे सवाल उठाएगा...नमकहराम...तेरी इतनी हिम्मत! इसी वक्त निकल जा यहाँ से... वरना यहीं गाड़ दूँगा... किसी को ख़बर भी न होगी...'

मूर्ख होने के नाते मैंने चुप रहना ही ठीक समझा।

एक सिनेमाघर के गेट पे दो फिल्मों के पोस्टर एक साथ लगे थे – 'बॉस' और 'सरकार'। शायद एक के साथ एक मुफ़्त का ऑफर होगा। मैंने सोचा कि जब काम एक से ही हो जाएगा तो दूसरी देखने का क्या लाभ? बस पात्र ही तो बदले होंगे। आखिर दोनों फिल्में 'हम-क्लाइमैक्स' वाली ही तो होंगी। लेकिन देश के लोग मुफ़्त के ऑफर की बड़ी इज्ज़त करते हैं... एक दिन ऐसा होगा कि मौत मुफ़्त मे बँटेगी। लोग वो भी ऑफर स्वीकारेंगे। मुफ़्त के ऑफर पे सवालात नहीं उठाने चाहिए।

अमित शर्मा

मोबाइल - 9967925781
ईमेल - bhilwaraamit9@gmail.com
पता - C/O कमलेश चंद्र शर्मा, मकान नंबर-A 149, मैन पार्क के सामने, सुभाष नगर, भीलवाड़ा (311001) राजस्थान

प्रशंसा पुराण

अक्सर कहा जाता है कि प्रशंसा करके आप किसी का भी दिल जीत सकते हैं। लेकिन केवल दिल जीतने का लक्ष्य रखकर प्रशंसा करना ठीक वैसा ही है जैसे जिओ के फ्री और अनलिमिटेड डेटा का इस्तेमाल केवल ईमेल चेक करने के लिए करना। प्रशंसा एक महान और पवित्र कर्म है; केवल दिल जीतने जैसे गौण और तुच्छ कार्य के लिए इसका दुरुपयोग करना प्रशंसक की अकुशलता और कुशलता से प्रशंसा न कर पाने की कहानी बयान करता है। प्रशंसा एक साधना है, जिसे अच्छे से साध ना होता है। इस क्षेत्र में अपार संभावनाएँ हैं, लेकिन दुर्भाग्य से अब तक किसी भी सरकार ने इस तरफ ढाँचागत पहल करके इसे संस्थागत स्वरूप प्रदान नहीं किया है। वर्तमान सरकार को चाहिए कि वो मन की बात सुनना बंद करे और प्रशंसा की सुनकर इसे स्किल इंडिया के तहत प्रोत्साहन देकर देश में पेशेवर प्रशंसकों की खेप तैयार करे। देश में आज प्रशासकों से ज्यादा प्रशंसकों की पूछ है।

सयाने लोग कहते हैं, 'सर्दी-खाँसी में हल्दी और प्रशंसा में जल्दी, अक्सर फायदेमंद होती है।' दरअसल तारीफ की तशरीफ़ बहुत हल्की होती है... सब उसे अपनी गोद में बिठाने को तैयार रहते हैं। किसी की तारीफ करके इंसान भविष्य में उससे अपनी तरफदारी का बीमा करवा लेता है। प्रशंसा का प्रस्फुटन दिल से होना चाहिए, लेकिन आजकल प्रशंसा के बीज, फायदे का व्यापार करने के लिए दिमाग में बोये जाते हैं। तारीफ वह टॉनिक है जो इंसान बिना किसी अटक के गटक लेता है। कुछ समाजवादी लोग चापलूसी को ही प्रशंसा समझने

लगते हैं, लेकिन हकीकत में चापलूसी, प्रशंसा का पायरेटेड वर्जन है। चापलूसी और प्रशंसा में उतना ही अंतर है, जितना कि देसी घी और डालडा घी में होता है। इसलिए ध्यान देने वाली बात है कि चापलूसी करके जो बिना अँगुली टेढ़ी करे ही घी निकाल लेते हैं, उन्हें पता नहीं होता कि उन्होंने डालडा घी निकाला है।

पीने के पानी के लिए इंसान और फ़िल्टर लगाकर उसकी शुद्धता तय करता है, लेकिन प्रशंसा के मामले में इंसान उसकी पवित्रता और शुद्धता के बारे निश्चिंत होता है, उसका मन अपनी प्रशंसा में किसी भी तरह की मिलावट मानने की गवाही नहीं देने को तैयार नहीं होता है। कोई कहे या न कहे, लेकिन सबके मन की बात यही होती है कि प्रशंसा पाना उसका जन्मसिद्ध अधिकार है। प्रशंसा चाहे किसी भी दिशा से टपके या झड़े, इंसान हर दशा में बिना झिझके उसे लपक लेता है। अपनी आलोचना में इंसान काफी सतर्क होता है, उसमें तर्क ढूँढ़ता है, लेकिन प्रशंसा में वो तर्क-वितर्क छोड़कर सारे गिले-शिकवे भूलकर उससे गले मिल लेता है। कुछ स्वावलंबी लोग प्रशंसा के मामले में आत्मनिर्भर होते हैं; उन्हें अपनी प्रशंसा के लिए दूसरों का मुँह ताकना पसंद नहीं होता है, वो खुद अपनी तारीफ़ कर न केवल दूसरों पर दबाव कम करते हैं, बल्कि हर क्षेत्र में आत्मनिर्भर बनने की प्रेरणा भी देते हैं।

कुछ मामलों में तारीफ़ चॉइस ना होकर compulsion होती है; जैसे बॉस और बीवी/गर्लफ्रेंड की तारीफ़। इस मार्ग की सारी लाइन्स चाहे कितनी भी व्यस्त और वन साइडेड क्यों न हों, आपको हमेशा समय पर पहुँचना होता है। बॉस की प्रशंसा, भविष्य में आपकी अनुशंसा का टिकट कटवा सकती है और बीवी/गर्लफ्रेंड की प्रशंसा में कोताही आपका पत्ता भी कटवा सकती है। प्रशंसा एक सतत कर्म है... केवल अच्छाई की प्रशंसा करना एक अच्छे प्रशंसक की निशानी नहीं है। प्रशंसा धर्म खतरे में न पड़े, इसलिए आवश्यक है कि बुराई की भी उतनी ही शिद्दत से प्रशंसा की जाए। अच्छाई और बुराई केवल देखने वाले के नज़रिए पर निर्भर करती है, जबकि प्रशंसा अपने आप में निरपेक्ष और निष्पक्ष होती है; वो किसी एक का पक्ष नहीं ले सकती है, दोनों ही स्थितियों में उसे अपने कर्तव्य को निभाना होता है। राह कितनी भी पथरीली क्यों न हो, प्रशंसा को अच्छाई और बुराई रूपी दोनों पहियों पर सवार होकर अपने लक्ष्य तक पहुँचना होता है।

साहित्य का अग्निपथ

चतुर्वेदीजी मँझे हुए साहित्यकार हैं। वे हमेशा साहित्यिक साधना में लीन रहते हैं। उनके चारों ओर हमेशा साहित्य भिनभिनाता रहता है।साहित्यिक तेवर को ही वे अपना ज़ेवर मानते हैं। अपनी रचनात्मक चेत'ना' पर सवार होकर वे काफी लंबी साहित्यिक दूरी तय कर चुके हैं।इतना दूर आने के बाद उन्हें समझ नहीं आ रहा है कि उनके जीवन की सबसे बड़ी गलती क्या थी? अपना साहित्यिक सफ़र शुरू करना, या फिर सफ़र शुरू करने के बाद तुरंत वापस न लौट जाना। साहित्य के क्षेत्र में टाटा नैनो से शुरूआत करके वो टाटा-407 तक पहुँच चुके हैं। अब सभी उनके साहित्य को टाटा-टाटा करने की राह देख रहे हैं।उनका सृजित साहित्य काफी दूर तक पहुँचा है,

अब दूर दूर के पाठक उनके साहित्य से तौबा कर रहे हैं।

वे बिना डगमगाए साहित्यिक डग भरते हैं, जिसके चलते उनके पाठक आहें भरते हैं।अपनी प्रबल साहित्यिक निष्ठा के चलते चतुर्वेदीजी बड़ी ही निष्ठुरता से कविता, कहानी, व्यंग्य, गीत और ग़ज़ल को ठिकाने लगा चुके हैं।चतुर्वेदीजी साहित्यिक कर्मयोगी हैं, प्रतिदिन कुछ न कुछ नया रचते हैं और अन्य रचनाकारों को भी इसके लिए उकसाते हैं।मेहनत और लगन से चतुर्वेदीजी की छवि, साहित्य जगत में ऐसी बन चुकी है कि उनके धतकर्म को भी रचनाकर्म मान लिया जाता है।साहित्यविशेषज्ञ 'साहित्यिकमनरेगा' शुरू करने का श्रेय चतुर्वेदी जी को ही देते हैं, जिसे वो बड़ी विनम्रता से डकार देते हैं।उनके द्वारा रचित साहित्य में काफी वजन होता है और इस बात की गवाही उनकी सोसाइटी का रद्दी तोलने वाला कबाड़ी भी देता है।

साहित्य जगत में चतुर्वेदीजी का नाम काफी इज़्ज़त से लिया जाता है, क्योंकि वे उन मुट्ठीभर लोगों में से हैं, जो पहले रात-दिन मेहनत करके साहित्य सृजन करते हैं, फिर उससे दुगुनी मेहनत करके अपने ही कमाए धन से उसे प्रकाशित और प्रचारित भी करते हैं। आज के स्वार्थपरक समय में तन-मन-धन से साहित्य की ऐसी निस्वार्थ सेवा करके भी चतुर्वेदीजी को अहम छू तक नहीं पाया है।इतनी ऊँचाई पर पहुँचने के बाद भी चतुर्वेदीजी अपनी जड़ों से जुड़े हुए हैं।चतुर्वेदीजी के करीबियों का मानना है कि इससे उनको साहित्य की जड़ें काटने ज़्यादा दूर नहीं जाना पड़ता।

साहित्य के प्रति उनके समर्पण का आलम यह है कि जिस दिन वो साहित्य सृजन नहीं कर पाते, उस दिन बेचैन होकर साहित्य वमन करने लगते हैं।साहित्य ने उनके मन मस्तिष्क में इस तरह घर कर लिया है कि 'हायहुकू-हायहुकूहायहाय' भी उन्हें 'हाइकु' सुनाई पड़ता है।

चतुर्वेदीजी की रचनाएँ काफी गहराई लिए होती हैं, इसलिए पाठक के साथ संपादक भी उसमें उतरने से डरते हैं।चतुर्वेदीजी तब-तक किसी अख़बार या पत्रिका को प्रसिद्ध नहीं मानते, जब तक उनकी कोई रचना उसमें प्रकाशित नहीं हो जाती है। बहुत 'काशन'(Caution) लेकर उनकी रचनाओं का 'प्रकाशन' होता है।साहित्यिक जानकार मानते हैं कि अब समय आ गया है कि चतुर्वेदीजी की रचनाओं को 'स्वास्थ्य के लिए हानिकारक' चेतावनी के साथ ही प्रकाशित किया जाए।

साहित्यिक और रचनात्मक ईमानदारी के मामले में चतुर्वेदीजी का हाथ बिल्कुल साफ है और इसी के चलते वो सभी सम्मानित पुरस्कारों पर हाथ साफ कर चुके हैं। 'लिखने से ज़्यादा दिखने' के अपने आदर्श के चलते साहित्यिक चर्चाओं और संगोष्ठियों में भी चतुर्वेदीजी छाए रहते हैं। हर युवा रचनाकार, चतुर्वेदीजी से दोस्ती और संपर्क बनाए रखना चाहता है, ताकि वो साहित्य के साथ साथ राजनीति के गुर भी सीख सके।साहित्य में पैर ज़माने के लिए चतुर्वेदीजी ने वरिष्ठ साहित्यकारों के पैर दबाए हैं और वो इस बहुमूल्य परंपरा को केवल अपने तक सीमित रखकर किसी साहित्यिक पाप के भागी नहीं बनना चाहते हैं।साहित्यिक अग्निपथ पर चतुर्वेदीजी की रचनात्मक कदमताल, साहित्य की अमूल्य निधि है।

आशीष आनन्द आर्य 'इच्छित'

मोबाइल - 7498340424
ईमेल - arya.ashish@rediffmail.com
पुस्तक - कदम पर और (कहानी), थोड़ी सी धूप (कविता)
पता - मकान नं. 5, रानी लक्ष्मीबाईपुरम, राजाजीपुरम विस्तार, ए ब्लॉक, लखनऊ, उ.प्र. 226017

स्वेटर से गर्मी तक

जब से ये स्वेटर नाम क्या रख दिया, हमें तो जैसे सर्दी से जंग का सैनिक ही माना जाने लगा। सैनिक, और वो भी ऐसा सैनिक, जिसे चाहे जिधर तैनाती पर लगा दो, बस ड्यूटी बजाने को वो तैयार। सच में, ये इन्सानों के दिमाग में भी अजब ही खुराफात होती है। बस जो नज़र में आ भर जाए, उसे हर हद से गुजार न जाने क्या-क्या ढालने में जुट पड़ते हैं।

जब तक ऊन था, तब तक उन्हें बस एक ही मलाल रहा, क्यों मैं भला अब तक ऊन था? खैर बड़े ही प्यारेपन से सँजोया, और बड़े ही सलीकों से पिरोया गया। पर एक बार जो ऊन से स्वेटर बना, फिर तो बस हाल ही मत पूछो।

तकदीर ने जो गहरे रंग में पिरो भर दिया, किसी भी घरेलू-स्तरीय, मुहल्लावासी तूफान से टकराने को बिलकुल मुस्तैद तैयार रहो। हर बार ही घर से बाहर निकलने से पहले कपड़ों के ऊपर ठाँस लिया जाता है। न जाने कौन, कब, किस तरह का काम बोल दे। इंसान, इंसान के सामने है, तो उसे तो इंसान के काम आना ही है। अब वो चाहे ऐसे ही मदमस्त घूमता इंसान हो, या फिर स्वेटर पहनकर किसी और काम पर निकला हुआ इंसान। और कहीं जो ये परेशानी घर के अंदर की ही है, फिर तो भूल ही जाओ कि मैं स्वेटर ही हूँ। ठंढ के सर्द साये में बस लगातार उफनते लहू की तरंग की तरह हर घड़ी बस जुटे-डटे रहो, बस कारगर बने रहो।

तकदीर का दूसरा पहलू हल्का रंग। हल्केपन की शांति में ठहर जाते हमारे

रंग को अलग ही विपत्तियों में इस्तेमाल लिया जाने लगा है। जब तक नया रहा, गहरे रंग के अक्सर सर्दियों में गंदे रह जाने वाले कपड़ों के ऊपर रंग निखारने के लिए खूब आज़माया गया। फिर जो ज़रा थोड़ा सा पुराना पड़ा, स्वेटरी जिंदगी का ढर्रा ही बदल दिया गया। कभी खूबसूरत जानवर की वर्दी बना, कभी मेजपोश, कभी और भी सजाने, ढकने की न जाने क्या-क्या चीज़ें।

वक्त और उम्र का दायरा बढ़ने के साथ ही घर के खटारा सदस्यों की भूमिका समझ आने लगती है। स्वेटर नाम की पहचान को भी बदलने के पैंतरे आजमाये जाने लगते हैं। घर के भीतर दादा-दादी से नौकरों जैसा बर्ताव करने के बावजूद, उनको कभी रिश्ते के नाम की पदवी से नहीं हटाया जाता, पर स्वेटर तो बस कुछ साल ही स्वेटर रह पाता है।

एक बार फैशन क्या गया, स्वेटर की तो जैसे ज़िंदगी ही खत्म। स्वेटर-उम्र गुज़रने के बाद इसके कपड़े के मुलायम ऊनी स्पर्श का बड़ा सुख लूटा जाता है। बड़ा भारी सिलेंडर जो उठाकर लाना हो, इस मखमली कपड़े को इत्मीनान के लिए इर्द-गिर्द लपेट दो। ठिठुरती जमीन पर पालथी मार बैठने का जो इरादा हो, इस स्वेटरी जिस्म को तोड़-मरोड़, इसके जी को जी भर गद्दा बनाकर घोंट दो। पर सबकुछ केवल कुछ दिन के लिए ही। मौसम बदलते ही जैसे मन का हर खयाल बड़ा खूब बदल जाता है।

हमारे इस देश भारत में स्वतन्त्रता का असली अहसास तब होता है, जब गर्मी आती है। मन के भीतर सोच होती है, अगली सर्दी में पारा जाने कौन सी नौबत दिखाये, इसीलिए स्वेटर के हर स्वरूप को अच्छे से धो-निचोड़कर धूप में कड़क सुखाया जाता है। फिर इस धुलाई और सफ़ाई के लंबे कार्यक्रम के बाद भले ही पलँग के नीचे सन्दूक में ठूँसकर छोड़ दिया जाये, पर कोई परेशान तो नहीं करता। परेशान नहीं करता, तो कोई पूछता भी नहीं। और जहाँ जरा पूछ नहीं होती, तब जागता है स्वेटर का जमीर।

स्वेटर अब सोचता है, इस स्वतन्त्रता से पराधीनता की ज़िंदगी भला क्या खराब थी? रोज चाहे जितनी मेहनत-मशक्कत, धूल-धक्कड़, धक्का-मुक्की और न जाने क्या-क्या बुरा झेलना पड़े, शाम को कम से कम उसे स्वेटर कहकर तो खूँटी पर जरूर टाँगा जाता था। खूँटी पर टँगकर जब बिस्तर में धँसे जिस्मों को निहारता था; कम से कम अपनी क्षमता, अपनी शक्ति, अपने अस्तित्व के

सशक्त होने का रोज-रोज एहसास तो होता था। अंग्रेजों को भारत भूमि से भगाकर भारतवासियों ने पराधीनता के जीवन से एक ऐसी ही निजात पायी है।

अब स्वेटर का सवाल हमारे खुद के लिए है। स्वतंत्र होकर हम देश के भविष्य को भला क्या परोस रहे हैं? देश के प्रति इसी उदासीनता की क्या हमारे देश को हमसे आस थी? ऐसे ढेरों तमतमाये प्रश्नों का जवाब हमें खुद को देना है। खासतौर से बिना किसी और का स्वेटर पहनकर उसकी आड़ में छिपकर बचने की बजाय, अपने वास्तविक अस्तित्व की सच्चाई की गर्मी के साथ।

चाल चलती चप्पलें

अब आप चाल-चलन को ही ले लो। इंसानी पैंतरों के ये आसार ही ऐसे हैं कि आये-गये हर बात में ही इनकी चर्चा हो ही जाती है। जितनी तरह के लोग, उतनी तरह की चाल और उतनी तरह के चलन। इसी चलन और प्रचलन से ही तो मानव को आज मानव कहा जाता है।

पूरी कि पूरी मानव सभ्यता का इतिहास बाँच लो, तो चाल पर चलने के हिसाब से सबसे बड़ा और प्रभुत्वदार ओहदा हर चलन पर प्रचलित रही चप्पलों के हाथ लगा है। सभ्यता के आरंभ से सड़क पर चलने की बात से शुरू कर लो, तो चप्पल और फिर जो आधुनिक स्वरूप में सर पर तक चलने की बात कर लो, तो चप्पल।

पहले तो केवल घर के बड़े-बूढ़ों को ही ये अधिकार आधिकारिक तौर पर प्राप्त था कि घर की नयी पीढ़ी को समाज के कायदों की सीढ़ी पर सक्षम कार्यरत रखने के लिए चप्पल को शस्त्र बनाया जाये, पर संविधान के शास्त्रों के देश में आगमन के बाद ये धारणा बड़े मितीय लहज़े से बदली है। संसद की संस्कृति में इस चप्पल के चलने का चलन पिछले कुछ सालों में बड़े कायदे से समाहित हुआ है। अब तो ये चप्पल, भावनाओं को राजनैतिक मंचों पर खुलेआम प्रदर्शित करने का प्रक्षेपास्त्र बन चुकी है।

पूर्वतः गुटखे की गिलौरियों बीच छन-छन बनती जगह से सुसभ्य प्रकार की गालियों का आदान-प्रदान लखनवी-कनपुरिया क्षेत्र के इर्द-गिर्द भारतीय

नवाबी सभ्यता की खासियत रही थी। इसी नवाबी नुस्खे ने स्वतंत्र-भारत के पूरे इलाके पर लंबे वक़्त तक अपनी गहरी पैठ छोड़ी। भारतीय-संसद के आरंभिक सत्रों के अंतर्गत, जिनका आज के दौर में हमारे पास कोई खास मीडिया-रिकॉर्ड उपस्थित नहीं है, सत्रों के संचालन हेतु संभवतः इसी गहरी पैठ वाली कार्य-शैली ने अपना परचम लहराये रखा होगा। पर विकास के प्रारूप में देश बदला, रीत बदली, तकनीक बदली। अब मुँह की मौलिक भर्त्सना से ज्यादा चप्पल का दौर है।

भारतीय-संसद सत्रों का एक अहम हिस्सा बन चुकी इस चप्पल-तकनीक में सच में कोई सारगर्भित प्रीत समायी है। तभी तो जब भी मौका मिलता है, नामी-गिरामी जगहों पर चप्पल के छोटे से छोटे वैविध्य-प्रयोग को मीडिया, तड़कीले-भड़कीले नमक-मिरचे के साथ कैमरे में कैद करता है। और एक खास बात, कि नेताओं की मूलतः सफ़ेद वर्दी पर यह प्रायोगिक अस्त्र बड़ा फबता भी है।

आशा है कि संसदीय युवा पीढ़ी, कुछ-रूप में चप्पलों के इन अर्वाचीन प्रयोगों को देखते हुए नव-सीख लेगी और शायद हमारे देश को भविष्य में सरकार के चप्पल पर सर्वथा पृथक चलते किसी और बेहतर स्वरूप के दर्शन हो सकेंगे।

कमलेश पाण्डेय

ईमेल - kamleshpande@gmail.com
पुस्तकें - बाईसवीं सदी का विश्वविद्यालय; तुम कब आओगे अतिथि, आत्मालाप (तीनों व्यंग्य संग्रह)
पता - बी- 260, पॉकेट-2, केन्द्रीय विहार, सेक्टर-82, नोएडा (उत्तर प्रदेश)-201304.

कबिरा घिरा बाज़ार से

मैं निहायत कंजूस, दकियानूस, पिछड़े खयालात का और इन ख़ूबियों की वज़्ह से एक जिद्दी, खड़ूस, नालायक और निकम्मा आदमी हूँ। हाल के कुछ सालों में मुझे ये आईना मेरी अपनी ही श्रीमतीजी तक़रीबन रोज़ ही दिखाती रही हैं। हालाँकि वो मेरी तारीफ़ में इनमें से एक दो लफ़्ज़ ही कहती हैं, पर उनको बयान करने में वो अपनी ज़ुबान के अलावा चेहरे पर मौज़ूद बाकी अंगों के साथ अपने हाथों का इतना प्रभावी इस्तेमाल करती हैं कि एक ही लफ़्ज़ में ऊपर बताये गये तमाम और कुछ अनकहे और छूट गये विशेषणों का भी लुत्फ़ आ जाता है।

कंजूस तो मैं अव्वल दर्ज़े का हूँ। बक़ौल श्रीमतीजी, इसकी हद ये है कि महज़ तीन-तीन सौ के सिनेमा टिकट खरीदने के डर से मैं उन्हें हर हफ़्ते सिनेमा नहीं ले जाता। अगर कभी ले भी गया तो वहाँ केवल सौ-सौ रुपये में मिलने वाले पॉपकार्न और कॉफ़ी नहीं मँगाता। अगर मँगा भी लूँ तो मुँह बिचका कर खाता-पीता हूँ। उनका खयाल है, वो पनियल कॉफ़ी मुझे सिर्फ़ इसलिये कड़वी लगती है कि ये मुझे कहीं और के मुक़ाबले चार गुना मँहगी मालूम होती है। कंजूसी के कई और कीर्तिमान मेरे नाम हैं। हर हफ़्ते जाने योग्य एक और जगह है, जहाँ पार्किंग के पचास देने से बचने के लिये ही मैं जाने से कन्नी काटता हूँ। ये जगह है- शॉपिंग मॉल; जहाँ अगर चला भी गया तो वहाँ पाई जाने वाली दुकानों में घुसने से गुरेज़ करता हूँ। यहाँ भी सिर्फ़ उसी मामूली वज़्ह से कि यहाँ हर चीज़ की कीमतें दो से ढाई गुना ज्यादा होती हैं। कंजूसी की बाबत श्रीमतीजी का एक

सीधा आरोप मुझ पर ये भी है कि घर में पका खाना मुझे दुनिया में सबसे लज़ीज खाना इसलिये मालूम होता है, कि मैं हफ़्ते में एक बार भी रेस्तराँ में जाकर अपनी जेब हल्की करने से डरता हूँ। बल्कि उनका तो यहाँ तक मानना है कि लज़ीज खाना खुद ही बनाने का शौक़, मैंने जान-बूझकर इसीलिये पाला है कि घर में सबको बहका सकूँ कि घर में ही जब इतना बढ़िया खाना सस्ते में बन जाता है तो बाहर क्यों जायें।

आधुनिक जीवन शैली के प्रति तो मेरा दृष्टिकोण बेहद संकुचित है- ये श्रीमतीजी द्वारा मेरे उपरोक्त चारित्रिक पहलुओं के खुलासे के बाद साफ़ दिखा। मेरी सोच जो है वो एक प्रागैतिहासिक घड़े की तरह है, जो परंपराओं, नैतिकता और तार्किक चिंतन की पर्तों के नीचे दबी है। ज़रूरी है कि इस सारे मलबे को खोदकर हटाया जाये और मेरी सोच को बाहर निकालकर आधुनिक तेज़ाबों से चमकाया जाये।

मेरी कई हरक़तों का संबंध मेरी कंजूस मनोवृत्ति और बासी खिचड़ी सी मानसिकता के मिले-जुले असर से है। इस वज़ह से मैं पति होने का ये फ़र्ज़, कि वो पत्नी की ख़ूबसूरती की दिन-रात तारीफ़ करता रहे, कुछ ज्यादा ही तत्परता से निभाता हूँ। श्रीमतीजी साफ़ कहती हैं कि उन्हें देख-देखकर मुग्ध होने का नाटक मैं अक्सर इसीलिये करता हूँ कि इन दिनों अनिवार्य-से हो चले ब्यूटी-पार्लर और फ़िटनेस सेंटर के ख़र्चे से बच जाऊँ। वे तो ये भी कहती हैं कि इधर जो चर्बी की पर्तें उनकी कमर और जिस्म के दीगर हिस्सों पर चढ़ आईं हैं, मुझे इसलिये नर्म और सुहानी लगती हैं कि उन्हें वो किसी सीसी नामक संस्था से प्रति किलो पाँच हज़ार की दर से पिघलवाना चाहती हैं। महिलाओं के इस आधुनिक कर्मकांड से बिदकने का सिवाय इसके कोई कारण नहीं हो सकता कि मैं आधुनिक नारी-जीवन में इनके महत्त्व से अनजान या पूर्वाग्रह से भरा हुआ हूँ। एक रोज़ उनके लम्बे, काले, घुँघराले रेशमी बालों को अचानक अजीब सी रंगत लिये सपाट होकर कंधों तक सिमट आया देख, मैंने अपनी आपत्ति जताई, तो उसके पीछे मूल वज़ह ये थी कि उनके खयाल से बालों के इस अनिवार्य रखरखाव और मेरे नज़रिये से अपने ख़ासे सुंदर बालों की छीछालेदर के लिये उन्होंने ढाई हज़ार क़ीमत भी अदा की थी।

हद ये भी है कि अपने पिछड़े दकियानूसी नजरिये को लेकर मैं ख़ासा अड़ियल हूँ और पूरी बेशर्मी से उनका बचाव करता और पोसता हूँ। इसके उलट

श्रीमतीजी जिस समाज में उठती बैठती हैं, वह रोज़ आधुनिकता के नये-नये आयाम ढूँढ़ता और अपनाता चलता है। एक दिन उनकी पूरी मंडली कटे केशों और फँसे-फँसे ड्रेसों में ऊँची एड़ियों पर डगमगाती जाती दिखी। मालूम हुआ कि यूँ ही बैठे-बैठे बोर हो जाने की वज़्ह से ये लोग किसी मॉल में 'आउटिंग' के लिए निकल पड़ी हैं। मुझमें एक बड़ी कमी ये है कि कभी बोर नहीं होता, सो नये दौर के बोरियत मिटाने वाले सामानों को आजमाने से रह जाता हूँ। आधुनिक रवायतों से बचने के एक से एक पैंतरे मैंने सीख रखे हैं।

श्रीमतीजी ने मेरी दकियानूसी बुद्धि पर अंतिम मुहर लगाते हुए एक रोज़ मुझे 'बुड्ढा' करार दिया। बीते दिनों की स्मृतियों को साफ़ नकारते हुए उन्होंने अपना मंतव्य यों दिया कि मैं तो जवानी की दहलीज़ पर पाँव रखते ही सीधे पिछवाड़े की दिशा में चल पड़ा और दस कदम में पूरी जवानी नापकर बाहर निकल गया था। उनका सीधा मतलब था कि जो काम नौजवान लोग करते हैं, मसलन घूमना-फिरना, सिनेमा देखना वगैरह, वो सब जवानी में भी नहीं किया। हनीमून जैसी एक यात्रा पर गया भी, तो वहाँ उनसे ज्यादा वादियों को तवज्जो दी। इसकी वज़्ह एक ही रही कि मुझे कोई शौक ही नहीं है। ये लिखना-पढ़ना, सोचना-विचारना, शौक तो कतई नहीं कहे जाने चाहिये। न तो मुझे ब्रांड्स की तमीज़ है न लेटेस्ट ट्रेंड्स की। शादी की घड़ी अब तक लटकाये घूम रहा हूँ कि वक़्त तो बताती है... और मोबाइल को महज फ़ोन समझता हूँ। इंटर्नेट पर भी साहित्य-संगीत और उनसे जुड़े जीवों से ही नेटवर्किंग करता हूँ और मौक़ा पाते ही पुरानी फ़िल्में और गीत डाउनलोड करने लगता हूँ। उन्होंने मेरे वाले इंटर्नेट को भी पिछ्ड़ा घोषित किया हुआ है, हालाँकि मैं जानता हूं कि इसमें इंटर्नेट का कोई दोष नहीं। आधुनिक साइंस की इन महान खोजों का यों दुरुपयोग करने का मुझे आख़िर क्या हक़ है-अर्थात कोई नहीं। टी वी के मामले में मेरी घिसीपिटी विचारधारा में कंजूसी और घुल जाती है और मुझे किश्तों पर एक बड़ी और नई तकनीकों से लैस टीवी घर ले आने से रोक देती है।

अंत में अपनी नालायकी और निकम्मेपन पर भी थोड़ी रोशनी फेंक दूँ। इस घनघोर गतिशील जमाने में भी आज तक मैं सिर्फ़ नौकरी ही करता चला जा रहा हूँ। श्रीमतीजी मुझे इस जमाने के अर्थशास्त्र से रू-ब-रू रखने की जी-तोड़ कोशिश करती हैं, पर मेरे भेजे में शेयर मार्केट या यहाँ-वहाँ बचत-कर्जे और निवेश का जाल फैलाने का कोई गुर नहीं घुस पाता। विडंबना ये है कि पेशे से मैं

अर्थशास्त्री हूँ और सरकारी आर्थिक नीति बनाने में योगदान करता हूँ। श्रीमतीजी को पक्का यक़ीन है कि वह नीति मेरी वज़ह से ही 'फ्लॉप' होती रही है। नौकरी करते हुए भी लोग कितनी सफाई से अपनी बचत में इज़ाफा कर पूँजी में तब्दील करते दिन-रात लगे हुए हैं और मैं हूँ कि तन्ख़्वाह में कुछ फ़ीसदी हर साल जुड़ जाने और एक दो रचनाओं के पारिश्रमिक को ही आमदनी की इंतिहा समझता हूँ। श्रीमतीजी ने हज़ारों बार मुझे क्रीम-पाउडर से लेकर हीरों तक का व्यापार करने की प्रेरणा दी और समझाया कि इसके बिना आधुनिक तरीके से सुखी नहीं हुआ जा सकता। पर मैं अपने टुटपुंजिये सुखों के कुचक्र में उलझकर रह गया हूँ और कुछ ऊँचा और बड़ा सोचने से कतराता हूँ। श्रीमतीजी ज़ोर देकर कहती हैं कि मैं अगर अब भी नहीं चेता, तो ईश्वर भी मेरा कुछ नहीं बना सकते। वे हैरान रहती हैं कि कोई कैसे इतना बेवकूफ़ हो सकता है कि इतनी सारी चीज़ें और उन्हें पाने के मौके उसके सामने बिखरे हों और उसका मन नहीं ललके।

मैं इन दिनों श्रीमतीजी की सूक्ष्म दृष्टि का कायल चल रहा हूँ, जिसने मुझमें ये तमाम दुर्गुण ढूँढ़ निकाले। मेरे दोस्तों ने तो ख़ामख़्वाह ही मुझे एक खुले विचारों वाला आदमी बताकर बरगलाये रखा था। सदियों से बीवियाँ अपने पतियों को उनसे ज्यादा जानती रही हैं, सो ये तय करने का हक़ भी सिर्फ़ उन्हीं को है कि उनके पति क्या हैं। ज़रूर कहीं मुझमें कुछ बासी पड़ा हुआ है, जिसकी बू सिर्फ़ मेरी श्रीमतीजी ही सूँघ पाती हैं। आज मैं उनकी ही सौगंध खाकर स्वीकार करता हूँ कि आज के बाज़ार युग में वही सारे संज्ञा-विशेषण हूँ, जिससे वे मुझे पुकारती हैं।

खेती का विकास बनाम विकास की खेती

कुल जमा धरती से पहाड़, जंगल, बंजर, दलदल और परती पड़ी ज़मीन को निकाल दें तो विकास के हत्थे चढ़ चुकी धरती जैसे महानगर, शहर, क़स्बा, गाँव, सड़क, रेल की पटरियों आदि से बची हुई ज़मीन को खेत कहते हैं. जिस प्रकार अमीर ऐश, नेता सेवा और त्याग, भिखारी भिक्षाटन, मंत्री और अफसर राज, शहरी महिलायें शॉपिंग, छात्र पढ़ाई और नकल, शिक्षक ट्यूशन, सरकारी डॉक्टर प्राइवेट-प्रैक्टिस, क्रिकेटर ब्रांड-प्रमोशन और टीवी चैनल विज्ञापन-प्रसारण करते हैं, वैसे ही किसान इन खेतों में खेती करते हैं। ये किसान

छोटे-मझोले-बड़े, दुबले-मोटे, कमज़ोर-तगड़े, फक्कड़-खाते-पीते अनेक आकार-प्रकार के होते हैं। उनका स्वरूप उनके हाथ आई ज़मीन के समानुपातिक होता है। कुछ लोग आभासी ज़मीनों पर खेती करते हैं, तो कुछ लोग बिना खेती किये ही किसान कहलाने का शौक़ पालते हैं। यहाँ हम केवल उन खेतिहरों का ज़िक्र करेंगे जो भारतमाता ग्रामवासिनी के प्रिय होरी-धनिया या घीसू-माधो की परम्परा को आज भी ज़िंदा रखे हुए हैं।

ऐसा नहीं है कि खाली ज़मीन देखते ही किसान हल-बैल या ट्रैक्टर लेकर उस पर टूट पड़ता है, बल्कि उसे खेती करने के क्रम में कुछ और भी कर्म करने पड़ते हैं। सबसे पहले वह क़र्ज़ लेता है, जिसे देने को गाँव के महाजन से बैंक तक सभी तत्पर रहते हैं। ये क़र्ज़ एक तरल-सी वस्तु है, जिसे लेने के बाद खेतिहर उसमें गले तक डूब जाता है। क़र्ज़ में डूबा-डूबा ही बीज, खाद और कीटनाशक वगैरह के साथ खेती करने के इरादे से वह आसमान और ज़मीन एक कर देता है। इन दोनों जगहों से उसे पानी मिलने की उम्मीद होती है। पानी अगर आसमान से बरस जाए या ज़मीन से पम्प लगाकर खेत तक पहुँच जाए तो खेत में फसल उगती है, जो बढ़ती-पकती एक रोज़ खेत से खलिहान और खलिहान से मंडी तक पहुँच जाती है। खेती की विकास-यात्रा की ये वो मंजिल है, जहाँ तय होता है कि किसान क़र्ज़ के दलदल से उबरेगा या डूबा-डूबा ही रहेगा।

आम मान्यता है कि किसान खेती इसलिए करता है कि उसके पास कुछ और करने को नहीं है. मसलन कुछ और करने को होता तो वो खेती क्यों करता, उसे तलाक़ देकर शहर न चला जाता, जहाँ मज़दूरी, चौकीदारी या ठेला लगाने जैसा कोई ढंग का काम करता। यों गाँव में उसे करने को और भी काम हैं खेती के सिवा; जैसे बेगारी, कोताही या जवाहर रोज़गार योजना की मिट्टी कोड़ना। खेती करने को अपनी ज़मीन न हो तो मज़दूरी का शौक़ गाँव में भी पूरा किया जा सकता है। सुना है बहुत से किसान इसी वजह से अब तक शहर नहीं आये। सरकार गंभीरता से मानती है कि गाँवों का विकास शहरों में ही संभव है, इसलिए सभी खेती-प्रेमियों को शहर लाने का प्रयास ज़ारी हैं

खेती करने से अन्न उपज जाता है, इसलिए किसानों पर अन्नदाता होने के आरोप लगते रहे हैं। यों खेतों में फल-सब्जियाँ-कपास आदि भी उगते हैं, पर फलदाता कहलाने का एकाधिकार तो सरकार या ईश्वर ही के पास है। मुझे लगता है कि अन्नदाता कहलाने में किसानों की कतई रुचि नहीं है। अन्न से ही

अन्न कमाने की मजबूरी के चलते वह खेती करता है, जो कई लोग अक्ल से कमा लेते हैं। यहाँ अक्ल से अर्थ व्यापार, व्यवसाय, मुफ्तखोरी, दलाली, चोरी-चकारी और राजनीति आदि से लें; हालाँकि इस प्रकार कमाने वाले लोग अन्न ज़रा-सा ही ग्रहण करते हैं, बाक़ी कुदरत की दी हुई और इंसानी मेहनत व सलीक़े से सजाई हुई दीगर नेमतें जियादा लेते हैं। उधर अन्नदाता के पास ज़िंदा रहने के लिए सिर्फ अन्न और कई बार वो भी नहीं बचता। अन्नदाता के अवतार में खेतिहर का कर्म दैवीय हो जाता है और उपज की पूरी क़ीमत माँगने पर दुनिया हैरानी से मुँह बाकर उसका मुँह देखने लगती है कि ये क्या माँग बैठा। वो तो सरकार बीच में आकर माँगे गए मूल्य का ज़रा समर्थन-सा कर देती है, वरना अन्नाकांक्षी तक अन्न पहुँचाने को तत्पर बाज़ार में खड़े देवदूतों का यही भाव होता है कि कुदरत की दी हुई इस अनमोल वस्तु का भला क्या मूल्य हो सकता है? कई बार तो अन्न बाज़ार में इतना आ जाता है कि मिटटी के मोल बिकने लगता है, और उपज की कीमत पाने की उम्मीदें मिट्टी में मिल जाती हैं। जब कम भी आता है तो भी कीमतें किसानों के पास रहने तक तो सुस्ताई पड़ी रहती हैं, पर आगे रिटेल स्टोर तक पहुँचते ही जोश में आकर उछलने लगती हैं। वैसे भी महानगरों के मॉल में अन्न इतनी खूबसूरत पैकिंग में सजा-धजा रखा होता है कि खाम-ख्वाह ही उसके महँगा खरीदने को जी कर जाता है।

लागत और कीमतों के इस खेल में अगली खेती करने के लिए किसान को फिर उसी तरह क़र्ज़ लेने की ज़रूरत पड़ती है, जैसे किसी को हवाई-जहाज़, बियर और सुंदरियों के कैलेण्डर का कारोबार करने के लिए पड़ती है। अगर तुलना के लिए कारोबार का ये स्केल आपको उचित नहीं लगता तो क़र्ज़ लेकर घी पीने वाले किसी भी कारोबारी से कर लें, जिसे बैंक खुले दिल से क़र्ज़ देकर एनपीए खाते में डाल देते हैं। क़र्ज़ लेकर किसान खुद खा जाय या खेतों को खिला दे, दोनों स्थितियों में क़र्ज़ लौटाने के हालात नहीं रह जाते। चूँकि उसके पास लन्दन जाने के लिए ज़रूरी पासपोर्ट-वीज़ा नहीं होता, वो अपने गाँव में ही रह कर अपने परिवार के साथ-साथ एक उम्मीद भी पालने लगता है, कि एक रोज़ सरकार उसका क़र्ज़ जरूर माफ़ कर देगा। ये उम्मीद, छेड़छाड़ और बलात्कार तक झेलती सयानी होती जाती है और अक्सर तब जाकर ब्याही जाती है जब चुनाव नज़दीक हों। तब तक किसान को अपनी बदहाली के सुबूत देते रहना पड़ता हैं। अब ऐसी बदहाली का क्या सुबूत हो सकता है जो साल-दर-साल अलफ़ नंगी सामने ही खड़ी रहती हो. पर सुबूतों के मामले में सरकार अब

एकदम पक्की हो चली है, बिना आत्महत्या के बदहाली पुख्ता नहीं मानी जाती। बदहाली सिद्ध हो जाए तो सरकार मुआवज़ा भी दे देती है. पर मुआवजा हो या माफी; अन्नदाता को नहीं, मतदाता को दी जाती है और इस महादान में कई राजनीतिक पहेलियाँ उलझ-सुलझ जाती हैं।

ऊपर कहे गये से ज़ाहिर है कि हमारे देश के किसान, खेती करने के शौक़ के चलते विकास के आड़े आ रहे हैं। उधर सरकार-दर-सरकार विकास करने पर आमादा रही है। खेती भी विकास के एजेंडे में शामिल रही है। सरकार बनाने वाली पार्टियाँ खुद भी विकास के नारों की खेती कर वोटों की फसल उगाती रही हैं। ऐसे में असली खेती के लिए योजना-आवंटन, क़र्ज़-माफी-मुआवजा और आत्महत्या-आन्दोलन वगैरह सरकारों को विकास पर ध्यान टिकाने से भटकाते हैं। अन्न और अन्य चीजों का क्या है, वे तो ज़हाजों में भरकर विदेशों से भी आ जाते हैं। ज़मीनों को खेती में न फँसाया जाय तो कितने स्पेशल इकोनॉमिक ज़ोन, अपार्टमेन्ट, मॉल, मल्टीप्लेक्स आदि बन सकते हैं। अभी चंद महानगरों के आस-पास के कुछ खेतों को ही विकास के हित में मुक्त कराया जा सका है।

ये उचित समय है कि शहरों के चमचमाते विकास को धूसर खेतों पर धावा बोल देना होगा। इसके बाद जो बचेगा, विकास करने से नहीं बच पायेगा।

गौरव त्रिपाठी

मोबाइल - 8393863888
ईमेल - gaurav913230@gmail.com
पुस्तकें - पैकेज का पपलू, दोराहे पर जिंदगी, कपूत
पता - अमर उजाला, रामपुर रोड, हल्द्वानी, जिला-नैनीताल, उत्तराखंड

बौज्यू की किताबें ठिकाने लग गईं

हेम चंद्र पंत को अपने बौज्यू (पिता) कैलाश सागर पंत 'दद्दा' की चौथी पुण्यतिथि मजबूरन मनानी पड़ी। कैलाश सागर पंत 'दद्दा', अल्मोड़ा के प्रसिद्ध कवि थे। अधिकतर साहित्यकार मरने के बाद ही विख्यात होते हैं। ऐसा ही कैलाश जी के साथ भी हुआ। मरने के बाद जितनी प्रसिद्धि मिली, अगर पहले मिल जाती तो वे एकाध किताब और लिख जाते।

श्राद्ध का महीना है। पुण्यतिथि नहीं मनाई तो पितृ दोष लगेगा। कोई अनहोनी न हो, इस डर से कई अच्छे काम हो जाते हैं। लेकिन हेम की पत्नी कमला ने अपनी सनातन किचकिच शुरू कर दी-

-कितनी बार कहा है, किराए के मकान में ले-देके दो कमरे हैं, इसमें भी एक कमरा तुम्हारे बौज्यू की किताबों ने घेर रखा है। जब तक जिये, तब तक चैन से नहीं रहने दिया और मरने के बाद भी चैन नहीं लेने दे रहे। बड़े साहित्यकार बनते थे। चार-चार घंटे कमरे में बैठ-बैठकर पता नहीं कौन सी गोष्ठियाँ किया करते थे। हजारों रुपये खर्च कर किताबें छपवाते थे, अब पड़ी हैं कमरा घेरकर। इससे तो अच्छा होता ईजा (माँ) को एक पौंची (पहाड़ पर महिलाओं के पहनने वाला सोने का विशेष आभूषण) बनवा देते, कम से कम उनके मरने के बाद मैं पहनती। मुहल्ले में देखो सबके पास कितने भारी-भारी पाजेब, गुलोबंद, बाजूबंद, कंकण धागुल, हँसुली गहने हैं। मैं हर त्योहार पर खाली पिछौड़ा (धार्मिक कार्यों के दौरान पहनने वाली विशेष चुनरी) पहनकर रह जाती हूँ। तीन दिन के अंदर ये किताबें यहाँ से हट जानी चाहिएँ, मुझे नहीं पता। दोनों भौ

(बच्चे) अब बड़े हो रहे हैं, उनका सामान रखने के लिए जगह चाहिए।

हेम के लिए एक साँस में इतना सुनना बड़ी बात नहीं थी, क्योंकि 'हेमू पाको बारा मासा।' खैर अपने साहित्यकार पिता की किताबों को ठिकाने लगाने का काम वह ज्यादा दिन तक टाल नहीं सकता था, इसके दो कारण थे-पहला, किताबों में दीमक लगती जा रही थी, दूसरा, कमला उसे कबाड़ में बेचने या आग लगाने की धमकी दे चुकी थी। उसे लगता था कि उसके पिता की मेहनत से लिखी किताबें अगर कबाड़ में बिकीं तो उनकी आत्मा भटकती रहेगी और उसे रात में आकर परेशान करेगी। जैसा कि वो विक्रम भट्ट की कई हॉरर फिल्मों में देख चुका था। काफी देर दिमाग को नींबू की तरह निचोड़ने के बाद उसे आइडिया आया कि किताबों को मोहल्ले में बाँट दिया जाए। सबसे यह कह देंगे कि बौज्यू की थौथी पुण्यतिथि पर उनकी याद में किताबें बाँट रहे हैं।

सुबह उठते ही उसने पटाल बाजार में सड़क किनारे दिन भर बैठकर अखबार पढ़ने वाले नरैण दा को एक किताब निपटाने का फैसला किया।

हेम-और दाज्यू की हो रई। भल हो रई। (और क्या हो रहा है, सब अच्छा हो रहा है।)

नरैण दा-ओ हेमुआ! सुबह-सुबह किधर?

हेम-बस बौज्यू की थौथी पुण्यतिथि थी, उनकी एक किताब आपको भेंट करने आया हूँ।

नरैण दा किताब के पन्ने पलटते हुए-ओ हो 'पहाड़ उदास है'; इसकी तो मेरे पास पहले से ही दो प्रतियाँ पड़ी हैं, मैं कई बार इसे पढ़ चुका हूँ। तुम्हारे बौज्यू की सारी किताबें मेरे पास हैं, इसलिए तुम किसी और को यह किताब भेंट कर दो।

मायूस हेम, इसी तरह कई लोगों के पास से बैरंग लौटा। पता चला कि बौज्यू पहले ही मोहल्ले समेत सारे शहर में फ्री में किताबें बाँट चुके थे। झुँझलाए हेम ने तीन-चार लोगों को जबरन किताबें थमा दीं। इससे पहले वो कुछ सोचते, फौरन भाग आया। घर आकर देखा, कमरे में करीब 800 किताबें पड़ी थीं। यह देख हेम ने आपा खो दिया। गुस्से में अपने पिता की तस्वीर के सामने जाकर बोला- "इतनी किताबें छपवानी की क्या जरूरत थी? छपवाई थीं तो सब

निपटाकर जाते। सरकारी नौकरी के बावजूद एक पैसा नहीं बचाया, सब साहित्य में लगा दिया; कहीं गोष्ठियों में लगा दिया तो कहीं किताबें छपवाने में। कम से कम एक मकान ही बनवा जाते। आज भी हम लोग किराए पर रह रहे हैं। पहाड़ पर एक नाली जमीन की कीमत भी लाखों तक पहुँच गई है। कोई तुम्हारी किताबों को पूछता नहीं। श्राद्ध पर तुम्हारा प्रसाद खाने अब कौआ तक नहीं आता।''

अपने मन की भड़ास निकालने के बाद हेम थोड़ा शांत हुआ। रात में फिर बौज्यू की किताबें ठिकाने लगाने के लिए गहन मंथन में लग गया। इस बार उसने मोहल्ले के सरकारी स्कूल में कुछ किताबें देने का फैसला लिया। अगले दिन वह स्कूल पहुँचा। स्कूल से शिक्षक नदारद थे। कुछ नंगे-पुंगे बच्चे आपस में छुपन-छुपाई खेल रहे थे।

बच्चों को पास बुलाकर हेम ने कहा- ''देखो बच्चों, हम तुम्हारे लिए क्या लाए हैं? इतनी सारी किताबें; तुम लोगों को कविताएँ पढ़ना अच्छा लगता है न!

किताबें देखकर गुस्साए एक बच्चे ने कहा-ऐ अंकल! ये क्या ले आए? लाना ही था तो कुछ खाने के लिए लाते, कुछ पहनने के लिए कपड़े लाते; ये क्या अपने बाप की किताबें निपटाने चले आए, बेवकूफ समझा है क्या? हमारा मास्टर भी अपने बाप की पाँच किताबें हम लोगों को बाँट चुका है, तब से दोबारा नहीं आया।

स्थिति अनियंत्रित होते देख हेम ने वहाँ से खिसक लेना उचित समझा। जैसे ही हेम वहाँ पर दस किताबें छोड़कर भागा, पीछे से बच्चों ने गालियाँ देना शुरू कर दिया। इससे पहले उसने सरकारी स्कूल के बच्चों को इतने फर्राटे से गालियाँ देते नहीं सुना था।

खैर, अब भी 700 से ऊपर किताबें घर में मौजूद थीं। उधर पत्नी की दी हुई समय सीमा भी समाप्त हो रही थी। तिबारा (तीसरी बार) गहन मंथन के बाद उसने फैसला किया कि वह ये सारी किताबें नगर पालिका की लाइब्रेरी को दे देगा। हालाँकि इस लाइब्रेरी में कोई आता-जाता नहीं था, इसलिए ये अधिकतर बंद रहती थी। फिर भी भगीरथ की तरह प्रतिज्ञा ले चुके हेम ने गंगा को लाकर पिता को मुक्ति दिलाने की ठान ली थी।

सुबह अपने नियत समय से दो घंटे लेट पहुँचे लाइब्रेरियन सुस्तराम ने नगर पालिका की लाइब्रेरी का ताला खोला। बड़ी मुश्किल से अपनी कुर्सी पर विराजमान हुए लाइब्रेरियन सुस्तराम से हेम ने अपने पिता की किताबें लाइब्रेरी को देने की इच्छा बताई। सुस्त लाइब्रेरियन ने जवाब दिया-वे इन किताबों को नहीं ले सकते, क्योंकि नगर पालिका के पास किताबें खरीदने का बजट नहीं है। जब हेम ने कहा कि वो अपने पिता की करीब 700 किताबें दान करना चाहता है, तब भी सुस्तराम ने इनकार कर दिया। उसने कहा कि इतनी किताबें रखने के लिए यहाँ अलमारी नहीं है, इसलिए वो इन्हें नहीं ले सकता। थक हारकर हेम ने पाँच हजार रुपये की अलमारी भी खरीदकर देने का ऑफर दिया। बड़े भरे मन से सुस्त राम ने किताबें लेने की हामी भरी। हाँ सुनते ही हेम ने फौरन बाजार से पाँच हजार रुपये की अलमारी और पिता की सारी किताबें लाइब्रेरी में स्थापित करके राहत की साँस ली। पिता की 'पहाड़ उदास है', किताबें ठिकाने लगाकर आज मन प्रसन्न है।

कुछ दिनों बाद पता चला कि लाइब्रेरियन, अलमारी उठाकर अपने घर ले गया और 'पहाड़ उदास है' लाइब्रेरी में जमीन पर पड़ी हैं। पर कुछ भी हो, बौज्यू की किताबें ठिकाने लग चुकी थीं।

बुधलाकोटी जी की पैंट

पर्वतीय कॉलोनी में उच्चकोटी के लोग रहते थे। बुधलाकोटी, कड़ाकोटी, डालाकोटी, नगरकोटी आदि आदि (उत्तराखंड में ये उपनाम हैं।)। कालोनी में मकान नंबर 27 में शेरदा बुधलाकोटी भी अल्मोड़ा के गाँव से परिवार समेत आकर बसे थे। वे फौज में जाना चाहते थे, पर जा नहीं पाए। उनके अनुसार उनकी ऊँचाई थोड़ी कम थी और सीना कुछ ज्यादा चौड़ा। हालांकि सीने के साथ उनका पेट भी कम चौड़ा नहीं था। पेट ज्यादा न बढ़े इसलिए सुबह-सुबह मॉर्निंग वॉक करने की उनकी पुरानी आदत थी। जाड़ा, गर्मी, बरसात चाहे जो भी हो, उनका तीन किलोमीटर चढ़ना उतरना रूटीन था।

अपने नाम की तरह शेरदा बुधलाकोटी जी काफी एंग्री मैन की भूमिका में रहते थे। चेहरे पर बड़ी-बड़ी मूँछें उनके चेहरे को और भयानक बना देती थीं।

लोगों में ये आम धारणा थी कि वे किसी भी बात पर हमेशा लड़ने को तैयार हो जाते हैं। गाँव में कई बार लोग उनकी तेज आवाज सुनकर भाग जाते थे। हालाँकि ये भ्रांति किसने फैलाई, किसी को पता नहीं, लेकिन एक शोध के दौरान ये पता चला कि बिष्ट जी चाय वाले की दुकान पर बुधलाकोटी के डींगे हाँकने के दौरान धीरे-धीरे ये धारणा लोगों में बनती चली गई। कई लोग उनके भयानक हाव-भाव को देखकर घबरा जाते थे।बरसात का दिन था। नगर पालिका की मेहरबानी से सड़क पूरी तरह से कीचड़ से युक्त थी। पत्नी के मना करने के बावजूद, बुधलाकोटी सुबह छह बजे मॉर्निंग वॉक के लिए घर से निकल पड़े। रास्ते में पड़ोसी मोहनदा नगरकोटी मिल गए। बुधलाकोटी के गुस्से (जो अब तक एक बार भी किसी ने नहीं देखा था) को लेकर वे काफी सहमे रहते थे।

मोहनदा-और दाज्यू प्रणाम! क्या चल रहा है भल?

शेरदा-अभी तो फिलहाल मैं ही चल रहा हूँ मॉर्निंग वॉक पर।

मोहनदा समझ गए कि बुधलाकोटी जी का मूड ठीक नहीं है, इसलिए ज्यादा बात करना उचित नहीं है। दोनों थोड़ी दूर चले ही थे कि एक बाइक सवार, सड़क पर कीचड़ उड़ाता हुआ फरार हो गया। ये देख बुधलाकोटी जी की आँखें गुस्से से लाल होने लगीं। मोहनदा घबरा गए। उन्होंने सोचा-कहीं बुधलाकोटी जी को गुस्सा न आ जाए और बाइक सवार से उलझ न जाएँ। मोहनदा बोले-जाने दीजिए, बच्चे हैं। उधर बुधलाकोटी जी बोले-बच गया, अगर मेरी पैंट पर कीचड़ पड़ जाती तो आज इसकी खैर नहीं थी।

थोड़ी देर में एक कार सवार कीचड़ उड़ाता हुआ चल दिया। इस बार कीचड़ बुधलाकोटी जी के पैंट के ऊपर गिर गई। इस बार गुस्से से उनकी मूँछें तन गईं। बुधलाकोटी ने तेज से आवाज लगाने की कोशिश की, लेकिन कार वाला अपने शीशे बंद किए निकल चुका था। बोले-बच गया, पैंट पर नीचे ही छींटे आए, नहीं तो आज इसकी खैर नहीं थी। उधर, मोहनदा ने राहत की साँस ली।

अभी दोनों कीचड़ साफ करते हुए थोड़ा ही चल पाए थे कि एक ट्रक, बुधलाकोटी की पूरी पैंट को कीचड़ से सानता हुआ आगे निकल गया। इससे तमतमाए बुधलाकोटी ने जब शेर की तरह दहाड़ लगाते हुए आवाज लगाई- "ऐ रूक!"

इस पर ट्रक थोड़ी दूर जाकर रुक गया। ट्रक के रुकते ही मोहनदा की हवा खराब हो गई। उसने सोचा-लगता है कि आज तगड़ा पंगा होगा। ट्रक ड्राइवर आज बुरी तरह पिटने वाला है, बीच बचाव में कहीं मैं भी न पिट जाँऊ। बुधलाकोटी, ड्राइवर को पकड़ने के लिए तेजी से आगे बढ़े। थोड़ी देर में उन्हें दिखाई दिया कि ट्रक के अंदर से एक हट्टा कट्टा सन्नी देओल टाइप सरदार उतर रहा है। कमर पर उसके तलवार भी लटक रही है। यह देख बुधलाकोटी के भी पसीने छूट गए। वे आधे रास्ते में रुक गए और मोहनदा से बोले-चलो अब तो घर ही आ गया वरना आज इसकी खैर नहीं थी। उधर, ड्राइवर ट्रक से उतरकर सामने वाले ढाबे पर चाय पीने चला गया।

जगदीश ज्वलंत

मोबाइल - 09993077101
ईमेल - jwalant2025@gmail.com
पता - 77, तिलकपथ, महिदपुर जिला उज्जैन (म.प्र.)

साहित्य में धाक और ढाक

हिन्दी साहित्य का द्वितीय प्रश्न-पत्र था। सोचा था प्रथम की क्षतिपूर्ति द्वितीय से कर लूँगा, लेकिन उत्तीर्ण होने का संकट यथावत बना हुआ था। समय भी कम था और प्रश्न भी अंतिम। यहाँ भी दुविधा, मिसप्रिंट था। मैंने चहलकदमी कर रहे पर्यवेक्षक को इशारे से पास बुलाकर विनम्रता से पूछा- "सर! दसवें प्रश्न में निबंध का विषय है ' साहित्य में ढाक'; कहीं छपाई की गलती तो नहीं।

"तेरे बाप का राज है; बोर्ड के एक्जाम को तमाशा समझ रखा है... जो लिखा है वही सही है, चुपचाप लिख।" मेरे आगे की सीट पर बैठा कालूसिंह, बार-बार पीछे की जेब में रखे चाकू के हत्थे पर हर पाँचवें मिनट पर हाथ फेर लेता था। पर्यवेक्षक को दूर रखने का उसका यह टोटका कामयाब हो रहा था। उसने भी इशारे से पर्यवेक्षक को बुलाया और वही मेरा वाला प्रश्न दोहराया। वे घबराते हुए हाथ जोड़ने की मुद्रा में नकली हँसी हँसते हुए बोले- हें-हें हें-हें, ढाक छपा है तो ढाक ही होगा; कठिन लगे तो आप दूसरा निबंध लिख दें, जैसे परीक्षा का महत्त्व।

साहित्य के साथ ढाक क्यों जोड़ा है। धाक होता तो खूब खिलकर धाक जमा लेता, जैसे कि कुछ साहित्यकार, कलम के दम पर, तो कुछ खुद के दम पर कभी संपादक पर तो कभी प्रकाशक पर अपनी धाक जमा लेते हैं। कई ने तो अपने स्तरहीन लेखन से वर्षों से पाठ्यपुस्तकों में अपनी धाक जमाए रखी है। रचना से लंबा तो उनका परिचय है और परिचय से बड़ा उनका चित्र। खैर तीन चीजें ही जमती हैं- बर्फ,दही और धाक। दो तो खुद जम जाती हैं, जबकि तीसरी

जमानी पड़ती है। जमी धाक से दुश्मन खाक हो जाता है। मैं अनावश्यक, धाक पर सोचे जा रहा था, जबकि विषय ढाक पर था। मैंने घड़ी देखी और कल की हिन्दी प्रथम की घटना को लिखना प्रारंभ किया।

उस घटना को यथावत् लिखना ही निबंध के विषय को सार्थक करता था। समय कम था, विचार ने का समय नहीं था। मैंने लिखना प्रारंभ किया। प्रश्न क्र.10 'साहित्य में ढाक' घटना कल हिन्दी के प्रश्न-पत्र की है। काल दर्शाने हेतु प्रश्नपत्र में एक वाक्य लिखा था 'पानी पिता है'। मैंने एक हट्टे-कट्टे पर्यवेक्षक को तकलीफ दी। वे रसायन शास्त्र पढ़ाते थे। हिन्दी को देखते ही नाक-भौं सिकोड़ लेते थे। उन्होंने वाक्य पढ़ा 'पानी पिता है।' ये पिता कैसे हुआ उन्होंने प्राचार्य को बुलाया। उन्होंने समस्या की तह तक जाने के लिए गंभीरतापूर्वक प्रश्नपत्र का प्रारंभ से अंत तक निरर्थक वाचन किया, फिर कनखियों से उन्होंने पूरे हॉल को देखा,फिर खुद को बेहाल देखा। और फिर प्रश्नपत्र का कोड, वर्ष,समय,विषय,पूर्णांक को गंभीरता से देखते हुए बोले-क्यों न हिंदी के ही विभागाध्यक्ष को बुला लें। चपरासी को भेजकर हिन्दी के पलाशजी को बुलवाया गया। प्राचार्य वाला वही क्रम पुनः दोहराया गया। वे बोले पानी पिता है तो माता कौन है? और क्या पानी के लिए पिता शब्द उपयुक्त है? क्यों शास्त्रीजी? रसायन के शास्त्रीजी पहले ही घुटने टेक चुके थे। पानी में हिन्दी का रसायन घुल चुका था। पलाशजी ने पुनः गंभीर होकर कहा- "बोर्ड का मामला है, मिसप्रिंट वैसे होती नहीं है। विशेषज्ञों की कमेटी बैठती है, कई बार प्रूफ देखा जाता है, तब जाकर छपाई होती है, कोई खेल-तमाशा थोड़ी ही है; पानी पिता है तो पिता ही होगा। लेकिन पानी, पिता की जगह आकाश पिता होता तो वाक्य सार्थक हो जाता, ऐसा मेरा मानना है... यह अधिकृत घोषणा नहीं मेरा निजी विचार है, मेरा व्यक्तिगत मत है; क्या करें?" कह कर उन्होंने गेंद प्राचार्य के पाले में डालनी चाही, लेकिन प्राचार्य ने पल्ला झाड़ते हुए कहा- "भैया, हिन्दी के एक मात्र आप ही हो, मैं इसमें कुछ नहीं कहूँगा।"

स्वयं के एकमात्र होने पर वे बाहर से गंभीर हो गये और अंदर से गर्वित। दो बार सिर को खुजाया,तीन बार ठोड़ी पर उँगली रखी,चार बार छत को देखा, फिर दार्शनिक अंदाज में अपना फैसला सुनाया। बोले - "ऐसा करते है, जैसा छपा है वैसा ही रहने देते हैं; अर्थपूर्ण दोनों ही वाक्य हैं। पिता भी तो पानी पीता है, पानी पिता है तो है। किसी के साथ छेड़छाड़ नहीं करनी चाहिए; ठीक कहा न

मैंने?'' प्राचार्य ने भी सहमति में सिर हिलाते हुए कहा, जो छपा है वही सही है। प्राचार्यजी,पलाशजी और रसायन शास्त्रीजी तीनों पास-पास ऐसे खड़े थे जैसे-ढाक के तीन पात यही हों। साहित्य में ढाक का इससे अच्छा निबंध और क्या हो सकता है।

गरीब के बच्चे

शिक्षा का अधिकार अधिनियम के अन्तर्गत शासन ने तय कर लिया कि, गरीबी हटाने से अच्छा है, गरीब के बच्चों को अमीरों वाले स्कूलों में भर्ती कर दिया जाए; गरीबी न मिटे न सही, गरीबी की हीन भावना तो मिट जाएगी। इंग्लिश स्कूल की लकदक मैम चिचियाते हुए बच्चों को समझाती है-'' देखो, कल से कुछ गरीब के बच्चे अपने स्कूल में आएँगे, उन्हें प्रेम से अपने पास बिठाना है, उन्हें परेशान नहीं करना, समझे!''

''मैम वे कैसे होते हैं? हमें काट खायेंगें? कल पिंकी को एक कौऐ ने चोंच मार दी थी, तभी से ये डरी हुई है।'' हनी ने जिज्ञासा प्रकट की।

''ओफ्फो हनी! गरीब आदमी होते हैं, जैसे हम हैं वैसे वे भी हैं, उनके भी तुम जैसे ही हाथ पैर होते हैं... आँख, कान, मुँह सब कुछ तुम्हारे जैसा। ''मेम ने समझाया।

''तो वे इतने दिनों से कहाँ थे? और यहाँ क्यों आयेंगे?'' हनी ने पुनः प्रश्न किया।''

''देखो, इन सब बातों का जवाब प्रिंसिपल मैम के पास है... बस इतना ध्यान रखने का, कि उन्हें देखकर किसी को हँसने का नहीं, चुप रहने का।'' मैम ने समझाया।

''मैम, ये स्वीटी पूछ रही है कि हम उन्हें हाथ लगा सकते हैं कि नहीं?'' हनी ने पूछा।

''चलो फालतू बातें बंद करो और पीछे की लाइन के सारे चिल्ड्रिन आगे बैठेंगे; उस लाइन का रिजर्वेशन हो चुका है, उस पर गरीब बच्चे ही बैठेंगे'' मैम

ने कहा।

सभी बच्चों में जिज्ञासा है। कैसे होते होंगे गरीब के बच्चे। लकी अपने साथियों को समझाता है, मैंने देखा था गरीब का बच्चा। गर्मी की छुट्टी में मैं मामा के गाँव गया था, वहाँ देखा था। जैसे ही मैंने एक कच्चा आम उठाया कि वह पेड़ पर से कूदा धम्म। बड़े-बड़े बाल और लम्बे-लम्बे नाखून। बोला "केरी दे नी तो लबूरी दूँगा।" मैं समझा ये कुछ देने को कह रहा है। मैंने भी कहा हाँ दे। उसने झट बंदर की तरह अपने नाखूनों से मुझे नोच दिया। "यह सुनकर स्वीटी रोने लगी। लकी ने उसे समझाते हुए कहा -" डर मत स्वीटी, मैम ने उन्हें इसीलिये पीछे बैठाया है, और मैम की लैंग्वेज उनकी समझ में थोड़ी न आना है, वे अलग ही बोली बोलते हैं। उनके पास न पाकेट मनी होती है न लंच बॉक्स खाद की थैली में तो किताबें रखते हैं और उसी में पानी की लीकेज बाटल। अपनी मैडम जब उनको होमवर्क देंगी तो वे तो क्या उनके पेरेन्ट्स भी उन्हें हल नहीं कर पायेंगें। और जब क्वेश्चन पूछेंती ना तो, दो दिन में ही नौ दो ग्यारह हो जाएँगे। पापा बता रहे थे कि ये सरकारी में नहीं समा रहे थे, व्यवस्था नहीं है सरकार के पास। न टीचर, न स्कूल। और पढ़ाना सभी को है। कानूनन मजबूरी है, इसीलिये इनको कान्वेंट में डालकर सरकार इनके मजे ले रही है। वैसे पापा कहते थे उनका मजाक मत उड़ाना, पाप पड़ता है; देखना कल क्या होता है।"

गरीब के बच्चे आ चुके हैं। मेन गेट पर पालकगण उन्हें मार्मिक विदाई दे रहे हैं। स्वयं के बाहर खड़े रहने का आश्वासन दे चुके हैं। कक्षा के सभी बच्चे पीछे देखने को आतुर हैं। कुछ तो कनखियों से देख रहे हैं। पल-पल दहशत। अब क्या होगा? क्लास टीचर चश्में की संधि से उन्हें झाँक रही है। आँखों से उनकी गहराई से पड़ताल की जा रही है। एक अपराधबोध स्पष्ट झाँक रहा है सभी बच्चों के चेहरे पर। नवागंतुक बच्चों के परिचय की प्रक्रिया प्रांरभ हो रही है।

"काना, पिता नग्गा कौन है? यहाँ आओ," काना खड़ा होता है। मुँह तो धोया, किन्तु पोछना भूल गया। मटमैली लकीरों में भाग्य की लकीरें छुप सी गई हैं। बालों में तेल डाला, किन्तु कंघी करना भूल गया। यक्ष प्रश्न से खड़े हैं बाल। फफक कर रो देने के सारे भाव दबाये हुए, शेर के निकट जा रहे खरगोश की भाँति खुद शिकार होने का समर्पण भाव लिये खड़ा है शिकारी के समक्ष। मैडम

की आँखों से तीर की भाँति निकलती अधिकार अधिनियम की धाराएँ चीर डालना चाहती हैं उस मासूम में छिपी संभावनाओं को। ''व्हाट इज योअर नेम?'' बगलें झाँक रहा है काना, तोते सा हँस रहा है रट्टू समुदाय।'' साइलेंट ... हँसने का नहीं।'' मैडम के निर्देष पर सभी की हँसी मुस्कुराहट में बदल जाती है। काना, खेत में खड़े बिजूके सा खड़ा है।उसने अधिकार तो पा लिया, किन्तु स्थान नहीं मिल पाया। एबीसीडी, दस तक पहाड़े, शब्द ज्ञान से उपजे भ्रम ने आज उसे यहाँ पहुँचा दिया, लेकिन यहाँ तो सबसे हटकर और भी बहुत कुछ चाहिये, जो उसकी पकड़ की परिधि से कोसो दूर है। हवाइयाँ उड़ रही हैं। उसकी आँखें पिछली पंक्ति पर जमी हुई हैं, जहाँ उसके सजातीय, बेसब्री से स्वयं का क्रम न आने की प्रतीक्षा कर रहे हैं। अपने इलाके का होनहार, काना अपना सा मुँह लेकर अपने स्थान पर पहुँच जाता है।

''भेरू, पिता पूरा कौन है? चलो यहाँ आओ!'' अब भेरू आता है। नजर न लगे, इसलिये उसकी दादी ने काजल अलग लगा दिया। शर्ट का ऊपरी बटन न होने से सारा क्रम बिगड़ गया। शर्ट एक ओर से छोटी, दूसरी ओर से बड़ी। नेकर की चेन को भी आज ही बिगड़ना था।पुलिसिया परेड जारी है। सब कुछ दाँव पर लगाकर खड़ा है भेरू।

''एप्पल मीन्स?'' पूछती है मैम। आँखें फाड़े हकबकाया भेरू, मुँह तक रहा है मैडम का। ''काऊ मीन्स?'' दूसरा प्रश्न पूछती है मैम। होता तो गाय है, किन्तु क्या पता यहाँ क्या होता है। भेरू, न बोलने में ही अपनी भलाई समझता है, जैसे पहले काना ने समझी थी। मान-अपमान से परे हो चुकी है पिछली पंक्ति; बस, भय यही है कि कोई मार पिटाई न कर दे। ''नेक्सट...।'' तभी स्कूल की घंटी बजती है। खुशी तो मिलती है, लेकिन कल पुनः आने का भय, खुशी पर भारी पड़ जाता है।

दिनेश बैस

मोबाइल - 08004271503
ईमेल - dineshbais3@rediffmail.com
पुस्तक - एक व्यंग्य-संग्रह प्रकाशित
पता - 3-गुरुद्वारा, नगरा, झाँसी-284003

बीच का आदमी

इन वाले दिनों में खूब धुलाई हो रही है। दिल से दिमाग़ तक। देह से आत्मा तक धुल रही है। पानी की एक बूँद नहीं पड़ती, धुलाई हो रही है। 'पानी परात कौ हाथ छुयो नहिं, नैनन के जल सों पग धोये' जैसा मामला नहीं है। मैथिली शरण गुप्त का 'आँचल में है दूध और आँखों में पानी' वाला फॉर्मूला भी आउट डेटेड हो गया है। पानी की गुंजाइश वहाँ भी नहीं है। आँचल अब ज़रूरत नहीं, एक्सस्सरी बन गई है। चेहरे पर चढ़ा पी ओ पी आँखों को धमकाता रहता है कि पानी बाहर आया तो सोच लेना, ऐसा धुलूँगा कि स्वच्छता अभियान का नमूना नजर आने लगोगी। टी वी पर विज्ञापनी मॉम्स को देखते हैं तो हूक उठती है कि गुरू, पैदा होने में जल्दी कर दी। बच्चों को आँचल में समाये, चूल्हे के धुएँ और गृहस्थी के दुखों से भीगी आँखों के पानी को, पल्लू में समेटती, मैली कुचैली ममतालू सुलोचना और निरूपमा राय नुमा माँ के जमाने में आ गये... अब आते तो क्या बिगड़ता। अबकी टी वी विज्ञापनी मॉम क्या धाँसू होती हैं, चेहरे की क्रीज तक नहीं बिगड़ती है, ग्लो ही ग्लो पसरा रहता है नीचे से ऊपर तक। श्रृंगारी कवि के अनुसार नख-शिख ग्लो। आभासी जमाना है। आभासी ढंग से ही धुलते रहते हैं—वर्चुअल धुलाई।

अखबारों तथा टी वी चैनलों पर दो ही चीजों की धूम रहती है; चुनाव के समाचार तथा साबुन और डिटर्जेंट के विज्ञापन। कभी गर्लफ्रेंड का चुनाव, कभी कुत्तों का चुनाव। चुनावों के समाचार परिणाम देते हैं, साबुन तथा डिटर्जेंट के विज्ञापन आत्मज्ञान बाँटते हैं— चुनाव, आनी जानी माया है, क्षण भंगुर हैं। आज चुनावों की धूम है, कल चुने हुओं की तिकड़में होंगी। गर्लफ्रेंड पर बेवफा

होने के आरोप लगेंगे। गर्लफ्रेंड बी एफ को पॉजिटिव होने की नसीहत देंगी... परसों फिर चुनाव आ जायेंगे।

साबुन-डिटर्जेंट अमर हैं, शाश्वत हैं। जब चुनाव नहीं रहेंगे, साबुन-डिटर्जेंट तब भी रहेंगे; ऊपर वाले की तरह— तू जहाँ है, मैं वहाँ हूँ; तू जहाँ नहीं है, मैं वहाँ भी हूँ; तू जब नहीं रहेगा, तब भी मैं रहूँगा। तू मनुष्य है, तुझसे ईर्षा होती है। तू विश्राम कर सकता है। मैं ऊपरवाला हूँ; भक्त विश्राम का अवकाश नहीं देते हैं।

दासता क्या होती है, कोई मुझसे पूछे। भक्त जगायें तो जागूँ, सुलायें तब सो जाऊँ। प्रायः तो दोनों पार्टी अर्जी लेकर आ खड़ी होती हैं। एक प्रार्थना करता है— ऊपर वाले, मेरी हर प्रकार से सुरक्षा करना, तेरे लिये सवा किलो मोतीचूर लड्डू पुष्पं पत्रम् के रूप में लाया हूँ। दूसरा नाक रगड़ता है— हे पिता, शक्ति दे, मैं इसके खाते का माल अपने खाते में ट्रांसफर कर सकूँ; कैशलेस मामला है, हैकिंग का ज्ञान दे, मैं तेरे द्वार पर घी के दीपक जलाऊँगा— बताओ, मैं किसके साथ जाऊँ। दोनों मुझे अपना भक्त कहते हैं। खुद को मेरा चरण सेवक घोषित करते हैं। चरणों में जगह देने की अप्लीकेशन लेकर आते हैं। अतिक्रमण की ज़मीन पर महल बनाकर बैठ जाते हैं। करते हैं मनमानी, कहते हैं मेरी मर्जी से हो रहा है।

साबुन-डिटर्जेंट में द्वंद्व नहीं है— एक धाँसू कन्या, रँग देने के लिये मचल रही है— आओ, मुझे रंगो न! खूब भिगोओ, जितना जी चाहे डुबोओ; मन भर जाये तो चिकने-चुपड़े साबुन से नहलाना। चिकने-चुपड़े साबुन से नहाने से अंतर्तन तथा अंतर्मन भी धुल जायेगा। मुझे दोनों तक तक धो दो न—

एक कलरफुल मॉडल से जाल फिंकवाया जा रहा है— हमारे रंग में रँग जाइये, हर रोज होली मनाइये, मुँह काला करिये; हमारे चकमक साबुन से नहाइये, आत्मा पवित्र हो जायेगी, तन-मन की सारी कलुष मिट जायेगी—

धत् तेरे की! आत्मा पवित्र करने के लिये कब से बाबाजी की बताई गुलाटियाँ खा रहे थे; कौन जानता था कि आत्मा पवित्र करने के लिये इतना कष्ट उठाने की ज़रूरत ही नहीं थी। मल्टीनेशनल्स, आत्मा पवित्र करने वाला साबुन बनाने लगी हैं। स्वदेशी से ही आत्मा पवित्र करने का आग्रह हो, तो देश में बने विदेशियों के साबुन हैं। धोते जाओ-धोते जाओ-धोते जाओ। रंग धोओ, बदरंग

धोओ; मैल नहीं है कीटाणु धोओ। देश में आदमी और कुत्तों की जनसंख्या ही नहीं बढ़ रही है, कीटाणुओं की भरमार भी हो रही है। तमाम साबुन बनाने वाले, कीटाणुओं के वरदान से ही अरबों में खेल रहे हैं। वहाँ जनता का जितना ख़र्च खाने-पढ़ाने पर नहीं हो रहा है, उससे अधिक कीटाणु संहार पर हो रहा है।

उधर बाबाजी धंधा स्विच ओवर कर रहे हैं। चूरन चटनी बेचने से पीछा छुड़ा चुके हैं। अध्यात्म की घुट्टी, पुंसत्व विकास, सौन्दर्य निखार की चाशनी में डुबोकर पिला चुके हैं। कलाबाजियों की क्लास छोड़कर डिटर्जेंट में आ रहे हैं। दवा तथा सौंदर्य सामग्री बनाते-बनाते राख का ढेर लग चुका है। ऐसा ही रहा तो क्या आश्चर्य कि एक दिन आश्रम राख हो जाये। दिव्य ज्ञान प्राप्त होता है— योग बेचा जा सकता है तो कोयला-लकड़ी-कंडों की राख क्यों नहीं बेची जा सकती है। आस्था की चासनी में डुबोकर, भक्तों को सब कुछ बेचा जा सकता है।

उनकी सुअंगनी आमंत्रण दे रही हैं— अपने साफ-सुथरे कपड़ों को बाबा डिटर्जेंट से धोइए, इसमें राख है—

सामान्य ज्ञान आगाह कर रहा है— राख घुलती नहीं है, वॉशिंग मशीन जाम कर देगी, उड़कर फेफड़ों में पहुँचेगी, अस्थमा पैदा कर देगी—

भक्त की आस्था डपट देती है— क्या हुआ जो मशीन जाम हो जायेगी, फेफड़े अस्थमा से ध्वस्त हो जायेंगे; वस्त्र तो दिव्य राख से निर्मल हो जायेंगे।

असमंजस पूछ रहा है— बोल, तर्क मानेगा या आस्था...?

बीच का आदमी कोई निर्णय नहीं ले पाता है। हमेशा मार खाता है।

मोस्ट अनवांटेड पर्सन टेलेंट हंट के सफल प्रतिभागी

*वे सत्य को खोज रहे थे। नहीं भी खोजते तो इस ब्रह्मांड में भूचाल नहीं आता। कम से कम इस कारण से तो नहीं ही आता कि उन्होंने सत्य को नहीं खोजा। हाँ, अपने निजी कारणों से भूचाल को आना होता तो बेशक आता

रहता। उन्हें भी उसके आने से कोई आपत्ति नहीं होती, क्योंकि किसी के निजी कामों में ताक-झाँक करना वे भी पसंद नहीं करते थे। पिता, पत्नी, पुत्र-पुत्री सब तो अपने-अपने निजी कारणों से उन्हें नापसंद करते थे। समय के साथ यह दायरा बढ़ता ही जा रहा था। पड़ोसी पहले ही हाथ से निकल चुके थे। रिश्तेदारों को अपने आने की सूचना देते, तो अविलम्ब लौटते एस एम एस से ख़बर आ जाती कि अभी कृपा करें; हम खुद तीर्थ यात्रा पर जा रहे हैं। पाप धोने। एक भले आदमी की तरह वे निश्चिंत रहे। कभी आवश्यकता नहीं समझी कि पता करें कि आखिर पूरा परिवार उन्हें न पसंद क्यों कर रहा है। परिवार तो परिवार, कोई भी उन्हें पसंद क्यों नहीं कर रहा है। पॉपुलर टी वी के समय खपाऊ कार्यक्रमों की तरह, कोई 'मोस्ट अनवांटेड परसन' जैसा टेलेंट हंट होता, तो वे उसके सबसे सफल प्रतिभागी हो सकते थे।

एक निष्काम कर्मयोगी की तरह वे निष्काम बने रहे। हालाँकि उनकी इस निष्कामता को परिवार अकर्मण्य के रूप में परिभाषित करता था। बहुत ही अपने तो बिना किसी आडम्बर के निकम्मा ही कह देते थे। ऐसे लोग उन्हें पसंद थे, क्योंकि किसी प्रकार के आडम्बर से उन्हें भी चिढ़ थी। वे एक ऐसी विभूति के रूप में स्थापित हो चुके थे, जो कोई काम नहीं करता है। हिंदी साहित्य ने ऐसे लोगों के सम्मान में धोबी के कुत्ते के नाम से कहावत सृजित की है— धोबी का कुत्ता, जो धोबी के साथ-साथ घर से घाट तक चला जाता है, शाम को घाट से घर वापस आ जाता है। निष्कर्मता के प्रति उसकी निष्ठा को गधा भी नहीं डिगा पाता है। डिगाने की जुगाड़ तो वह तब लगाये, जब उसे काम से फुर्सत हो।

हालाँकि इतने भी निकम्मे नहीं थे वे। कितना तो काम था। सुबह नींद से जागना, नहाना-धोना। ऊपर वाले के सम्मान में चीख-चीखकर गाते हुए बताना कि वह कितना महान है, और कि उसके माता-पिता का क्या नाम है। वह क्या पहनता है, क्या खाता है, उसका वाहन किस नस्ल तथा मेक का है। नाश्ते से लेकर रात के भोजन तक का काम निबटाना। संध्या वंदन। फिर सो जाना। इस बीच लघु से लेकर दीर्घ शंका तक के निवारण का तो कोई अधिकृत रिकॉर्ड ही नहीं था। दिन-रात में न मालूम कितनी बार इन प्रयोजनों से उन्हें खुद को काम की आँधी में झोंकना पड़ता था। इतने काम करने के बावजूद कोई उन्हें निकम्मा कहता है तो कहता रहे, वे किसी की चिंता

नहीं करते हैं। उन्होंने सीखा है कि चिंता चिता समान होती है। वे चिंता तथा

चिता दोनों से समान दूरी बनाकर चलने के सिद्धान्त पर चलते थे। यह सत्य उन पर उजागर हो चुका था कि चिंता से दूरी बनाये रखना अपने हाथ में होता है, चिता से नहीं। लेकिन, यह भी वे जानते थे कि मुसीबत जितने दिन दूर रखी जा सके, उतनी समझदारी होती है। वे समझदार थे, बेवकूफ नहीं थे।

उनके निकम्मेपन को निबटाने के उद्देश्य से, परिवार ने सोचा कि अगले के हाथ पीले, मुँह काला कर दो; अपना परिवार चलाने के लिये कुछ तो काम करेगा। उन्हें आपत्ति नहीं हुई। जानते थे कि इस वीरभोग्या धरती पर अवतार लिया है, तो कम से कम इतनी वीरता दिखाना तो बनता था। अनगिनत बारातों के अनामंत्रित बाराती होने के नाते उन्होंने ज्ञानार्जन किया था कि 'यह देश है वीर जवानों का, अलबेलों का मस्तानों का,' बैंड वाले ठीक उन क्षणों में विवाहार्थी को अहसास कराते थे कि यह देश वीर जवानों का है, 'मत चूको चौहान।' जब बेटी वालों के लाउडस्पीकर पर जवाबी कार्यवाही हो रही होती थी कि 'बहारो फूल बरसाओ।'

इतने पर भी अगला 'कर चले हम फिदा जानोतन साथियो' के मूड में न आ जाये तो लानत है उसके जवान होने पर। अगला, वीरता दिखाने के लिये तत्पर हो ही जाता है। यह कुछ ऐसा अहसास होता जैसे कभी लंका फूँक कर हुआ था— जामवंत के बचन सुहाये, सुन हनुमत हृदय अति भाये— मतलब, हमारे यहाँ लोगों में अपार बल भरा पड़ा है, मगर उसका उपयोग तभी होता है जब कोई जामवंत अहसास कराये। जामवंत हर जगह नहीं पाये जाते हैं, लेकिन, बैंड वाले हर बारात में बरामद हो जाते हैं। जामवंत की ओर से वे स्मरण करा देते हैं कि यह देश है वीर जवानों का। परिणाम काफी सकारात्मक आते हैं। देश में और कैसा भी अभाव रहता हो, आदमी की पैदावार पर कोई दुष्प्रभाव नहीं पड़ता है।

इतने व्यापक अनुभवों के कारण, वे भी विवाह की बलि-वेदी पर कुर्बान हो गये। कुर्बान ही नहीं हुए, सार्थक परिणाम देना भी प्रारम्भ कर दिया। प्रति वर्ष एक की दर से। देश का कोई भी परिवार-कल्याण कार्यक्रम उन्हें संकल्प से डिगा नहीं पा रहा था। परिवार चिंतित हो उठा— क्या कर रहे हो? परिणाम जानते हो क्या होगा— वे निकम्मे होने से कर्मवान मोड पर आ चुके थे— कर्म किये जा, फल की

इच्छा मत कर रे नादान— बैक टु पैवेलियन तभी हुए जब तुलसी की बैटर

हाफ की तरह उनकी वाली ने भी दुत्कार दिया— जितना समय यहाँ लगाते हो, उतना सच्चाई समझने में लगाओ तो न जाने क्या हो जाये।

लिखने-पढ़ने की गलियों से गुज़रने की उन्होंने कभी आवश्यकता नहीं समझी थी। एक प्रकार से मानवता के प्रति उनका यह उपकार ही सिद्ध हुआ— संसार को एक और मानस चरित नहीं झेलना पड़ा— लेकिन बात उनके हृदय में लग गई थी। वे सत्य को समझने के लिये आमादा हो उठे। वे समझ नहीं पार रहे थे कि सच क्या है। सच वह था जब वह निकम्मे थे, या सत्य वह है जब आज वे कर्मवान होने की दिशा में बढ़ रहे थे। उन्होंने सुना था कि कोई गौतम थे, वे सत्य ज्ञात करने के लिये, पत्नी को छोड़कर जंगल को निकल पड़े थे। यहाँ मामला उल्टा था। पत्नी ने उन्हें छोड़ दिया था; इसलिये जंगल जाने वाला फार्मूला यहाँ नहीं लग सकता था। वैसे भी, उन्होंने सुना था कि जंगल अब बचे नहीं हैं, इसलिये जंगल ढूँढ़ने का इरादा उन्होंने स्थगित कर दिया— अब, सत्य ढूँढें या जंगल। यह भी एक संकट था। आदमी किसी एक को ही ढूँढ़ ले तो बहुत है— कोलम्बस, समुद्र के रास्ते भारत ढूँढ़ने निकला था, मिला अमरीका उसे। वहीं

हथियार डाल दिये। उसका फैलाया रायता, वास्को-डी-गामा को बटोरना पड़ा—आस्थावादियों का विश्वास है कि वास्को-डी-गामा का तआल्लुक गामा पहलवान से था। गामा पहलवान मध्य प्रदेश की दतिया रियासत में पहलवानी करता था। गामा की आत्मा वास्को-डी-गामा को पुकार रही थी, इसलिये वह सीधा खिंचा हुआ भारत चला आया। कोलम्बस का ऐसा कोई सम्पर्क नहीं था, इसलिये उसे भारत नहीं मिला। हालाँकि यह खोज होना अभी बाकी है कि भारत आकर भी वास्को-डी-गामा कभी दतिया आया या नहीं।

बहरहाल, उन्हें सत्य खोजने के लिये फिलहाल बुद्ध की शैली ही ठीक लगी। वे पर्यटन पर निकल पड़े। पूरे दिन शहर भर की गलियाँ-चौबारे छानते घूमे। वे खुद नहीं समझ पाये कि शाम होते-होते, खुद ब खुद अपने ही घर के दरवाजे पर कैसे बरामद हो गये। उन्हें आश्चर्य हुआ— अबे, क्या यह कहावत हमें देखकर ही बनी है कि 'जान बची तो लाखों पाये, लौट के बुद्धू घर को आये।' हालाँकि सूरदास ने इसी बात को कुछ इस तरह से कहा है कि उनकी भावना को ठेस न लगे— 'जैसे उड़ि जहाज कौ पंछी पुनि जहाज पै आवे।' सूरदास सम्भवतः यह नहीं जानते थे कि वे बहुत ठोस आयटम थे। ठेस क्या, ठोकर से भी आहत नहीं होते थे, अन्यथा वे यह सब लिखने के चक्कर में नहीं

पड़ते।

जो भी हो, सत्य की खोज करने के लिये पर्यटन करने का आइडिया उनकी प्रकृति के लिहाज से पिट चुका था— ऐसा भी कैसा सत्य, जिसे खोजने के लिये भटक-भटक कर खुद को थकाना पड़े।

फिर भी, सत्य तो खोजना ही था। वे गौतम के आइडिया नम्बर दो पर आये। दोपहर के खाने के साथ घोषणा कर दी कि वे सत्य को खोजने के लिये व्रत करेंगे। पत्नी खुश हुई— चलो, कुछ काम तो हल्का हुआ— लेकिन, रात्रिकालीन भोजन का समय होते-होते आत्मविश्वास का स्खलन हो गया।

आत्मविश्वास के इस स्खलन से, सत्य ने अचानक, उनके पिछवाड़े पर शक्तिशाली पाद-प्रहार किया। शैली आत्मा वाली थी, मग़र बात अलौकिक नहीं थी, इसी लोक की थी; सत्य की ज़मीन पर औंधे मुँह धचक देने वाली थी — बेवकूफ! मेरी खोज में न जाने कहाँ-कहाँ और कैसे-कैसे भटक रहा है, जबकि मैं तुझ में ही हूँ, तेरे साथ ही हूँ, तेरे पास ही हूँ। यह क्यों नहीं समझना चाहता है कि भूख ही सत्य है, भूख ही जयते है। भूख के सत्य को परास्त करने के लिये काम करना ज़रूरी है, नहीं तो भूख, आदमी को भेड़िया बना देती है। काम तब होता है, जब व्यवस्था काम करने वाली हो, हवा में महल बनाने वाली नहीं। मूर्ख, धूर्तों का जिंदाकर-मुर्दाबाद करने के बजाय उनसे पूछना शुरू कर देता कि भूख का क्या इंतज़ाम है तुम्हारे पास तो सत्य की तलाश में तुझे भटकना नहीं पड़ता।

दिलबागसिंह विर्क

मोबाइल - 95415-21947
ईमेल - dilbagvirk23@gmail.com
पुस्तकें - विभिन्न विधाओं की दस पुस्तकें प्रकाशित
पता -VPO.-मसीतां, डबवाली, सिरसा (हरियाणा)-125104

अनोखे हैं मि. अनोखे लाल

अनोखे लाल जी को तो आप जानते ही होंगे! क्या कहा, नहीं जानते ? आप भी कमाल करते हैं, आपके शहर में आपके मोहल्ले की आप वाली गली में आपके घर के पास ही उनका घर है, रोज सुब्ह-शाम दुआ-सलाम भी होती है आपकी उनसे; फिर भी आप कहते हैं कि आप उन्हें जानते नहीं।

अब तो कुछ- कुछ याद आ रहा होगा... हाँ, हाँ, वही अनोखे लाल जी, जो बातें ऐसे करते हैं जैसे राज्य के मुख्यमंत्री उनकी जेब में हों। किसी भी दफ़्तर का कोई भी काम करवाने का आश्वासन आप कभी भी उनसे प्राप्त कर सकते हैं। आपने भी कहे थे उनसे दो-चार काम; एक तो अपना बकाया निकलवाने का काम, जिसका दस प्रतिशत कमीशन देना पड़ा था आपको। दूसरा श्रीमती जी के तबादले का काम, जिसके लिए तीस हजार थमाए थे आपने अनोखे लाल जी को। इसके अतिरिक्त आपने अपने लाल को, जिसे अपना नाम भी नहीं लिखना आता, दसवीं पास करवाने का ठेका दिया था उनको। अब तो ध्यान में आ गया न? कितनी मेहनत करते हैं अनोखे लाल जी। आपके बेटे के लिए परीक्षा केंद्र से लेकर शिक्षा बोर्ड तक कितने चक्कर लगाए थे उन्होंने। हर काम के पीछे उनका समर्पण काबिले- तारीफ है।

अब यह न कहना कि वे तो रोज दो बार चाय आपके घर पीते हैं, आपकी गाड़ी भी यदा-कदा उन्हें उनकी मंजिल तक पहुँचाती है। देखो भाई, जब वे काम आपका करवाते हैं तो इतना हक़ तो उनका बनता ही है। काम करवाकर तो आप बहुत ख़ुश होते हैं, मगर इन छोटी-छोटी बातों को लेकर परेशान हो उठते हैं। अजी बनिए मत, मुझे सब पता है। जब भी अनोखे लाल जी आपके घर आते हैं,

आपका रंग उतर जाता है। उनकी छोटी-छोटी फ़रमाइशों पर आप मन-ही-मन खूब झल्लाते हैं। उनको इंकार करने की हिम्मत तो आप में होती नहीं, इसलिए उनके जाते ही आप अपना सारा गुस्सा हाथ में पकड़े हुए अख़बार को जमीन पर पटककर निकालते हैं। ये बातें आपको शोभा नहीं देतीं।

अब आप याद करें, जब आपको मोहल्ले में, दफ़्तर में कभी कोई परेशानी होती है तो आपको सबसे पहले किसकी याद आती है - अनोखे लाल जी की ही न। सब जानते हैं, मुसीबत के वक्त न कोई भाई साथ देता है, न दोस्त। आप अपने अनुभव के कारण ही ऐसे समय अनोखे लाल की शरण लेते हैं। बुद्धं शरणम् गच्छामि कहने वाले को हो सकता है कभी निराशा हाथ लगे, मगर अनोखे लाल शरणम् गच्छामि कहने वाले को न आज तक निराशा हाथ लगी है, न लगेगी। आप भी तब उनसे कैसे बातें करते हैं, जरा सोचिए; चलो मैं ही बताए देता हूँ। तब आपके चेहरे पर बनावटी-सी मुस्कान चिपकी रहती है, आपकी बोली में क्विण्टल भर चीनी घुली रहती है, जिसके कारण उसकी मिठास इतनी अधिक होती है कि सुनने वाले को सुगर होने की पूरी-पूरी संभावना रहती है; मगर यह तो अनोखे लाल जी का हौसला है कि वह इस मिठास को न सिर्फ निगल जाते हैं अपितु इसे पचा भी लेते हैं। दरअसल वे आदी हैं इन बातों के। आपके जैसे अनेक लोग मिलते हैं उन्हें। संकट के समय आप उनकी सेवा करने को इतने आतुर होते हैं कि अगर वे एक इशारा कर दें तो आप सूर्य देवता को हिंद महासागर में डुबो दें; लेकिन काम निकलते ही आपके तेवर बदल जाते हैं।

आपको सोचना चाहिए कि हर चीज़ की कीमत चुकानी पड़ती है। अगर आप अनोखे लाल जी से काम करवाते हैं, तो आपको भी उनके काम आना चाहिए। आपको उनकी छोटी-छोटी जरूरतों का ख्याल रखना चाहिए। आपको भी अनोखे लाल जैसा बनना चाहिए, जो हर समय ' न सावन हरे न भादों सूखे ' की तर्ज पर सदा एक-सा व्यवहार करते हैं और सबसे मुस्कराकर मिलते हैं। उनकी मुस्कराहट असली होती है, आपकी मुस्कराहट जैसी बनावटी नहीं। ऐसा नहीं कि वे आपकी नीयत से परिचित नहीं, बल्कि उन्हें पूरी ख़बर होती है कि आप मुसीबत में फँसे होने पर ही उनको याद करते हैं, वरना तो एक कप चाय पिलाते आपकी नानी मरती है। ये तो महानता है अनोखे लाल जी की, कि वे इस बात को दिल पर नहीं लेते और वक़्त-बेवक़्त अपनी छोटी-छोटी फ़रमाइशों के साथ अपनी याद दिलाने के मक़सद से आपके दरवाजे पर दस्तक देते रहते हैं।

अब आप सोच रहे होंगे कि मुझे इन सब बातों की इतनी सटीक जानकारी कैसे है। आप शायद घबरा भी गए होंगे कि कहीं मैंने आपके पीछे कोई जासूस तो नहीं छोड़ा हुआ। घबराइए मत, ऐसा कुछ नहीं है। वास्तविकता तो यह है कि जैसे आप हैं, वैसा ही मैं हूँ; बिल्कुल आपके जैसा ही व्यवहार मेरा है। रही बात अनोखे लाल जी की, तो एक अनोखे लाल मेरे घर के पास भी रहते हैं। यदि इससे भी ज्यादा जानने की इच्छा है तो सच्चाई यह है कि हर शहर के हर मोहल्ले की हर गली में कम-से-कम एक अनोखे लाल अवश्य होता है। इन अनोखे लालों की बदौलत ही आम जनता के काम हो रहे हैं वरना भारत के नेताओं और अधिकारियों का कद इतना ऊँचा है कि उनसे मिलना, उनसे अपनी समस्या कहना आम आदमी के बूते की बात नहीं। यह तो दलालों.. क्षमा करना, मैं गलत और असभ्य शब्द का प्रयोग कर गया; दलाल या मध्यस्थ नहीं,बल्कि सभ्य भाषा में कहें तो समाज सेवकों की मेहरबानी से आम जनता की सुनवाई होती है। अगर इस देश में समाज सेवक यानि अनोखे लाल न हों तो देश में पूरी तरह अव्यवस्था फैल जाए।

आप अपने मोहल्ले के अनोखे लाल के क्रिया-कलापों पर कुछ दिन नजर रखें, आप इनकी दिनचर्या देखकर हैरान रह जाएँगे। भारत के अधिकांश लोग आलसी हैं, जो अपने हर काम के लिए किसी-न-किसी का सहारा ताकते रहते हैं, मगर अनोखे लाल आलसी नहीं होगा, हो ही नहीं सकता; पूरे मोहल्ले की जिम्मेदारी जो रहती है उसके कंधों पर। इस जिम्मेदारी को निभाने के लिए आलस्य तो छोड़ना ही पड़ता है और अनोखे लालों ने अपना आलस्य हम लोगों को दे रखा है। वे खुद मेहनती आदमी हैं। दिन भर इधर से उधर घूमना, इस दफ़्तर से उस दफ़्तर के चक्कर लगाना उनका रोजमर्रा का काम है। सचमुच अनोखे होते हैं मि. अनोखे लाल।

चंद सुझाव आपके नाम

भारत के लोग भले ही और क्षेत्रों में फिसड्डी हों, मगर एक क्षेत्र ऐसा है, जिसमें वे जन्म से ही पारंगत होते हैं और वह क्षेत्र है – सुझाव या उपदेश देने का। बस अवसर मिलने की देर है, यहाँ का कोई भी नागरिक सुझाव देने से नहीं चूकता। यही कारण है कि यहाँ की हर गली के हर मोड़ पर आपको कोई-न-कोई

व्यक्ति उपदेश देता ज़रूर मिलेगा। कोई धर्म संबंधी उपदेश देता हुआ, कोई करियर संबंधी उपदेश देता हुआ, कोई आधुनिक सोशल मीडिया से बचने का उपदेश देता हुआ तो कोई जीवन से जुड़े अन्य पहलुओं से संबंधित मसलों पर उपदेश देता हुआ, यदि आपको पाँच कि.मी. का सफ़र पैदल तय करना हो तो आपको रास्ते में कम-से-कम पाँच उपदेशक ज़रूर मिलेंगे; ज्यादा मिल सकते हैं, कम नहीं मिलेंगे और शायद यही कारण है कि यहाँ कोई भी किसी से भी उपदेश सुनने को तैयार नहीं।

आखिर कोई किस-किस के उपदेश सुने और कितने उपदेश सुने। उपदेश की डोज पहले ही ओवर हो गई है। लेकिन डोज ओवर हुई हो या न, उपदेश सुनने सबको पड़ते हैं, चाहे आप इनको खुशी से सुनो या मजबूरी में। मैं भी सुनता हूँ, आप भी सुनते होंगे। जब हर कोई उपदेश दे रहा हो तो हम भागकर जाएँगे कहाँ? हाँ, लिखे उपदेश पढ़ना, न पढ़ना हमारे अपने हाथ में है, इसीलिए हम लिखे उपदेश या सुझाव कम ही पढ़ते हैं। ये बात और है कि उपदेशक इसे समझते नहीं और वे फेसबुक, व्हाट्स-अप पर भी उपदेश भरे संदेश भेजने से नहीं चूकते। अब मैं भी तो वही कर रहा हूँ। आपको सुझाव दे रहा हूँ और वो भी लिखित रूप में, और मुझे यकीन है, काफी लोग तो शीर्षक पढ़कर ही आगे निकल गए होंगे; निकलना भी चाहिए। लेकिन जो दो-चार लोग इसे पढ़ने की मूर्खता कर बैठे हैं और पढ़ते-पढ़ते यहाँ तक पहुँच गए हैं, उनसे मेरा नम्र निवेदन है कि वे इसे पूरा पढ़ने का प्रयास करें, क्योंकि इस बार मैं आपके लिए कुछ ऐसे सुझाव लेकर आया हूँ, जिनको मानकर आप उपदेशकों या सुझाव देने वालों से बच सकते हैं।

मेरा आपके लिए सबसे पहला सुझाव तो यह है कि आप शरीफ बनने का मोह छोड़ दें। यहाँ पर शरीफ उस शख्स को समझा जाता है, जो हर व्यक्ति से इज्जत से पेश आता है, जिसमें नैतिकता कूट-कूट कर भरी होती है और यही वो चीज़ें हैं, जो आपको सुझाव सुनने व सहने के लिए मजबूर करती हैं, क्योंकि नैतिकता इसी में है कि जब एक बोले, तो दूसरा चुप रहकर ध्यानपूर्वक सुने और आपका चुप रहना उपदेशक के हौसले बुलंद कर देता है और उसे आपको यहाँ एक सुझाव देना होता है, वहाँ वह चार सुझाव देकर जाता है। आप जितने अक्खड़, असभ्य दिखाई देंगे, सामने वाला आपको उपदेश देने से उतना ही घबराएगा और अगर कोई फिर भी उपदेश देने की धृष्टता करे, तो उसे उसी

समय अपनी आवाज़ में कर्कशता लाकर चुप करवा दें, इसके बाद वह कभी भी आपको उपदेश देने का साहस नहीं करेगा।

मेरा दूसरा सुझाव युवा बने रहने के मोह को त्यागने संबंधी है। यहाँ लोग मौत के करीब पहुँचकर भी युवा दिखना चाहते हैं, वहीं मैं कह रहा हूँ कि आप युवा दिखना छोड़ दें। निस्संदेह आपको मेरी यह बात अटपटी लगी होगी, लेकिन उपदेशकों से बचने के लिए यह बेहद ज़रूरी है। इसका कारण यह है कि युवा लोगों को सभी शक की नज़रों से देखते हैं। वे भी कोई समझदारी भरी बात कर सकते हैं या समझदारी भरा काम कर सकते हैं, ऐसा मानने को कोई भी तैयार नहीं होता; माँ-बाप तक ये बात नहीं मानते, इसलिए उनको उपदेश देने की ज़रूरत हर कोई समझता है। इसके विपरीत सफेद बालों वाले लोगों को उपदेश देने का अधिकार विधिवत रूप से प्राप्त होता है, क्योंकि उनके पास अकाट्‌य तर्क जो होता है कि उन्होंने अपने बाल धूप में सफेद नहीं किए। ऐसे में उपदेशों से बचने का तरीका है कि आप युवा न दिखकर बुज़ुर्ग दिखें। यदि आप अपने बालों को डाई करते हैं, तो आज ही यह काम छोड़ दें और जल्दी-से-जल्दी इनमें सफेदी उभरने दें। यदि आपके बाल अभी तक काले हैं, तो ऐसे प्रयास शुरू करें ताकि आपके बाल यथाशीघ्र सफेद झलक देने लगें। आप काली मेहँदी की तरह किसी सफेद मेहँदी का ईजाद कर सकें तो कहना ही क्या, क्योंकि बालों के सफेद होते ही आप समझदारों की महफ़िल में प्रवेश कर जाएँगे और समझदारों का काम उपदेश देना होता है, उपदेश सुनना नहीं।

एक आखिरी सुझाव यह है कि सामने वाले के आक्रमण करने से पहले ही उस पर धावा बोल देना चाहिए। मतलब, जब भी आपको लगे कि सामने वाला उपदेश देने की योजना बना रहा है, तो आपको चाहिए कि आप तुरंत उपदेश देना शुरू कर दें। आपके उपदेश प्रभावी एवं तर्कपूर्ण होने चाहिएँ, क्योंकि ऐसा न होने पर सामने वाला आपके तर्कों को रद्द करके अपने तर्क देने शुरू कर देगा और फिर आपको बेबस होकर उसके उपदेश सुनने होंगे। अतः उपदेश सुनने से बचने के लिए उपदेश देने में सिद्धहस्त होना अति आवश्यक है। इसके अतिरिक्त यदि आप अपने उपदेशों को शृंखलाबद्ध करके सुना सकें तो यह और भी बेहतर होगा। शृंखला की कड़ियाँ पूरी तरह से जुड़ी होनी चाहिएँ, कहीं भी इतना समय सामने वाले को न दिया जाए कि वह आपके उपदेशों के बीच अपना कोई उपदेश ठूँस सके।अभी तक मेरे ध्यान में बस यही तीन सुझाव हैं, जब भी आगे

कोई और सुझाव मेरे ध्यान में आएगा, मैं उसे लेकर तुरंत आपके सामने उपस्थित होऊँगा, क्योंकि सुझाव देने का अपना ही आनन्द है और मैं इस आनन्द से चूकना नहीं चाहूँगा। जब तब मैं कोई नया सुझाव दूँ, तब तक आप इन सुझावों को अपनी जीवन शैली में स्थान दीजिए। हाँ, इनकी सफलता–असफलता की जानकारी मुझे अवश्य दें,क्योंकि तमाम उपदेशकों की तरह अपने इन सुझावों को अभी तक मैंने भी अपनी ज़िन्दगी में अपनाया नहीं। यदि ये सुझाव कारगर सिद्ध हुए तो मैं भी इन्हें अपनी दिनचर्या का अंग बनाऊँगा क्योंकि आपकी ही तरह उपदेशकों से मैं भी बहुत परेशान हूँ।

डॉ. नीरज दइया

मोबाइल - 9461375668
ईमेल - drneerajdaiya@gmail.com
पुस्तकें - विभिन्न विधाओं की 33 पुस्तकें प्रकाशित
पता - डॉ. नीरज दइया, सी-107, वल्लभ गार्डन, पवनपुरी, बीकानेर (राजस्थान) 334003

हंसों और कव्वों की भई दोस्ती

सच और झूठ के मेल से दुनिया चलती है। जब यह मेल गड़बड़ाता है तो गाड़ियाँ पटरियों से उतरने लगती है। पटरियाँ मजबूत हैं, पूरी व्यवस्था है, फिर भी यदि गाड़ियाँ अपना धर्म छोड़ें क्या करें? जब धर्म की डोर में बँधे बाबा अपने धर्म से भ्रष्ट हों तो क्या करें? अब तो कौन कितना चोर है, पता नहीं। जो पकड़ा गया वह चोर और नहीं पकड़ा गया वह साहूकार। सच और झूठ का अनुपात ही राम-रहीम से जोड़ता और तोड़ता है। कोई कहता है कि राम सच्चा, कोई कहता रहीम; कौन सच्चा, कौन झूठा किसे पता? कवि कबीर ने वर्षों पहले कहा था- हिन्दू कहे मोहि राम पियारा, तुर्क कहे रहमाना,आपस में दोउ लड़ि-लड़ि मुए, मरम न कोऊ जाना। मेरा मानना है- सारा खेल समय और अनुपात का है। इस खेल में दोषी कौन, उसे साबित करने की पूरी प्रकिया है, जिसमें समय लगेगा पर अंत में दूध का दूध और पानी का पानी होगा। उससे पहले भले आप पानी-पानी होते रहो। माना आप जवानी में केस फाइल करते हैं और धूप में बाल सफेद होने पर फैसला आता है। उसके बाद भी अदालत एक नहीं, अनेक हैं। छोटी अदालत, बड़ी अदालत। नीचे की अदालत, ऊपर की अदालत। अंत में सबसे बड़ी अदालत ऊपरवाले की।

अगर पर्दे में सब ठीक है तो पर्दे उठाए क्यों जाते हैं। यह कोई नाटक है कि पर्दा उठता-गिरता हैं। यह असल जिंदगी ड्रामा नहीं है। अंधे को अंधा नहीं, सूरदास कहते हैं। हरदम केवल खरे सच से काम कहाँ चलता है। न पूरा सच पचता है न पूरा झूठ। सच की तुलना दूध से की जाती है। दूध, यानि जिसमें हर

कोई अपने हिसाब से पानी मिलाकर दूध धुला होने का दावा कर सके। सभी दूध के धुले हो जाएँगे तो दूध देश में कम पड़ जाएगा। दूध तो सबको चाहिए। बूढ़े-जवान-बच्चों सभी को दूध प्रिय होता है। इसलिए दूध और पानी का प्रेम है। इस प्रेम को कोई नहीं समझ सकता। कहा जरूर जाता है कि हंस दूध का दूध और पानी का पानी कर देता है; ऐसा नीर-क्षीर विवेक अब कहाँ है? अब तो वैसे वे हंस भी कहाँ रहे। हालात बदल गए। सभी हंसों ने कव्वों से दोस्ती गाँठ ली। वे एक-दूसरे का रूप बदल सकते हैं। ऐसा करना कलियुग में जरूरी हो गया था। मोती कोई खाद्य पदार्थ तो है नहीं, फिर हमारे रामचंद्र ने सिया से कह दिया- ऐसा कलियुग आएगा, हंस चुगेगा दाना-दुनका, कौआ मोती खाएगा। यहाँ कहने-सुनने में कुछ फर्क रहा होगा। वैसे तर्क की बात तो यह है कि कौआ मोती खाएगा तो मर नहीं जाएगा? किंतु कभी-कभी ऐसा भी लगता है कि नए जमाने के हंस, कौओं को मोती खाने को दे रहे हैं और न जाने इनका ऐसा कैसा मेल है कि दोनों के घर भर रहे हैं।

पंच काका कहते हैं- विद्या और बुद्धि की देवी का वाहन हंस, नेताओं के रूप में इन दिनों ज्ञान का प्रकाश फैला रहा है। वे धवल वस्त्र धारण किए अपनी नई चाल में अपने दोस्त कौओं को काला कोट पहनाकर दूध का दूध और पानी का पानी करने का जिम्मा सौंपकर लोकराज में मस्त हैं। नए हंसों और नए कौओं की मित्रता ने अनेक गाड़ियाँ पटरियों से उतार दी और बाबाओं की गाड़ियाँ तो वे एक एक कर के पूरी बंद करते जा रहे हैं।

टाँय टाँय फिस्स

बड़े-बूढ़ों के साथ रहना सच में बहुत बड़ी मुसीबत का काम है। वे बात बात पर हमारी कमियाँ निकालते रहते हैं। ऐसा लगता है कि जैसे भगवान ने उनके हाथ में परमानेंट कोई आईना दे दिया हो और वे बात-बात पर हमें आईना दिखाते रहते हैं। हम अपनी असलियत को स्वीकारते हुए सकुचाते हैं। अब देखिए मैं जो कुछ भी जैसा भी लिखता हूँ, वह एकदम नया और मौलिक होता है। पंच काका को क्या पड़ी है कि वे कमियाँ निकालते रहते हैं। हर बार हर रचना पर वे मुझे टोकते हैं- कहते हैं- बात बनी नहीं।

हमारी किसी बात पर हमें कोई पराया ऐसा-वैसा कहे तो उतना बुरा नहीं लगता, जितना अपना कोई सगा कहे तो लगता है। आप समझ रहे हैं न, मैं क्या कहना चाहता हूँ? पूरा उल्टा हिसाब है, पूरी दुनिया जिसे वाह-वाह करती है, वह घर के जोगी जोगना हैं। कभी-कभी तो ऐसा लगता है कि काका की नजर ही कमजोर नहीं हुई, साहित्य को समझने की समझ ही कमजोर हो गई है। ऐसा कहने में यदि आपत्ति है तो इसको घुमाकर कहा जा सकता है- काका की साहित्यिक समझ इतनी विकसित हो गई है कि उन्हें अच्छी से अच्छी रचना जमती नहीं।

अगर मेरी हर रचना का विषय पुराना यानी बासी है, तो ताजा कहाँ से लाना है। माना कि आप बड़े हैं, अनुभवी हैं और आपको कहने का हक है। जब ऐसा कुछ कहते हो तो इसका इलाज भी तो बताओ। आप जिसे नया और उम्दा मानते हैं, उसके बारे में कोई संकेत तो कीजिए। यह क्या हुआ कि मैं हिम्मत रखते हुए फिर-फिर प्रयास करता हूँ। यकीन कीजिए मैं दुगने जोश-होश से प्रयास करता हूँ। मैं हर बार सोचता हूँ अबकी विषय नया और निर्वहन नया है, काका दाद देंगे; पर उनके आगे हमेशा मेरी टाँय टाँय फिस्स। इस टाँय टाँय फिस्स से टकरा-टकराकर मेरे लेखन की गति सुस्ता गई है।

पंच काका कहते हैं- जीवन की गाड़ी जब तक चल रही है चल रही है, न जाने किस दिन टाँय टाँय फिस्स हो जाए। इस जीवन का परम सत्य टाँय टाँय फिस्स है। कोई बात जब नई नई होती है तो अच्छी लगती है; एक ही बात बीस बार सुनते हैं तो बोरियत होने लगती है। काका ने जैसे टाँय टाँय फिस्स को तकिया कलाम बना लिया है। कोई बात कहो-करो, वे कहीं न कहीं से जैसे-तैसे इस फिस्स तक पहुँच ही जाते हैं। कबीरदासजी ने कहा था- 'चलती चाकी देखकर दिया कबीरा रोय, दो पाटन के बीच में साबुत बचा न कोय।' मेरे लिए पहला पाट पंच काका हैं और दूसरा टाँय टाँय फिस्स। लगता है काका और उस तकिया कलाम से जल्दी ही मेरी टाँय टाँय फिस्स होने वाली है।

मैंने एक प्रयोग किया। जब काका को मेरे लिखे में खोट ही खोट दिखाई देता है, तो उनकी पारखी नजर की परख भी हो जाएगी और हो सकता है कि कोई रास्ता ही मिल जाए। मैं काका के सामने प्रेमचंदजी की कहानी कफन, अपनी बनाकर ले गया। बोला- "काका। कहानी लिखी है, नाम रखा है- 'कफन'।" काका बोले, रख दे, मैं पढ़कर बात करूँगा। मैं कहानी छोड़कर आ

गया।

काका ने जैसे ही कहानी को पूरा किया तो मुझे आवाज लगाई। मैं गया और मन ही मन डर रहा था कि कहीं यह न कह दें कि कहानी चुराकर लाया है, पूरी की पूरी चोरी हुई कहानी देकर मुझे मूर्ख बनाता है। पर नहीं, काका शायद पकड़ नहीं पाए थे। पकड़ने वाले होते तो कहानी का नाम 'कफन' सुनते ही उनके दिमाग की बत्ती जलती और प्रेमचंद का नाम क्लिक होता। नए कहानीकारों की बात तो अलग, यहाँ तो बड़े बड़े कहानीकारों को अभी तक लोगों ने पढ़ा नहीं। काकाजी के पढ़ने में जब प्रेमचंद सरीखे रचनाकार का यह हाल है, तो दूसरे रचनाकार की तो बात ही क्या करें।

काका कहने लगे कि तेरी यह कहानी ठीक से जमी नहीं। मैं मन ही मन बोला- 'जमी नहीं! अरे इस कहानी से प्रेमचंदजी की दुकान अब तक जमी हुई है और आप कहते हैं कि जमी नहीं, काका ने उलटे सवाल किया- तूने कफन के चंदे से बाप-बेटे को शराब पीते दिखाया सो तो ठीक है, पर वे क्या जंगल में रहते थे? यदि नहीं, तो गाँव में आस-पास या दूर दराज कोई औरतें नहीं थीं? क्या? एक स्त्री को ऐसे तड़पता दिखाया है। जाप में तो स्त्रियाँ एक दूसरे का सहयोग करने दूर-दूर से चली आती हैं। यह कोई त्वरित घटना तो होती नहीं; फिर और ऐसे काम में तो अनजान भी मदद करते हैं। किसी भी घर का दरवाजा बजाने की देर थी उन्हें मदद मिल जाती।

काका के श्रीमुख से इतनी बातें सुनकर मेरे पैर कच्चे पड़ गए और मेरा खेल टाँय टाँय फिस्स। मैंने कह दिया- यह कहानी तो प्रेमचंदजी ने लिखी थी, आपको भूलवश अपनी कहानी की जगह उनकी दे दी थी। काका ने हँसते हुए कहा- मुझे क्या मूर्ख समझ रखा है? मैं जानता था कि तुम ऐसा करोगे; तुम इतनी महान और बारीक कहानी जिंदगी भर लिखोगे तब भी नहीं लिख सकोगे। लेखकों में फर्क बस इतना ही है कि प्रेमचंद कम गलती करते थे और तुम हो जो गलतियों की खान हो। कहानी या कोई भी रचना हो, मुँह बोलनी चाहिए। तुम्हारे यहाँ तो दो लाइन पढ़ो और जाँच करो तो टाँय टाँय फिस्स। रचना का उठाव अच्छा होना चाहिए। अब देखो यह कहानी प्रेमचंदजी की, इसमें माना कि कुछ छोटी मोटी कमियाँ हैं, पर उठाव जबरदस्त है। एकदम पठनीय और सधी हुई भाषा। मैं समझता हूँ कि इस कहानी में जो कमजोरियाँ मैंने बताई हैं, वे ही इस कहानी का नयापन हैं। नया, यानी जो जैसा हम नहीं जानते वही तो मौलिक

हुआ। कफन से स्त्रियों को प्रेरणा मिलेगी कि ऐसी विकट स्थितियों में वे उनके पास रहें। अरे, माना कि घीसू और माधव ने नहीं बुलाया, तो क्या यह उनका धर्म नहीं था?

वे बोल रहे थे और मैं सुन रहा था। ऐसी टाँय टाँय सुनना, सचमुच बी मुसीबत है। फिस्स... और कमरा दुर्गंधमय हो गया।

डॉ. नीलकमल कपूर

मोबाइल - 9893156250
ईमेल - nkapoorn@rediffmail.com
पुस्तक - 'चुस्कियाँ - कहानियों की'
पता - ई-6/14, अरेरा कॉलोनी, भोपाल - 462016

भारत की सड़क - एक लघु निबन्ध

विश्व में सड़कें, अर्थव्यवस्था एवं राष्ट्रीय समृद्धि का आवश्यक अंग होती हैं, इसीलिए उन्हें बहुत मेहनत, पुख्तेपन और समझ भरी सोच के साथ बनाया जाता है। भारत एक बहुत बड़ा देश है तथा इसकी जनसंख्या भी बहुत अधिक है। आमतौर पर किसी भी देश में यह एक बड़ा कारण होता है कि वहाँ पर बहुत सारी सड़कें हों। इस प्रकार भारतवर्ष में भी बहुत अधिक सड़कें हैं। किन्तु भारतवर्ष में इतनी अधिक सड़कें होने के और भी अनेक उल्लेखनीय कारण हैं। भारत की सड़क का व्यक्तित्व विश्व की अन्य सड़कों की अपेक्षा अत्यधिक बहुआयामी व बहु उपयोगी है।

भारत में सड़कें विभिन्न प्रकार की होती हैं; छोटी - लम्बी, चौड़ी - सँकरी, चिकनी - गड्ढेदार, सलेटी - भूरी वगैरह वगैरह।

प्रत्येक सड़क इनमें से किस प्रकार की है, यह इस पर निर्भर करता है कि ये किस इलाके में बनी हैं - उदाहरण के लिए सरकारी बँगलों के आसपास की सड़कें सलेटी, चौड़ी और चिकनी होती हैं तथा इनके बीच में व किनारे पर हरी पीली और कभी कभी रंग बिरंगी वनस्पति आदि से रंग संयोजन रहता है। गैर सरकारी इलाकों की सड़क सामान्यतः उधड़ी व गड्ढेदार होती हैं, जिनके बीच में या किनारों पर गहरा भूरा व पथरीला सा रंग संयोजन रहता है जो कि गहन व सतत जारी खुदाई के कारण होता है। वर्षा ऋतु में इसमें कीचड़ ताल बन जाने के कारण राहगीरों के कपड़े, गाड़ियों अथवा शरीर पर भी यह यह अमूर्त रंग संयोजन चन्दन लेप के समान सुशोभित हो जाता है।

भारत एक उत्सव प्रधान देश है, जिनमें शादी विवाह सर्वोत्तम उत्सव है। इसको प्रत्येक नागरिक जात - पात, धर्म - समाज या व्यवसाय का भेदभाव छोड़कर मनाता है। यदि भारत में सड़क न होती तो कितनों के यहाँ यह उत्सव मन न पाता। क्यूँकि सड़क घेरकर बारात निकालने से लेकर, सड़क छेककर विवाह का शामियाना तानने तक शुभ-विवाह के सभी सत्कर्म यहीं किये जाते हैं। शामियाने की बाँस बल्ली की किल्ली ठोंकने से हुए गुच्चुक गड्ढे आदि सालों तक उस सड़क पर से गुजरने वालों को, जो कि उस विवाह में आमंत्रित भी नहीं थे, इस आयोजन की मधुर स्मृतियों का सहभागी बना देते हैं। किंवदंति है कि जिन सड़कों पर शादी उत्सव मनाने की प्रथा अधिक है, उनके आसपास ही मोच उतरने वालों, हड्डी बैठने वालों से लेकर अस्थि रोग विशेषज्ञों की दुकानें आदि अधिकाधिक संख्या में मिल जाती हैं।

भारत की सड़क का एक अन्य महत्त्वपूर्ण उपयोग कचरा प्रबंधन भी है। अपना घर बुहारकर रोज़ सवेरे सभी रहवासी, कूड़ा सड़क के किनारे जमा देते हैं, जो कुछ समय पश्चात् वायु के प्रभाव से पुनः घर के भीतर आ जाता है। और यह प्रक्रिया गृह निवासियों को अगली सुबह यह पुनः व्यायाम का कारण देती है। और इस प्रकार स्पष्ट है कि भारत के नागरिकों कि स्वास्थ्य सुरक्षा में भी सड़कों का विशेष योगदान रहता हैं। वैसे कुछ सड़कों के आस-पास कूड़ादान नामक संरचना भी रहती है, जिसकी सफाई नगर निगम द्वारा इतने समय पश्चात होती है कि बीस प्रतिशत कूड़ा उसके अंदर व अस्सी प्रतिशत उसके इर्द गिर्द रहता है। सड़कों पर ही आसपास की माताएँ, शिशुओं को शौचादि के लिए बैठाती हैं (वैसे स्वयं भी कभी कभी....)। इन सभी परिस्थितियों में मक्खी जैसे छुद्र प्राणी से लेकर शूकर जैसे जीव को निरंतर स्वादिष्ट भोजन मिलता रहता है; और भूखे को भोजन कराने से अधिक कोई पुण्य कर्म तो भारतीय संस्कृति में माना ही नहीं गया है। इसी प्रकार खुली धूप में जुएँ बीनना, इमली चियाँ से अष्टे चंगे चिंतन अथवा ताश के पत्तों पर मनन करना इत्यादि उच्च स्तरीय दार्शनिक गतिविधियों हेतु भी सड़क के किनारों का अद्भुत उपयोग भारतीय करते हैं। सड़क के उपयोग व लाभ के विषय में असीमित चर्चा की जा सकती है, जो कि स्थानाभाव के कारण यहाँ सम्भव नहीं है, किन्तु स्पष्ट है कि भारत की सड़क जैसे महत्त्वपूर्ण विषय पर लघु निबंध नहीं, अपितु शोध प्रबंध लिखा जाना चाहिए।

अजब टेढ़ी कहानी

कुछ समय से पता नहीं क्या होता चला जा रहा है। अट्टालिकाएँ भी सीधी खड़ी हैं। गुरुत्वाकर्षण के बल में भी कोई अन्तर नहीं आया है, मगर इस दुनिया के सारे बाशिंदे टेढ़े होते चले जा रहे हैं।

नहीं नही... पूरे टेढ़े नहीं, बस जरा से। मतलब ये देखिये, जरा इन साहब को देखिये। ये पंजे, टखने, पिंडली, घुटने, कमर... और तो और कन्धों तक तो बिल्कुल सीधे हैं, कहीं कोई ख़म नहीं। ठीक... अब ज़रा निगाहें और ऊपर ले चलें। हाँ हाँ वहीं... ज़रा सा झुकाव गर्दन में यानि कि कन्धे और गर्दन के बीच का कोण जो सामान्यतः लगभग नब्बे अंश का रहता है, अब एक तरफ न्यूनकोण में परिवर्तित हो गया है। हाँ जी, आँख उठाकर जरा चारों तरफ देखिये, लगभग तीन चौथाई लोग ऐसे ही दिखेंगे। क्या पुरुष, क्या स्त्री और क्या नौजवान; खासकर टीनेजर लड़के -लड़कियाँ। मजे की बात यह है कि यह टेढ़ापन अपंगता का प्रतीक नहीं है, आजकल शान की बात है। इन टेढ़े नौजवानों की शादी ब्याह में भी रुकावटें नहीं आतीं, बल्कि जितनी गरदन टेढ़ी, उतनी ही जल्दी जीवनसाथी पा जाते है। भाई जमाना बहुत बदल गया है; कुछ ज्यादा ही जल्दी बदल गया है। नहीं तो हमारी माँ के जमाने में तो लड़कियों के हाथों के पंजे फैलवाकर पूरी दस उँगलियाँ गिनी जाती थी और कमरे में ही चलवाकर लचक भचक चेक कर ली जाती थी। कहीं उँगली नौ या ग्यारह हुई या चाल लहराई तो बिटिया या तो रहो कुँआरी और भाभी के बच्चे पालो और नहीं तो भइया बप्पा आप दहेज दो अढ़ाई गुना। खैर छोड़िए, पुराने किस्से, अब तो रितिक रोशन का जमाना है। और टेढेपन की जड़ में है आधुनिक टेक्नोलॉजी। इस जबरदस्त वैज्ञानिक प्रगति के युग में दूरसंचार के यंत्रो में क्रान्तिकारी परिवर्तन हो रहे हैं, जिसमें अग्रगामी भूमिका एक छोटे से सर्वसुलभ यंत्र की है जिसे मोबाइल कहते हैं। मोबाइल यानि चलते फिरते घूमते बात करिए... कहीं भी, किसी से भी, दुनिया भर में। अमूमन अपने कानों से इसें सटाये, गर्दन को थोड़ा झुकाये, अगर कोई हवा में मुस्कराता बतियाता चला जा रहा हो तो समझ लीजिये मोबाइल चालू है। वैसे बातें भी क्या...

'हेलो'
'हाय'
'और क्या हो रहा है'

‘बस कुछ नही’
‘अच्छा कुछ नहीं’
‘हूँ... जरा टी वी चैनल सर्फ कर रहे थे’।
‘कुछ इन्ट्रेस्टिंग?’
‘नहीं’
‘अच्छा’
‘ओ0के0’
‘ओ0के0’
‘बाय’
‘बाय’

या फिर ‘अभी एक घण्टे में क्लास है आ रही हो ना’। ‘हाँ बस तैयार होती हूँ अभी’। ‘ओ0के0 घण्टे भर में मिलते है’। ‘ओ0 के0’। ओ0 के0’। ‘बाय’बाय’। वैसे मैं विज्ञान के चमत्कारों के विषय में कुछ भी बड़बड़ करूँ, परन्तु मोबाइल का भारतीय संस्कृति और मिथक से गहरा नाता है। आपको दैवी संचार दूत नारद मुनि का ध्यान है। बस यह छोटा सा यंत्र नारदावतार सा ही प्रतीत होता है। उदारहरण स्वरूप आप अपनी भरी पूरी गृहस्थी में सुखी संतुष्ट रात भर की गहरी और ताजगी भरी नींद के बाद अपने पति के साथ गरम चाय की चुस्कियाँ ले रही हैं कि एकाएक सामने टी टेबिल पर पड़े आपके मोबाइल से ‘दिल चाहता है’ या ओय बबली’ या ऐसी ही आपकी कोई पसन्दीदा स्वर लहरी निकल पड़ती है। आप मुस्कुराकर बटन दबाती है और फिर ‘कैसे हो’ ‘क्या करें’ ‘क्या करें’ के बाद एक धीमी सी सरगोशी कान में ‘अरे भाई सुना है आप तो फलाँ जगह फलाँ फलाँ काम चुपचाप कर आई’। ‘नहीं तो’ ‘अच्छा लोग तो ऐसा ही कह रहे थे’। ‘कौन कह रहा था’? लीजिये भाड़ में गई प्यारी सी सुबह और चूल्हे में गयी ताजगी। आपने तो दिल का पल्ला बाँधा और ठान लिया कि बस आज ही पता न किया कि किस मुए ने मेरे बारे में ऐसा वैसा कहा तो मेरा नाम नहीं। अब देखिये यूँ तो नब्बे प्रतिशत संभावना है कि किसी ने कुछ कहा ही नहीं होगा या कुछ और ही कहा होगा। और माना कि कहा भी हो तो भी क्या ही अच्छा होता कि कोई आपको उसके बारे में न बताता। कम से कम दिन तो न खराब होता।

जनोबआली मुझे बिल्कुल समझ में आ रहा है कि आप लोग सोच रहे होंगे कि हम तो कहानी पढ़ने के मूड में थे, पर यह तो मोबाइल पर निबन्ध हो चला।

माफ कीजिये हुजूर, जरा बहक गयी थी। असल में आज एक इतना बड़ा काम किया है कि उसके सुरूर में हूँ। दरअसल जो बात मुझे सबसे पहले बतानी थी वो छोड़ दी और बक बक शुरू कर दी। भई सबसे पहल मुझे अपना देना चाहिये था। मैं एक चिकित्सक वैज्ञानिक हूँ। हर वो पहेली जो चिकित्सा विज्ञान से जुड़ी हुई है को हल करना मेरे लिये बहुत थ्रिलिंग है। मुझे तो बस समस्या चाहिये, जिससे कि मैं समाधान की खोज में लग सकूँ। फिर मुझे रात दिखे न दिन, घर दिखे न परिवार।

तो भाई इस टेढ़ेपन से न गवर्नमेंट को समस्या है, न व्यक्ति विशेष को और न ही उसके परिवार को; मगर मुझे तो है। तो हमारी टीम जुट गई इसका इलाज ढँढ़ने। देखिये हम तो विज्ञान के सिपाही हैं। समस्या का अद्यतन अध्ययन करते है। सबसे पहले देखा कि कौन से आयुवर्ग मे ज्यादा टेढ़ापन है। पाया कि जितनी छोटी उम्र उतनी टेढ़ी गर्दन। इस स्टेज पर हमने अपनी टीम में एक शिशु शल्य चिकित्सक भी शामिल कर लिया और जुट गये अनुसंधान में। गहन चर्चा व प्रयोगों के पश्चात् एक 'प्रोटोकाल' तैयार हो गया और उसके तहत आज ऑपरेशन थियेटर में हमारा पहला केस चल रहा है।

आइये ज़रा झाँकें तो इस काँच से। ऑपरेशन टेबल पर एक तीस वर्षीय गर्भवती महिला लेटी है। ये मैडम सिर्फ एक 'केरियर माड्यूल' है। इसके गर्भ के अजन्में भ्रूण में हमने पहले एक सिम कार्ड ट्रांसप्लांट कर दिया था। आज तो डिलीवरी हो रही है। भई सब राजी खुशी हो जाय।

श् श् श्! जरा शान्ति। अहा। यह पैर निकला, यह धड़, सिर और लो नाल कटी और.........बधाइयाँ जी बधाइयाँ। अहाहा नवजात शिशु के क्रन्दन के स्वर सुनिये। ऊआँ, ऊआँ नहीं 'धूम मचाले धूम' बज रहा है। अब क्या करें जी, बच्चे की माँ को यही धुन पसन्द आई। हमारा एक्सपेरिमेन्ट कामयाब रहा। ट्रांन्समिशन और रिसेप्शन दोनों ही शरीर के अन्दर हो जाने से अब गर्दन सीधी की सीधी रहेगी; यूँ समझिये कि बच्चे का बच्चा और मोबाइल का मोबाइल हो गया। वैसे वी आर स्टिल वर्किंग ऑन इट। आप देखियेगा, अगले साल तक हम कितने एप्लीकेशन्स और बढ़ा देंगे। चलिये साहब, अभी तो फिलहाल जश्न हो जायें।

प्रियंका गुप्ता

मोबाइल - 09919025046
ईमेल - priyanka.gupta.knpr@gmail.com
पुस्तकें - विभिन्न विधाओं की 6 पुस्तकें प्रकाशित
पता - एम.आई.जी-292, कैलाश विहार, आवास विकास योजना संख्या-एक, कल्याणपुर, कानपुर-208017 (उ.प्र)

भीख माँगना-एक सरल व्यवसाय

हमारे एक बुजुर्ग हुआ करते थे। अब नहीं हैं, मर गए हैं...। वे जब ज़िन्दा थे तब लेन-देन का व्यापार करते थे और बहुत अमीर थे। लोग दबी-जली ज़बान से उनकी पीठ पीछे कहा करते थे कि इस मुए लेन-देन के कारण ही वे इत्ते अमीर बने थे। अब यह बात भी लोगों की जली ज़बान से ही सुनी थी कि उनकी अमीरी का मुख्य कारण 'लेन' ही था। वैसे शौक उन्हें दोनों का था, पर लेन में कुछ ज़्यादा ही था...और इसमें वे कुछ भी ले लिया करते थे। रुपए, पैसे, भोजन, कपड़ा...यहाँ तक कि सुनसान जगह देखकर भीख लेने में भी संकोच नहीं करते थे। पर देन में वे सिर्फ़ उपदेश देने में विश्वास रखते थे। उनके नाते-रिश्तेदार, पास-पड़ोस के लोग उनकी देनदारी की आदत के चलते ही लेनदारी वाली आदत को भी नज़रअंदाज़ कर देते थे। कारण, उनके पास समय काटने का कोई और साधन भी नहीं होता था।

वे अमीर उपदेशक चूँकि हमारे बुजुर्ग भी थे, इसलिए उनके आदर्शों पर चलकर अमीर बनने के सपने हम भी देखा करते थे। शुरू में वे हमें 'बच्चा टोली' कहकर टाल जाया करते थे, पर एक दिन जब मनुआ ने नौटंकी वाले भिखारी का रोल निभाकर पड़ोस के लड़के से उसका कीमती पेन झटक लिया, तब उन्होंने अपनी दी हुई उपाधि हमसे छीन ली। पर इससे हमारा नुकसान नहीं हुआ, बल्कि फ़ायदा ही हुआ। चूँकि उस घटना-दुर्घटना के बाद से उन्होंने हमें बच्चा समझना छोड़ दिया था, सो बहुत सी बातें वे हमारे सामने भी धड़ल्ले से बोलते थे और इस धड़ल्लेपन से हमने बहुत सी बातें सीख लीं।

अब यह बात सब जानते हैं (स्वीकार भले ही न करें) कि आज की ज़िन्दगी का पहला और आखिरी लक्ष्य अमीर बनना है, चाहे उसके लिए कुछ भी क्यों न करना पड़े। चोरी, डकैती, अपहरण, हत्या से लेकर नेतागिरी तक ही क्यों न हो। पर इसके साथ ही यह भी ध्यान देने योग्य बात है कि इन सबमें मेहनत के साथ-साथ जोखिम भी बहुत ज़्यादा है। चोरी-डकैती में पकड़े गए तो हड्डी-पसली सब बराबर कर दी जाएगी। अब ऐसे में आदमी बिना हड्डी का अमीर बनकर करेगा भी क्या? सीधा भी तो नहीं खड़ा रह पाएगा; जबकि अमीरी में सीधा खड़ा रहना बहुत ज़रूरी है और काफ़ी शान की बात भी, फिर...? अपहरण के धन्धे में भी कम जोखिम नहीं; इसमें असफ़ल होने का अन्देशा कुछ ज़्यादा ही बना रहता है। पकड़े या पहचाने जाने पर मान-सम्मान का जो अपहरण होता है, सो तो होता ही है, अगर उधर से एक धेला नहीं मिला, तो अपहरण करके लाए हुए को खिलाने-पिलाने का जो खर्चा होता है, सो अलग।

वैसे जोखिम तो हर व्यापार में उठाना ही पड़ता है और इस जोखिम को जो उठा लेता है, वही अमीर बन जाता है; बाकी तो ग़रीब बनकर जनम लेते हैं और गरीबिए में मर भी जाते हैं, यह बात भी हमारे वही बुजुर्ग, बात-बात में बड़े ठसके से कहा करते थे।

हमारे बाजूवाले घर में रहने वाला एक लड़का, जो डेढ़ पसली का था और उस पसली पर उससे भी आधी बिना बाँह वाली बनियाइन और उस पसली के नीचे मिलेट्री कलर की दो बित्ते की नेकर (जिसे वह अक्सर पूरी दिलेरी से अपनी कहता, पर छोटा

भाई उसे छीनते वक़्त उससे भी ज़्यादा दिलेर होकर उसे अपनी कहता) पहने रहता, उनके विचारों का बड़ा घोर समर्थक था और इसी समर्थन के चलते उसने आधी रात के समय हमारे घर से ट्रांजिस्टर चुराकर चोरी वाला व्यापार शुरू कर अमीर बनने की कोशिश का; पर महँगाई की तर्ज़ पर अम्मा की मार के चलते उसका यह बिजनेस फ़ेल हो गया। तब से सुना है कि लुक-छिपकर वह भीख वाला व्यापार कर रहा है। उसके बाबू रो-रोकर गरियाते, तो लोग दोष देकर फिर उन्हीं को समझाते, जाने दो बच्चा है... अक्ल आएगी तो ठीक हो जाएगा, वरना ये सब तो लोग अक्ल आने के बाद ही करते हैं...शुक्र करो कि वह यह सब पहले ही कर रहा है, बाद में अपने हिसाब से सुधार लेना...वैसे भगवान का अहसान मानो कि वह बिगड़ा नहीं...वगैरह...वगैरह...।

लोगों की यह आम धारणा हमारे इन बुजुर्ग के कारण ही बनी थी। वह हमेशा कहा करते थे कि किसी की गुलामी कर कोई अमीर नहीं बन सकता। इसके लिए वे बड़े-बड़े उदाहरण दिया करते थे...यथा, किसी मज़दूर को कभी अमीर बनते देखा है? क्लर्क से लेकर अफ़सर तक को अमीरों के आगे जी-हज़ूरी करते क्या नहीं देखा? अरे, आदमी जब भी अमीर बना है, अपने बिजनेस के बल पर...समझे! वे इसे स्पष्ट करने के लिए अक्सर समझ न आने वाले तर्क दिया करते थे। उनके इन तर्कों के चलते ही हम समझ पाए कि हमारा भारत देश आखिर इतना ग़रीब क्यों है। हमारे यहाँ की स्त्रियाँ इतनी प्रगति के बाद भी इतने पीछे और बीमार क्यों हैं। हमारे बड़े शहरों में नदी से ज़्यादा नाले क्यों बहते हैं? और इनमें सबसे बड़ी बात- साबुत मांस-मज्जा से ज़्यादा, डेढ़ पसली वाला आदमी कुकुरमुत्ते की तरह क्यों उगता चला जा रहा है...?

इन सब तर्कों-वितर्कों के बाद जो बात समझ में आती थी, वह थी कि यह सब दूसरों की गुलामी करने के कारण ही है; फिर ये सब अपना बिजनेस क्यों नहीं करते? यह तर्क भी फ़ेल हुआ, जब बुजुर्ग ने हँसकर कहा, ''बच्चा, बिजनेस करना सरल नहीं है...बड़े गुर सीखने पड़ते हैं, तब कहीं जाकर कोई अमीर बनता है।'' उनकी बात सुनकर हमने भी फ़ैसला कर लिया कि अब उनसे अमीर बनने का गुर सीख ही लिया जाए। अभी हम लोग सोच ही रहे थे कि सुना वे मर गए। उनके इस तरह जाने से हम तो ग़रीब ही रह गए, पर उनके आदर्शों और सीख के चलते उनका एक भतीज़ा रातों-रात अमीर बन गया। उनकी दबी-गली लाश देखकर लोगों ने अपने उस अन्दाज़े को पुष्ट किया, जो उन बुजुर्ग की शिक्षा की ओर संकेत करता था। अब इत्ती जल्दी किसी को अमीर बनता देख, दिल तो सभी का मचल रहा था, पर उसके अन्दर जो जोखिम था, जिसे भतीजे ने उठाया था, उसे हर कोई उठाने का साहस नहीं कर सकता न; सो ज़्यादातर लोग ग़रीब बने आहें ही भरते रह गए और अन्दर-ही-अन्दर सोचते रहे कि कौन सा ऐसा बिजनेस शुरू किया जाए, जिसमें जोखिम भी न हो और एक धेला भी खर्च न हो। उन सबके साथ हम भी काफ़ी परेशान-चिन्तित थे।

वक़्त था कि बड़ी तेज़ी से बीत रहा था कि अचानक हमें रास्ता दिख गया। हुआ यूँ कि एक सुबह हम बड़े दुखी थे कि अचानक दरवाज़े की कॉलबेल बड़े ज़ोर से चीखी। गुस्से में उठकर हमने भड़ाक से दरवाज़ा खोला, तो यह देखकर और भी गुस्सा आया कि एक जवान हट्टा-कट्टा भिखारी, स्टील का बड़ा सा कटोरा लिए भीख माँग रहा है। उस भिखारी का उच्च स्तर देख, जले-भुने हमने

कहा, “क्यों बे, भीख माँगते शर्म नहीं आती? और वह भी स्टील का कटोरा लेकर, कॉलबेल बजाकर माँग रहा है।” हमने सोचा कि हमारा गुस्सा देख कर भिखारी डर कर आगे बढ़ जाएगा और हमारा पैसा बच जाएगा, पर यह क्या? हमारे गुस्से से डरने की बजाय वह भिखारी ही गुस्सा गया। हमें परे करके भड़ाक से पूरा दरवाज़ा खोलकर वह वहीं दरवाज़े पर पालथी मारकर बैठ गया और फिर कटोरे को पटक कर बोला, “काहे भाईऽऽऽ... हमें काहे को शरम आएगी? शरम क्या हमारी सखी है? अरे, हत्या, लूट, अपहरण कर के शरम आती है किसी को? दूसरे की बहू-बेटियों की अस्मत खराब करते हुए शरम आती है किसी को? अपने ही घर में, अपने ही भाई-भतीजों, बाप की जेब या गला काटते शरम आती है किसी को? फिर खाली-पीली हमीं को शरम काहे आए?”

उस भिखारी के तर्क को सुनकर हम तो हक्का-बक्का रह गए। हमें हकबकाया देखकर वह थोड़ा और फैलकर बोला, “अब एक बात और सच्ची बोलता हूँ, झूठ हो तो टोकना... अरे भइया, अगर एक तरह से देखो तो हम लोगों में और चन्दा माँगने वालों में क्या फ़र्क है? जिस को देखो आज वही, कभी किसी संस्था के नाम पर, तो कभी किसी विपदा के नाम पर, तो कभी वोट के नाम पर, बस दरवाज़े पर खड़ा माँग ही तो रहा है। अब अगर इस पापी पेट के नाम पर हम तुमसे कुछ माँग रहे तो क्या ग़लत कर रहे?”

भिखारी की बात में हमको दम लगा। सो लेक्चर झाड़कर, हमे दम दिखाकर हमसे दस का नोट झटक कर चला गया, पर जाते-जाते हमें बहुत कुछ सिखा गया।

उसकी उस सीख का ही असर है कि आज हमारा एक अलग बिजनेस है और उसकी बदौलत हमें वह सब कुछ मिल गया, जिसके हम सपने देखा करते थे।

आप हमसे पूछेंगे नहीं कि वह कौन सा बिजनेस है? अरे वही... भीख माँगने का धन्धा; पर ज़रा ऊँचे लेवल का। बिना स्टील, कसकुट या अलम्यूनियम के कटोरे के ही हमारा यह धन्धा पूरी चाँदी काट रहा है। थोड़ा दिमाग़ के घोड़े दौड़ाइए... क्या अब भी नहीं समझे? अरे भइया, अपने बुजुर्ग की अमीरी के राज़ को जानकर और उस भिखारी रूपी गुरु के प्रताप से हम बहुत बेहतर तो अभी नहीं बने, पर छुटभैये नेता जो बन गए हैं... बड़े मजे में हैं।

ये इश्क़ नहीं है आसां

आधी रात बीत चुकी और हम हैं कि उल्लू की तरह जाग रहे हैं। आज की डेट में पक्का हमको एक बार फिर प्यार हो गया। अब 'एक बार फिर' का जुमला सुनकर ऐसे कच्चे करेले की तरह मुँह बनाने की कोई ज़रूरत नहीं। किसी भी इंसान को जितनी बार सूट करे, उतनी बार प्यार हो सकता है; किसी शास्त्र या पोथी में हमने तो नहीं पढ़ा कि प्यार सिर्फ़ एक बार करना चाहिए। पर लोगों का इस मामले में विचार सुनकर फ़ालतू में हमको गिल्ट हो जाता है।

. खैर, ये सब गिल्ट-फिल्ट के चक्कर में हमको नहीं पड़ना; बस इस बार हमारा चक्का पिछली बारियों की तरह ग़लत ट्रैफ़िक में न जाम हो जाए, इतनी दुआ करिए। इतने दिनों से हम अपनी नाकाम मोहब्बतों वाली डायरियों को सँभालते-सँभालते दुखी हो चुके हैं। जितनी शायरियाँ हमने इन सब बर्बाद मोहब्बतों के कारण याद कर डाली, अगर उतनी अच्छी याददाश्त हमारे एक्ज़ाम टाइम भी रहती तो आज ग्यारहवीं में तीसरे साल भी न लटक रहे होते। पर हम भी क्या करें? काश! ये कम्बख़्त पढ़ाई की किताबें भी शाहरुख-काजोल की रोमाण्टिक फ़िल्मों की तरह इंटरेस्टिंग होतीं तो आपकी क़सम, दिखा देता कोई पूरे कानपुर में हमसे ज़्यादा नम्बर लाकर।

वैसे भी आपको एक बात हम बता दें; देखने में हम भी शाहरुख और सलमान के मिक्सचर हैं; थोड़ा सिक्स पैक बना लें तो रितिक भी हमसे शर्माएगा। ऐसे ही थोड़े न पूर्णा देवी की सारी लड़कियाँ हमको देखकर मुस्कराती हुई निकल जाती थी। एक ने तो हमको देखकर अपनी सहेली को इशारा भी किया था। हमको तो उससे भी पहली नज़र वाला प्यार हो गया था, पर बुरा हो उस कांस्टेबिल का... पीछे से आकर दो डण्डा जमाया, मुर्गा बनाया सो अलग से। वो दिन और आज का दिन, हम कभी मुड़ के नहीं गए पूर्णा देवी। कुछ दिन कलपे-रोये भले, पर इज्ज़त तो सबकी होती है न, सो हमारी भी है।

अब ये इज्ज़त की खातिर तो सब काम होता है, इसलिए हमने ये बात किसी को नहीं बताई, बस औंधे मुँह दो दिन धूप में पड़े रहे। अम्मा ने पूछा तो हमने बोल दिया, पेट में दर्द है। अम्मा ने हमको बस अजवाइन और हींग फँकवा कर हमारे दिल में और आग लगा दी। जो दो-तीन लँगोटिया यार हैं, वो भी बिलौटे की तरह सच सूँघने की कोशिश में थे। हमारे दोस्त सब एक नम्बर के

जलनखोर हैं; ऊपर से गुलकन्द की तरह मीठे,अन्दर से गुटखे की तरह ज़हरीले। हमें तो कभी-कभी शक भी होता है, ऐसा तो नहीं, सब हमारी पर्सनैल्टी से पर्सनली जलते हों और चन्दा करके मास्साब को 'अण्डर द टेबिल' हमें लगातार फ़ेल करने की सुपारी दिए हों।

पढ़ाई और प्रेम दोनों में लगातार फ़ेल होने का हमारा रिकॉर्ड तो बहुत पुराना है। जब नई नई आशिक़ी में नवीं में फ़ेल हुए थे, तब तो पप्पा से बस चार-पाँच लात-घूँसे खाकर हम घर से निकाल दिए गए थे, पर अबकी उनकी धमकी ज़रा ख़तरनाक किस्म की है। बड़ी मेहनत से तो नारियल और बादाम का तेल लगाकर आज के फैशनेबल हिसाब से बाल लम्बे किए हैं, पर पप्पा की निगाह उसी पर है। सो अगर इस बार हम एक्ज़ाम में रपटे, माने फ़ेल हुए, तो हमारी संजू बाबा वाली ज़ुल्फ़ों को नाना पाटेकर की हेयर स्टाइल में बदलकर अपनी दुकान पर गल्ला सँभलवाकर ही मानेंगे।

इस धमकी की तो ख़ैर अभी उतनी फ़िकर नहीं, पर वो नवीं क्लास वाली आशिक़ी भी क्या गज़ब की थी। हम तो नवीं में लुढ़क गए, पर हमारी मोहब्बत पास होकर दसवीं में शिफ्ट हो गई। उस दिन हमको फ़ेल होने पर बड़ी शर्म आई थी, पर वो प्यार ही क्या जो बेशर्म न हो। उस भूरी आँखों वाली के प्यार में तो हम 'एट वन्स' पड़ गए थे। हमारे दिल की सुई अक्सर भूरे रंग पर ऐसे ही अटक जाती है। उसके भूरे बाल...भूरी आँखें...कसम से, हम सिर से पाँव तक भुरा गए थे। 'भुराना' बौराने का बिगड़ा नाम था, जो हमारे दोस्तों ने हमको दिया था। बस, इस प्रेम कहानी में एक ही गड़बड़ हो गई। खुद को राज और उसको सिमरन समझकर बिना दायें-बायें देखे हम जो आगे बढ़े, तो एक्सीडेण्ट हो गया। इधर हमने उसको 'आई लव यू' बोला नहीं, कि उधर से दे दनादन, ले तड़ातड़। पता नहीं कितनी देर बाद हैलट के जनरल वार्ड में दो सूजे गाल, एक काली आँख, थोड़ी हिली-लचकी कमर और पूरे फटे कपड़ों में आधे शेम-शेम हम जब होश में आए तो कम्बख़्त दुश्मन जैसे दोस्तों से पता चला कि प्यार के इजहार की जल्दबाज़ी में हमने अपनी भूर-परी के दोनों मुस्टण्डे भाइयों को तो देखा ही नहीं, जो उसको कम्पनी देने कम्पनी बाग चौराहे तक आए थे।

हैलट में जितनी बेइज़्ज़ती से वो नर्स ट्रीट कर रही थी, उससे ज़्यादा इज़्ज़त तो हमको घर में भी न मिली। अब डिटेल्स में क्या जाना, बस इतना समझ लीजिए कि इतने बेआबरू होकर सब तरफ़ से निकले, कि कुछ दिन तक हमको

सारी दुनिया बेवफ़ा और किताबें असली प्यार लगने लगी। हर बुराई के पीछे छिपी अच्छाई की तरह इस दुर्घटना के कारण हम भी लुट-पिटकर दसवीं में आए और वहाँ अपने एक और नए प्यार के कारण बड़ी लगन से उसको पास भी कर गए।

दसवीं पास होने पर अम्मा ने बलाएँ लीं, तो पप्पा ने नई सायकिल दिला दी। माँगी तो मोटर साइकिल थी, पर पप्पा ने हमको जिस तरह घूरा, हमको 'उड़ान' का रोनित रॉय याद आ गया। इससे पहले कि हम कूट दिए जाते, बड़ी अदा से अपनी पोनी टेल लहराते हम भग लिए। हमने शायद बताया नहीं, जितना शौक़ हमको शायरी का है, उतना ही प्रेम हमको फ़िल्मों से भी है। इन फ़िल्मों से हमको प्यार करने के इतने आइडिया मिलते हैं कि हम चाहें तो उनसे पीएचडी कर डालें।

खूब फ़िल्में देखते हैं हम... छिप के भी देखते हैं और भाग-भाग के भी। चाहे घर से भागें या स्कूल से, पर रोमाण्टिक फ़िल्मों का 'फ़र्स्ट डे, फ़र्स्ट शो' हमको देखना है, तो बस देखना है; अब चाहे इस भागमभाग में पप्पा हमको भगा-भगा के कित्ता भी मारें, हम डरने वालों में से नहीं हैं... गब्बर सिंह क्या बोला था, जो डर गया, समझो मर गया। तो इतना मारे-कूटे जाने के बावजूद न तो हम प्यार करने से डरते हैं, न फ़िलम देखने से।

रोमाण्टिक फ़िल्में देखने के बावजूद असल प्यार तो हमको हमेशा अपने टाइप की लड़कियों के साथ हुआ ह। जागती आँखों से सपने देख मुस्कराने वाली...नज़रें मिलें तो आँख झुका लेने वाली। पर अपने इस लेटेस्ट प्यार में हमको कुछ डिफ़रेण्ट फ़ीलिंग आ रही है। सामने वाले मकान में नए किरायेदार के आने के साथ हमारे दिल में अपने आप ही कुछ कुछ होने लगा। हमारी ताज़ा चाहत जब भी छत पर दिखी, किताबों में जाने क्या पढ़ती रही। उसको देखा-देखी के फेर में हम अपनी किताबें भी पहचानने लगे। लेकिन सिर्फ़ पहचान रहे थे; उनमें लिखा क्या है, ये हम बिल्कुल नहीं जानते। हमको तो किताबों की आड़ से उसे ताकना बड़ा अच्छा लगता है। अबकी हम किसी रंग-वंग के चक्कर में नहीं पड़े, बस उसके गालों पर जो डिम्पल पड़ता है, उसमें किसी अच्छे से मुहूर्त में अपने दिल का नट-बोल्ट कसने की तमन्ना हैं।

उसकी उमर को लेकर थोड़ा कन्फ़्यूज़न था, पर भला हो हमारी अम्मा का; बात-बात में सामने वाले का भेद उगलवाकर जिस तरह दूसरे के सामने उगल भी

आती हैं, कमाल का आर्ट है। तो बस हमारी कलाकार अम्मा ने एक दिन हमको लताड़ने के इरादे से बता दिया कि हमारी ये नई वाली सिमरन हमसे कुछेक साल छोटी है।

उमर का डाउट जैसे ही क्लियर हुआ, हम पूरी तरह से 'दिलवाले दुल्हनिया ले जाएँगे' वाले फ़ॉर्म में चले गए। अक्सर बड़ा अफ़सोस होता था सोचकर कि उधर तो अनुपम खेर, बेटे की मोहब्बत में उसके साथ थे, कितने प्यार से बोलते थे...मेरी बहू लेकर आना। पर इधर हमारे पप्पा तो अमरीश पुरी से भी चार-पाँच फुट आगे थे। गुस्से में कूटने से पहले घूरते तो ऐसे हैं, जैसे हम उनकी औलाद नहीं, कोई रोस्टेड चिकन हैं।

ऐसे में अपनी लव-स्टोरी आगे बढ़ाने का पूरा जिम्मा बस हमारे ऊपर ही था। छत पर झूठमूठ ही सही, पर ऐसे किताबें घूरना सच्ची बड़ा बोरिंग होता है। हमारा दिमाग़ बस किसी तरह उसे इम्प्रेस करने की जुगत में भिड़ा पड़ा था। कित्ते फ़िल्मी आइडिया सिर्फ़ इस कारण कैन्सिल कर दिए कि कहीं ऐसी पढ़ाकू टाइप लड़की हमको घोर लफंगा-लोफ़र ही न समझ ले। एक ग़लत कदम... और हमारी नई प्रेम कहानी पहले ही शॉट में फ्लॉप। हमारी जगह कोई और होता तो इतने स्ट्रगल से घबराकर कब का साधू बनकर गंगा किनारे बैठ जाता; पर ये तो हमारा ही जिगरा है जो हर बार मैदान में डट जाते हैं।

सो इस बार भी हम डटे रहे... बस हाल ये था कि न दिन की दाल-रोटी अच्छी लगती, न रात को मुन्ना हलवाई की दुकान पर मिलने वाला मलाई-दूध। यार-दोस्त ऐसे कि उनसे हेल्प लेना सबसे बड़ा पाप है। लेकिन हमको अपने साथ-साथ शाहरुख और सलमान की बातों पर भी बहुत भरोसा है; तो बस हमने शिद्दत से अपनी सिमरन से मिलना चाहा और सारी क़ायनात लग गई हमको उससे मिलाने में।

ये बड़ा काम भी हमारी अम्मा के कारण हुआ। वो पड़ोस में अपनी कलाकारी दिखाने गईं और इधर हमारे दरवाज़े पर खटखट हुई। हम गर्मी लगने के बावजूद छत से उतरने को बिल्कुल तैयार नहीं थे, पर पप्पा तभी आए थे दुकान से...और हम इस समय गरियाये जाना बिल्कुल एफ़ोर्ड नहीं कर सकते थे, सो खुद ही आने वाले को गरियाते हुए दरवाज़ा खोल दिया।

सामने वो खड़ी थी। हमारे इत्ते क़रीब। हम तो भोंदू की तरह आँख

झपकाना भूलकर बस उसको ही ताके जा रहे थे। जाने दो मिनट बीता या दो युग, पर उसने ही हवा में हाथ लहराया, "अरे ओऽऽऽ...एक कटोरी चीनी मिलेगी क्या...? घर में गेस्ट आए हैं और चीनी खतम; हमारी मम्मी बोली सामने से ले आओ, कल बाज़ार से मँगाकर वापस कर देंगे।"

वो हमारे इतने क़रीब आकर बस एक कटोरी चीनी की उधारी माँग रही थी। हमारा दिल किया, पप्पा की दुकान से पूरी बोरी लाकर उसके कदमों पर डाल दें। गन्ना खुद हमारे सामने था, ऐसे में चीनी की उधारी सोचते तो पाप लगता। उसको एक नज़र जी भर कर देखने की नीयत से हम टेढ़े-तिरछे ही रसोई में घुसे और सामने रखे कनस्तर से जा टकराये। बर्तन धोने के लिए भरी बाल्टी में मुँह के बल गिरने में हमको चोट से ज़्यादा लज्जा लगी। कसम से, उसी बाल्टी से चुल्लू भर पानी लेकर उसमें डूब जाने की इच्छा तो हुई, पर उसका घबराकर वहाँ आना और हमको अपने हाथों से उठाना...हाय! दिल भर आया बाइ गॉड।

हम समझ गए, हर मंगलवार को पनकी जाकर हनुमान जी को इक्कीस रुपये का प्रसाद चढ़ाने का फल आज मिला है। गिरे तो हम पहले भी बहुत बार हैं, पर वो चोट इतनी हसीन कभी न लगी। ऐसे मौके पर हम उसको शायरी भी सुनाना चाहते थे, पर वो ज़्यादा इन्टरेस्टेड नहीं लगी, तो हमने भी ये आइडिया आगे के लिए पोस्टपोन कर दिया।

चीनी के साथ हमारा दिल लेकर वो चली गई, पर जाते हुए अपना स्कूल, क्लास सब बता गई। वाट्सप्प का नम्बर लेना हम कतई नहीं भूले। अभी तक किसी लड़की से वाट्सप्प के लेवल पर हमको लाइन नहीं मिली थी। उसके जाते ही फ़टाफ़ट उसकी तारीफ़ में यहाँ वहाँ से चुराये कुछ शेर भेज के हम इस बार अपनी खुशी से बिस्तर पर औंधे पड़ गए। शायरी के जवाब में रात में उसके जीभ चिढ़ाते स्माइली आए और साथ ही कल कोचिंग के बाहर मिलने का बुलावा भी। हमने तो खुशी के मारे अपना मोबाइल ही कई बार चूम लिया।

किसी तरह वो रात भी उल्लू बनकर काटी। सुबह हमारा मुँह देखकर अम्मा भी बड़ी एक्साइटेड हो गईं। पहली बार हम ऐसे दाँत निपोरे स्कूल जा रहे थे न। स्कूल के बाद छुट्टी का घण्टा बाद में बजा, उसकी कोचिंग के सामने हम पहले ही तैनात हो गए। सामने से जब वो आती दिखी, हमको लगा हम 'मोहब्बतें' के गुरुकुल के बाहर खड़े वायलिन बजा रहे हैं और वो अभी आकर हमारे चारों ओर

घूमती एक गाना गाएगी।

जब तक वो हमारे पास आई, हमारे दिमाग़ में जाने कहाँ से उसकी मोहब्बत पाने का एक धाँसू आइडिया आ गया था... बस उसे अप्लाई करने भर की देर थी।

पता नहीं ये आइडिया हम अब तक क्यों नहीं सोच पाए। अगर हम इसी कोचिंग में एडमिशन ले लें तो। कोचिंग में हम उसके बगल में बैठेंगे; इतने पास होंगे तो हमारा प्यार मजबूत होगा और एक दिन जैसे ही सही मौका मिलेगा, हम फट्ट से उससे इज़हारे-मोहब्बत कर देंगे। हमने खुद की पीठ थपथपा ली। हमारी सिमरन का असली नाम तो वैसे नेहा था, पर अपनी कल्पनाओं में हम उसको सिमरन ही बुलाते रहना चाहते थे।

पास आकर उसने बड़ी अदा से मुस्कराकर नज़रें झुकाते हुए जब कहा,'हमें पता था आप ज़रुर आएँगे...।' एकदम लल्लन-टाप वाली फ़ीलिंग आई। बाई गॉड, कल तक 'अरे ओऽऽऽ' कहने वाली, आज हमें 'आप' बुला रही है और उसके चेहरे की वो चमक...यानि मामला उधर भी फ़िट-टाइप ही लगा। आगे उसी ने बताया, अम्मा हमारी मोटी बुद्धि का रोना उसके सामने रो आई थी और अब वो खुद हमको अपनी कोचिंग में एडमिशन दिला रही थी। कायदे से हमको सिमरन के सामने राज की इमेज खराब करने के लिए अम्मा पर गुस्सा आना चाहिए था, पर यहाँ तो हमारा ही दाँव लग रहा था।

अभी हम मन में उसको सुनाई जाने वाली शायरियों के नोट्स बना ही रहे थे कि अचानक जैसे किसी ने हमको धोबी-पछाड़ दे दिया हो। इधर उधर देख कर वो बोली, "आपको हम इतने दिन से देख के समझ गए कि आप दूसरे लड़कों से अलग हैं, इसलिए हमने चाची को खुद सजेस्ट किया कि भैया को हमारे साथ एडमिशन दिला दीजिए; उनको बस ये डर था कि कहीं कोचिंग आने के नाम से आप भाग न जाएँ, इसलिए आपको बिना कुछ बताए हमने इधर बुला लिया; सॉरी भैय्याऽऽऽ...आपको बुरा तो नहीं लगा न।"

कोचिंग हम पहले भी कई बार कर चुके हैं, और प्यार भी...पर ऐसा दर्दनाक हादसा हमारे साथ कभी न हुआ। आप ही बताइए, काजोल, शाहरुख को राखी बाँधती अच्छी दिखती क्या? अब हमारी सिमरन नहीं, बल्कि हमारी कल्पना में राखी थामे नेहा पढ़ाई को लेकर जाने क्या-क्या बोले जा रही थी, पर

इस एक 'भैया' के आगे हमसे कुछ सुना न गया।

लेकिन हम भी बहुत पॉज़िटिव थिंकिंग वाले है। अपनी गली में 'बहन' मिली, तो शायद उसकी कोचिंग में कोई 'सिमरन' मिल जाए हैं। एडमिशन के बाद कोचिंग से मिली किताबों का बोझ अपने कंधे पर लादे वापस लौटते समय हमको ज़ोरदार यक़ीन हो चुका था कि इस बार फिर डायरी भरेगी। पर हो सकता है अपनी सिमरन के प्यार में वो ग्यारहवीं के नोट्स से भरी डायरी हो...यानि शायरी कुछ महीनों के लिए पोस्टपोन।

कुल मिलाकर हम अब मान गए... हमारे लिए ये इश्क़ तो सच में आसान नहीं; एक पढ़ाई का दरिया है और कोचिंग से जाना है।

ब्रजेश कानूनगो

मोबाइल - 9893944294
ईमेल - bskanungo@gmail.com
पुस्तकें - विभिन्न विधाओं की 8 पुस्तकें प्रकाशित
पता - 503, गोयल रीजेंसी, चमेली पार्क, कनाड़िया रोड, इंदौर-452018

आलाप विलाप पर एक प्रलाप

जिस दौर में खबरिया चैनलों पर समाचार वाचक, 'कर्मचारी' को 'करमचारी' उच्चारित करते हों, 'संभावना' और 'आशंका' जैसे शब्द समानार्थी समझे जाते हों; तब मेरे किसी भाषाई 'आलाप' के कोई ख़ास मायने नहीं हैं, मेरी बात को किसी बेसुरे राग में घोषित हो जाने की पूरी आशंका है। इसे बेवजह और असमय के 'प्रलाप' का आरोप भी झेलना पड़ सकता है। फिर भी दुस्साहस की प्रबल इच्छा से मैं बेहाल हूँ। हल्का होने की तमन्ना बहुत जोरदार प्रेशर बना रही है।

बात यह है कि उस रात जब बड़ी मुश्किल से काल्पनिक भेड़ों की गिनती करते हुए बस आँख लगी ही थी कि मोहल्ले के कुत्तों ने सामूहिक स्वर में कोई 'श्वान गीत' छेड़ दिया। जब नींद उचट ही गयी और वाट्सएप के सारे जीव-जंतु स्वप्नदर्शी हो चुके, तो मेरे लिए इसके अलावा कोई चारा नहीं रह गया कि मैं उस अद्भुत और सुरीले 'डॉग्स गान' के आनंद में डूब जाऊँ।

क्या वह कोई 'विलाप' था कुत्तों का? विलाप था, तो उन कुत्तों को आखिर क्या दुःख रहा होगा जो इस तरह समूह गान की शक्ल में यकायक वह फूट पड़ा था? यह दुःख कुत्तों को सामान्यतः रात में ही क्यों सताता है? क्या दिन के उजाले में कुत्तों के अपने कोई दुःख नहीं होते? अगर होते हैं तो वे उसे दिन में अभिव्यक्त क्यों नहीं करते। दिन में आखिर कुत्तों को किसका और कौन सा डर सताता है, जो वे दुपहरी में अपना मुँह खोलकर विलाप नहीं करते?

कुछ लोग दिन के कुम्भकर्ण होते हैं। दोपहर की नींद निठल्लों की नींद होती है। इन नींद प्रेमियों को देश प्रेमी बनाने के लिए जगाना जरूरी है। यह कैसी हिमाकत है दुष्ट कुत्तों की, जो वे थककर सोए कर्तव्यनिष्ठ और देश भक्त लोगों की नींद हराम कर देते हैं... रात के दो बजे।

थोड़ा सकारात्मक सोंचें तो यह भी संभव है कि ये कुत्ते अपनी विलुप्त हो रही किसी गायन परंपरा को जिन्दा रखने के महान उद्देश्य से रात को समवेत स्वर में 'आलाप' लेने का अभ्यास करते हों। जो भी हो इनकी निष्ठा असंदिग्ध है। पूरे मन से एक साथ, एक स्वर में इनकी तेजस्वी प्रस्तुति न सिर्फ प्रशंसनीय बल्कि अनुकरणीय कही जा सकती है। अन्य प्राणी समाज में पुरानी परंपराओं को बचाने की यह प्रवत्ति देखना अब दुर्लभ है। मनुष्य समाज में तो अब हरेक का अपना अलग राग है, अपना अलग रोना है। हमें यह सामूहिकता कुत्तों से सीखनी चाहिए।

मुझे लगता है, पाठक मेरे इस 'प्रलाप' को पढ़कर 'आलाप' और 'विलाप' का अंतर अच्छे से समझ गए होंगे। न भी समझे हों तो कौन सी मुझे इसके लिए पगार मिल रही है। जिन्हें पगार मिलती है, उन्होंने कौन से झंडे गाड़ दिए हैं हिंदी शिक्षण-प्रशिक्षण में।

ऐनक के बहाने

पहनने की बड़ी पुरानी परम्परा रही है मानव इतिहास में। पेड़ों की छाल पहना करता था आदि मानव। लेकिन जैसे-जैसे पेड़ कटने लगे, पहनने के लिए वह अन्य विकल्प तलाशने लगा। हमारे पूर्वज, पेड़ों का भविष्य जानते थे, इसलिए उन्होंने खेती शुरू की, कपास का आविष्कार किया और आगे की पीढियाँ सूत कातकर कपड़े बनाकर पहनने लगीं। फिर जूते पहनना प्रारम्भ हुआ, टोपी पहनी जाने लगी और एक दिन 'ऐनक' भी धीरे-धीरे पहनने की परम्परा का हिस्सा बन गई। साधुरामजी ने भी इसी परम्परा के चलते 'ऐनक' धारण कर ली। पिछले दिनों आये तो मैंने देखा, उनकी दिव्यदृष्टि पर नई नई ऐनक शोभायमान थी। मैंने चुटकी ली- "साधुरामजी, अब तो समाज और सरकार की विकृतियाँ आपको स्पष्ट दिखाई देती होंगी?"

साधुरामजी बगैर मेरे प्रश्न का उत्तर दिए धम्म से सोफे में धँस गए। बोले- "पहले पानी पिलवाओ।" वे थोड़ा परेशान नजर आ रहे थे। मैंने बिटिया को आवाज लगाई, तो वह फ़ौरन कॉलोनी के कुएँ में संग्रहीत नगर पालिका प्रदत्त पानी से भरा जल गिलास में लेकर आ गयी। जब साधुरामजी पसीना सुखा चुके तो मैंने कहा- "पहन लिया आपने भी यह गहना?" हालाँकि उनकी आँखों को घेरे, नाक पर टिकी ऐनक मुझे स्पष्ट दिख रही थी, किन्तु दुनियादारी में कुछ मूर्खतापूर्ण प्रश्न किये जाना अच्छा माना गया है, इसलिए मुझे यह बेहूदा प्रश्न पूछते हुए भी कुछ अटपटा नहीं लगा। "हाँ, पहन लिया।" मेरी मूर्खता के मुकाबले का ही उत्तर प्राप्त हुआ। "कितना नंबर निकला?" परम्परागत प्रश्न। "पॉइंट फाइव प्लस।" स्वाभाविक उत्तर। ठीक किया आपने, जो समय से लगा लिया, वरना नंबर और बढ़ जाता। 'मैंने किसी जानकार और अनुभवी की तरह शाब्दिक सहानुभूति दिखाई। कुछ देर वार्तालाप इसी तरह किसी घटिया टीवी सीरियल के संवादों की तरह चलता रहा। ऐसी स्थितियों में दोनों पक्ष बातचीत की निरर्थकता को जानते हुए भी इसकी औपचारिक अनिवार्यता को समझते हैं और ठीक उसी तरह विवश होते हैं, जिस तरह परिवार के किसी सदस्य के निधन पर मातमपुरसी करने अथवा किसी बीमार के प्रति अस्पताल के पलँग के पास सहानुभूति प्रकट करते हुए होते हैं। यों कहें यह एक तरह की 'अनिवार्य विवशताएँ' होती हैं। फिर भी मैं ऐनक धारण के उनके इस नए अनुभव के प्रति घोर जिज्ञासु बना हुआ था।

"यह गहना पहनकर कैसा महसूस कर रहे हैं आप?" मैंने किसी टीवी संवाददाता की तरह पूछा, जैसे वह पुरस्कार प्राप्त करने वाले साहित्यकार से या किसी मैदानी नेता को मंत्री पद प्राप्त होने के बाद पूछता है। साधुरामजी को तो विषय भर चाहिए, उनके भीतर का वक्ता विषय के इंतज़ार में उसी तरह बैचैन रहता है, जैसे प्रतिपक्ष का नेता वित्तमंत्री द्वारा प्रस्तुत ताजे बजट को घटिया बताने के लिए मीडिया प्रतिनिधि के इंतज़ार में रहता है। उन्होंने प्राण साहब की तरह भौंहों को चढ़ाया, संजीव कुमार की तरह कानों के कोनों को

उँगलियों से छुआ और जवाहरलाल नेहरू की तरह कलाई को ठोड़ी पर टिकाते हुए, ओशो की तरह धीर-गंभीर वाणी में बोले- 'जीवन का हर क्षण, हर घटना, नया अनुभव लेकर आते हैं मित्र; ऐनक धारण की यह घटना भी कई नए पहलुओं को उजागर कर गयी है। डॉक्टर ने दवाई डालकर कुछ समय आँखों को बंद रखने को क्या कहा, तो जैसे उस छोटे-से अंतराल में नेत्रहीनों का समूचा

दर्द सिमट आया मेरे भीतर। दुनिया में कोई दूसरा ऐसा गहना नहीं हो सकता, जिसे पहनने के पूर्व किसी दूसरे के दुःख का अहसास हमें होता हो।' "वह कैसे?" मैं बीच में ही पूछ बैठा। "जैसे सोने की चूड़ियाँ पहनने से पहले क्या यह अहसास होता है कि किसी हरिराम की बेटी प्लास्टिक की चूड़ियाँ पहनकर बाप के घर से विदा हो रही होगी।गले में कीमती चेन डालने के पहले यह कभी महसूस नहीं होता है कि अनेक औरतों के मंगलसूत्र, रोजी-रोटी के इंतजाम में गिरवी पड़े होंगे या बिक गए होंगे?" साधुरामजी के अन्दर का क्रांतिवीर जाग उठा था। मैं समझ गया था, साधुरामजी ऐनक से गहने पर आ गए थे; ऐनक तो बस बहाना भर रह गया था। वे धाराप्रवाह किसी कॉमरेड की तरह बोले जा रहे थे।

"यह कैसी व्यवस्था है,जहाँ एक वर्ग गहने पहनने के लिए, दूसरे के हिस्से पर अपना कब्जा जमाकर उन्हें बनवाता है और उसकी चमक से गरीबों की आँखों में चकाचौंध पैदा कर उन्हें अपराध की ओर अग्रसर कर देता है। अब अगर कोई रोटियों की खातिर, अभावों के बीच, गहनों को झपटने की चेष्टा करता है तो इसमें दोष किसका है? समाज के विभिन्न वर्गों के बीच बढ़ती ये आर्थिक खाइयाँ इसका बड़ा कारण नहीं बन बैठी हैं?" वे जोश में बोल रहे थे, मैं निःशब्द सुन रहा था।

"लेकिन ऐनक तो ऐसा गहना नहीं है साधुरामजी।" मैंने उनके वाक-प्रवाह में रोक लगाई। 'हाँ, ऐनक ऐसा गहना नहीं है, यह 'समानतावादी' जेवर है। "वह कैसे?" मैंने पूछा तो उन्होंने स्पष्ट किया- "क्योंकि इस गहने को हर व्यक्ति, छोटा-बड़ा, अमीर-गरीब, अगड़ा-पिछड़ा, समान रूप से पहन सकते हैं।"

साधुरामजी के इस नये ऐनक दृष्टिकोण से मैं अभिभूत था। सोचने लगा कि ऐनक पहनने के बाद हमारे मन में विचार भी इसी तरह परिष्कृत होने लगते हैं, जैसे साधुरामजी के होते जा रहे थे। क्या बौद्धिकता का ऐनक धारण से कोई रिश्ता हो सकता है? अचानक मेरी नजरों के सामने कई महान विचारकों के वे सब चित्र घूम गए, जिनमें उनके चेहरों पर मोटी-पतली ऐनकें चढ़ी हुई थीं।

"आप महान हो गए साधुरामजी!" मेरे मुँह से बरबस फूट पड़ा। "वह कैसे?" उन्होंने पूछा। "क्योंकि ऐनक धारण के बाद व्यक्ति महानता की दिशा में तेजी से आगे बढ़ता है; अधिकांश महापुरुषों ने अपने जीवन काल में ऐनक

धारण की हैं।'' मैंने बताया। ''तुम्हारी बात ठीक हो सकती है मित्र, लेकिन अपनी बात को तुम यदि भौतिक धरातल से हटाकर वैचारिक दृष्टि से पुष्ट करते, तो शायद उचित होता।'' उन्होंने कहा। ''वह कैसे? ज़रा ठीक से आप ही समझाइये।'' मैंने अनुरोध किया। ''वह ऐसे कि कोई भी व्यक्ति यों ही महान नहीं हो जाता है।'' पहले वह 'चिंतन' का ऐसा चश्मा धारण करता है, जिससे वह सृष्टि और समाज को गहरी, अलग और सूक्ष्म दृष्टि से देख सके, इसके बाद ही वह 'चिन्तक' और 'विचारक' की श्रेणी में पहुँचता है। फिर वह इसी के प्रकाश में स्थितियों का विश्लेषण करता है,नए विचारों को जाग्रत करता है; अपने विचारों को अपने कार्यों को आगे बढ़ाता है... दुनिया और समाज को बेहतर बनाने की दिशा में उसका यह बड़ा योगदान 'विचारधारा' के रूप में जाना जाने लगता है।'' साधुरामजी ने स्पष्ट किया। ''अर्थात जहाँ ऐनक से हमारी भौतिक दृष्टि ठीक होती है, वहीं 'चिंतन के चश्में' से वैचारिक दृष्टि साफ़ और प्रखर हो जाती है। एक से हम देश-दुनिया के बाह्य्य दृश्य देख पाते हैं, जबकि दूसरे से मनुष्य और समाज के आंतरिक, परोक्ष और सूक्ष्म स्वरूप का अवलोकन संभव हो जाता है।'' मैंने उत्साहित होते हुए कहा।

''बिलकुल ठीक कहा तुमने; लगता है तुम्हारे अन्दर भी 'चिंतन के चश्मे' का विकास धीरे-धीरे हो रहा है।' साधुरामजी किसी आचार्य श्री की तरह मुस्कुराए और मेरे कंधे पर किसी महापुरुष की तरह हाथ फेरते हुए लौट गए।

विनय कुमार शर्मा (भारत विनय)

मोबाइल - 8233261039
Email - kavibharatvinay@gmail.com
पुस्तक - बात कुछ तो है (काव्य संग्रह)
पता - दशहरा मैदान, स्टेज के पीछे, गंगापुर सिटी ज़िला - सवाईमाधोपुर (राजस्थान) पिन - 322201

फेल होने के फायदे

फेल होना एक कला है। फेल होना कोई आसान काम थोड़े ही है। फेल होने के लिए अपने मन को मनाना पड़ता है। हम रोजाना किताबों के दर्शन करें और मन के बार-बार 'पढ़ले-पढ़ले' कहने पर भी न पढ़ें, किताबों को छुऐं भी नहीं; यह बड़ा मुश्किल काम है। अब तक जो लोग फेल होने के फायदे नहीं नहीं जानते थे, वे लोग भी क्या जानें कि फेल होने के लिए कितने पापड़ बेलने पड़ते है। फेल होने के लिए उत्तरपुस्तिका को खाली छोड़ना पड़ता है, किताबों को पेटी में ताला लगाकर चाबी बाहर कहीं नदी-नाले में फेंकनी पड़ती हैं, तब जाकर कहीं फेल होने का महा अभियान शुरू होता हैं। फेल होने में जोखिम भी है। यदि किसी घर-परिवार के व्यक्ति को हमारे प्लान का पता लग गया तो गई भैंस पानी में... फिर तो डर के मारे पढ़ना पड़े और पास होना पड़े। स्कूल के बहाने बनाकर अनुपस्थित रहने की योजना पर पानी न फिर जाए, इसकी भी सावधानी रखनी पड़ती है। यानि कि हर तरफ से खतरा ही खतरा। फिर भी धन्य हैं वे लोग जो इतने खतरे उठाने के बाद भी फेल हो जाते हैं।

दरअसल ऐसे लोग जो फेल होते हैं, ऐसे बंदों को भगवान सोच-समझकर बड़े ही आलस से बनाता है। इसका कारण है कि जो फेल होता है, वो भगवान को ज्यादा याद करता है, अतः भगवान ने परेशान होकर ऐसे बंदे बनाना छोड़ दिया... रही सही कसर सरकार ने पूरी कर दी कि आठवीं तक कोई फेल न हो। इसके बाद भी यदि कोई विद्यार्थी कक्षा आठ में खाली कॉपी देकर फेल करने के

लिए परीक्षक को चैलेंज देता है तो ऐसे महापुरुष को तो मैं कोटि-कोटि प्रणाम करता हूँ, क्योंकि वही एक ऐसा विद्‌यार्थी था। जिसने फेलियर वर्ग की नाक कटने से बचा ली। आखिर ऐसे लोग कम ही होते हैं जो दूसरों की शान बचाने के लिए अपने एक साल का बलिदान कर देते हैं। ये तो लोगों की ही नासमझी है कि ऐसे विद्‌यार्थी को वे गाली या भला बुरा कहते हैं उसकी बलिदान की पीछे की भावना को नहीं समझते है।

दरअसल फेल होने के अनेक फायदे हैं। फेल होने वाला विद्‌यार्थी अपने जूनियर से कम्पीटीशन में आगे रहता है, क्योंकि जूनियर तो पहली बार ही नया कोर्स पढ़ रहा है, लेकिन फेलियर का रिवीजन हो जाता है, वह क्लास में सबसे होशियार और अच्छे अंकों से पास होता है, इसलिए एक ही क्लास में जितनी बार फेल हों उतना ही अच्छा है। एक दिन ऐसा आयेगा कि आप बार-बार उसी सिलेबस को पढ़-पढ़कर मेरिट में आयेंगे... वो कहावत तो सुनी होगी करत-करत अभ्यास के...

दूसरा फायदा ये है कि यदि आप सह शिक्षा वाले संस्थान (लड़के-लड़कियों की एक साथ शिक्षा) में पढ़ रहे हैं तो फिर तो आपको आपकी जूनियर गर्लफ्रेंड के साथ एक ही क्लास में देर तक बैठने का मौका मिलता है; आप उसे ये भी कह सकते हैं कि आप केवल उसी के लिए फेल हुए हैं... इम्प्रेशन अच्छा जमेगा। यदि आप किसी बोर्ड कक्षा में फेल हो जाते हैं, तो इसके तो विशेष फायदे हैं। या तो घरवाले आपकी पढ़ाई छुड़ा देंगे; आपकी पढ़ाई की तकलीफ खत्म हो जीएगी, अन्यथा यदि दोबारा पढ़ने को कहेंगे तो उन्हें आपसे अच्छे अंक लाने की उम्मीद खत्म हो जाएगी... फिर आप कम पढ़ाई करके पास हो सकते हैं।

मैं तो कहता हूँ कि हर क्लास में फेल होते रहिए, ताकि प्रिंसिपल भी आपकी इस कला की दाद देने लगे। आखिर ये कला हर किसी में थोड़े ही होती हैं। यदि अब भी किसी को फेल होने की तरकीब नहीं सूझ रही हो तो मुझसे फेल होने की कोचिंग ले सकते हैं। फीस भी बहुत कम है, जल्दी पधारकर अपना स्थान रिजर्व करें, क्यूँकि लेख लिखने से पहले ही पचास-साठ हजार सीटें बुक हो चुकी हैं; स्थान कम ही बचे हैं। एक बार फेल होकर तो देखिए? अच्छा लगता है।

एक कवि सम्मेलन में

हमारा कुलटा भाग्य कहें या सुलटा भाग्य, कि हमें एक कवि सम्मेलन का स्नेह भरा आमंत्रण मिला। देखने में आमंत्रण कम, किसी डाकू का खत अधिक लगा। भगवान उनकी आत्मा को शांति दे, जिन्होंने उस आमंत्रण पत्र की भाषा को सुसज्जित किया। पत्र कुछ इस प्रकार था- कवि हम लोगों ने एक कवि सम्मेलन कराने का निर्णय किया है, आप पधारकर कविता पाठ करें।

पत्र को यदि ऐसे समझा जाए तो-

अरे ओ कवि! अपण ने तुम जैसा कवि लोगन कू सुणवा के लिए एक कवि सम्मेलन करवायो है, जल्दी पधार जाइयो, वरना मैं जाणत हूँ तू रोज सब्जी लेवा बाजार जावे है; नी

आयो तो किडनेप कर लूँगो। पत्र के नीचे सम्पूर्ण आयोजन समिति के सदस्यों के इतने नाम और दूरभाष थे कि कवियों की संख्या कम, आयोजन समिति के सदस्य अधिक थे। मानो हर कवि अपनी श्रद्धानुसार जो भी दान-पुण्य करेगा, ये उसे मिल बाँटकर खा-पी लेंगे।

जो सज्जन पत्र लेकर पधारे, वे भी किसी डाकू से कम नहीं थे। पहले तो हम उन्हें देख घबराए एवं दौड़कर सीधे अंदर घुस गए। हमें लगा कि ओसामा लादेन घर में घुस गया है। बाद में पता चला वे वीर रस के कवि थे। रचना के अनुसार उनका शरीर था। मुझे सौ प्रतिशत विश्वास है कि इस शरीर के साथ कविता पाठ करते हुए इन सज्जन ने चार पाँच मंच तो यूँ ही तोड़ दिए होंगे। नाम भी बड़ा विचित्र था, टमटम भारीभरकम। खैर हमने आमंत्रण स्वीकार किया। भारी भरकम जी हमें आमंत्रण पत्र देकर गुजर गए। कवियों के लिए सुनहरी और श्रोताओं के लिए कत्ल की तरह रात आ ही गई। रात आठ बजे कवि सम्मेलन का आयोजन किया गया। बेचारे, बीवी की फटकार से

परेशान तीन-चार सौ श्रोता, कवियों से अपने दिमाग का मुण्डन संस्कार कराने आ ही पहुँचे। मंच के पास पंडाल लगा था और इस रात मंच पर अपना जलवा दिखाने वाले कवि, कुर्सियों पर सजा सजाकर रखे हुए थे। एक दो कवि बंधु शरीर में इतना फैले हुए थे कि कुर्सियाँ और उनका शरीर आपस में कुश्ती कर रहे थे। अंततः उनके शरीर की जीत हुई। अथक परिश्रम के बाद उनका

पिछवाड़ा, मासूम नवयौवना सी कुर्सी पर फँस चुका था। कवियों को काव्य संयोजक टमटम भारी भरकम जी ने मंच पर आमंत्रित किया। एक को छोड़कर सभी कवि मंच पर जा गिरे। शेष बचे हुए एक कवि, बेचारी कुर्सी से अपना पिछवाड़ा छुडाने की कश्मकश में लगे रहे। आखिर कुर्सी ने उन्हें अपना मान लिया था, अतः कुर्सी भी शरीर को पकड़ बैठी रही, चारों ओर हंसी का माहौल था। दो-चार कार्यकताओं ने कवि जी के पिछवाड़े से कुर्सी को खींचा, कुर्सी रानी ने भी थोड़ी देर ना-नुकुर करने के बाद कोप भवन छोड़ दिया। कुर्सी से पिछवाड़ा इतनी जोर से छूटा, कि कवि जी सीधे मंच पर सष्टांग करते नजर आए। कवि जी से पूछने पर पता चला कि वे मंच पर चढ़ने से पहले ऐसे ही प्रणाम करते हैं। खैर, कवि सम्मेलन का प्रारंभ होने से पहले ही एक महा-मुठभेड़ हो गई। दो कवि, मंच संचालन करने के लिए आपस में भिड़ गए, अंत में शेष कवियों ने जय और वीरू की तरह सिक्का उछालकर और एक कवि को कवयित्री के पास बैठाने का लालच देकर जैसे-तैसे शांत किया। मंच संचालन करने की महा-मुठभेड़ में टमटम भारी भरकम जी विजयी रहे। बड़े अभिमान से भरे हुए टमटम जी ने इस जीत को ईश्वर की कृपा, कविगणों का सहयोग, और श्रोता जनार्दन का आशीर्वाद बताते हुए स्वयं की जीत न बताते हुए जनता की जीत बताया। इसी जीत पर सभी कविगणों को उन्होंने पार्टी देने की घोषणा भी भरे मंच पर की। दरअसल, संचालन करने वाले को अन्य कवियों से एक सौ एक रुपये अधिक मिलने वाले थे। खैर, भारी भरकम जी के रटे रटाए शब्द और कविताओं से कवि सम्मेलन की भूमिका बनी। बीच-बीच में टमटम जी, बाबा आदम के जमाने के हसगुल्लों की बरसात श्रोताओं पर करने लगे; लेकिन सुन-सुनकर पक चुके श्रोताओं ने इसे नकार दिया... यहाँ तक कि संचालक जी के पैरों के पास अंडा और टमाटर आकर गिरा, जिसे देखकर टमटम जी खीझ-खीझकर श्रोताओं को तालियाँ बजाने के लिए बाध्य करने लगे। टमटम जी ने अपने संचालन में बड़े-बड़े साहित्यकारों और कवियों को याद किया। ऐसा लगा मानो जयशंकर प्रसाद, प्रेमचंद, दुष्यंत, परसाई, अज्ञेय और निराला टमटम जी के लँगोटिया यार थे और इसी के साथ मानो महादेवा, मन्नू भण्डारी, सुभद्रा चौहान जी से इनका कॉलेज के जमाने का अफेयर चला हो। टमटम जी का वश ही नहीं चला, अन्यथा वे भारतेन्दु को अपने चाचा का लड़का ही बता देते। खैर, कवि सम्मेलन का आगाज हुआ-

पहले कवि युवा थे और रसराज शृंगार में डूबे थे। उनकी कविता में शृंगार

के साथ-साथ प्रेम था। उनके सुनाने की कला से प्रतीत होता था कि वे पक्के दिल के मरीज थे और उनकी गर्लफ्रेंड उनको धोखा देकर पान वाले चौरसिया के साथ भाग गई थीद्व इसलिए ये गीत लिखकर उन्होंने उसकी याद में कुँवारा ही मरने की भीष्म प्रतिज्ञा की है। कविता समाप्त हुई। लोगों के दिल धड़के या दिल का अटैक हुआ, ये तो वे ही जानें, लेकिन तालियाँ बजनी थीं सो बजती रहीं।

दूसरे अधेड़ उम्र के कवि थे। पता चला वे भी शृंगार लिखते थे। युवा कवि के शृंगार लिखने का मतलब तो समझ में आता है, लेकिन अधेड़ावस्था में शृंगार... शायद भाभी जी से सच्चा प्यार नहीं मिला था, इसीलिए अब तक तलाश में थे। लेकिन वे नहीं जानते थे कि हर कोई अमिताभ नहीं है। खैर उन्होंने कविता शुरू की। गीत सुनकर लगता था कि अवश्य ही भाभी जी ने उन्हें प्रताड़नाएं दी हैं। उनकी कविता में भावी जी के अत्याचारों को सहने का दर्द था, इसीलिए वे अपनी घरवाली से परेशान थे और कोई बाहरवाली ढूँढ़ने की फिराक में थे। शायद इसीलिए वे कवि सम्मेलनों में आकर कवयित्रियों के बगल में मंच पर आसन ग्रहण करते थे। उनकी रचना चलती रही और वे पढ़ते रहे। रचना में वे बाहरवाली को याद कर चिल्लाते रहे, बीच-बीच में कनखियों से पास बैठी कवयित्री को घूरते रहे, कवयित्री पर अपने नैनों से बाण चलाते रहे। अंततः जन कवयित्री पर उनकी मोहमाया और कविता का नशा जब न चढ़ सका, तब वे निराश होकर अपने स्थान पर आ बैठे। अगले कवि हम ही थे। जैसे कुरबानी से पहले बकरे को खूब सजाया जाता है, वैसे ही संचालक ने अपने शब्दों से हमे पेड़ के झाड़ पर चढ़ा दिया, परिणामस्वरूप हम मंच पर जा टपके। मंच पर हमें देखकर लोगों की हँसी छूट गई। कुछ लोगों का और भी कुछ छूट गया हो तो कह नहीं सकते। हम कुछ सुनाते, उससे पहले ही माइक ने पींपां... सुनाना शुरू किया। हमें लगा हमारे आने से माइक भी जोश में है। हम कविता सुनाने लगे। लोगों की तालियाँ नहीं बज रही थीं। शायद विरोधी पक्ष के कवियों ने लोगों के हाथों को बाँधकर रखा था। हम भी कग नहीं थे। हमने तालियाँ बजवाने के लिए उन्हें ईश्वर का वास्ता दिया। कहते ही, जो रही सही थीं वे भी बंद हो गईं। हमें ताली बजवानी थी; हमने उन्हें उनकी गर्लफ्रेंड की कस्में दिलाई। कुछ लोगों के हाथ खुले, हमें उम्मीद बँधी। हमने अचानक से उन्हें उनकी पत्नी के बेलन का भय दिखाया। इतना सुनते ही श्रोताओं के मुख का रंग उड़ गया, लेकिन भरे पंडाल में इतनी ताली बजी कि हमारे जाने के बाद संचालक ने उन्हें बंद कराया। हमारे बाद सिलसिला आगे बढ़ाते हुए हास्य कवि चुन्नूलाल फोकटिया, मंच पर

कूद गए। हँसगुल्ले बरसने लगे। इसी बीच मंच पर हल्की-फुल्की सुगबुगाहट होने लगी। पूछने पर पता चला कि कोई कवयित्री जी की, मंच के नीचे से चप्पल उठा ले गया है। अब कारण या तो ये रहा होगा कि चप्पल ले जाने वाला कवयित्री जी का कोई दीवाना रहा होगा या फिर बीवी के लिए चप्पल खरीदने के पैसे उसके पास न होंगे। खैर, इस दुःखद घटना पर सभी कवियों में शोक की लहर दौड़ गई... आखिर कवयित्री जी की चप्पल थी। इसी बीच एक कवि ने इस घटना पर मुख्यमंत्री के नाम ज्ञापन सौंपने की चेतावनी दी और संयोजक महादेव को दो चार गाली चालीसा के लम्बे-लम्बे पाठ सुनाए। इस घटना पर सभी कवियों ने दो मिनिट का मौन रख कवयित्री को काव्यपाठ करने हेतु कहा। कवयित्री ने काव्यपाठ प्रारंभ किया। उनकी कविता में चप्पल चोरी जाने का दुःख साफ झलक रहा था।कवयित्री अपने आँसुओं और वेदना को दबाकर बैठी रहीं। हो सकता है वे चप्पल उन्हें अपने पति से भी प्यारी हो, शायद इसीलिए काव्यपाठ करते हुए वे बार-बार मंच के इधर-उधर देखती रहीं और पास बैठे श्रोताओं के पैरों में खोजबीन करती रहीं।

जब पूरी कविता समाप्त होने तक भी वे अपनी चप्पलें नहीं खोज पाईं तो मायूस होकर मंच पर आ बैठीं। पास ही बैठे कवि उन्हें सांत्वना देने के बहाने उन्हें छूने का भरसक प्रयास करने लगे। एक दो अन्य कवि भी अब मंच पर माइक के सामने पहुँच गए। उनमें से एक तो इतने पतले थे कि यदि वे माइक पकड़कर नहीं रखते तो शायद पंखे की हवा का एक झोंका उन्हें उडा ले जाता। उनकी कविता भी उनकी तरत ही पतली थी। पतलू जी अपने शरीर के फायदे गिनाने लगे। हालाँकि शरीर का पतलापन स्पष्ट दिखाता था कि भाभीजी ने उनके शरीर को नरक जैसी प्रताड़नाएँ दी थीं यहाँ तक कि उनके सिर पर एक स्क्रेच का निशान था जिसे देखते ही पता चलता था, कि भाभीजी ने नारी अस्त्र बेलन का अच्छी तरह से और अपनी पूरी ताकत से प्रयोग किया था।

खैर, पतलू जी अपनी पतली कविता सुनाकर बैठे ही थे कि हवा के एक झोंके ने उन्हें तेज झटका लगा, जिससे वे पास ही बैठी कवयित्री जी से टकराने से बच गए और भयंकर दुर्घटना होते होते रह गई। हालाँकि पास ही बैठे कवि की भौंहें पतलू जी पर तन गईं। ऐसा लगा मानो पतलू जी यदि कवयित्री जी से टच कर जाते तो उनके पास बैठे कवि द्रौपदी रूपी कवयित्री की लाज बचाने हेतु भीम बनकर पतलू जी रूपी दुर्योधन से मंच पर ही महाभारत का घमासान शुरू कर

देते। इस महा एक्सिडेंट के बाद अंत में संचालक टमटम भारी-भरकम अपने शब्दों के मायाजाल को वीर रस में पिरोकर मंच पर जा कूदे। मंच को टमटम भारी-भरकम को देखकर ऐसा लगा मानो कुम्भकर्ण की बारी अब आई हो। जैसी वीर रस के कवि से मंच तोड़ने की आशा थी वह वैसी ही बनी रही। टमटम जी अपने पूरे दम से कविता सुनाने लगे। टमटम जी ने झाँसी की रानी से लेकर गाँधी जी तक सबको वीर रस में स्मरण किया, मानो इन्हीं के आदेश से 1857 की क्रांति लड़ी गई हो। टमटम जी ने वीर रस की कविता ऐसे प्रस्तुत की मानो अभी कश्मीर मुद्दे को हल करने के लिए सीधे कारगिल पर जाकर बैठेंगे। टमटम जी मंच पर धमाचौकड़ी मचाते रहे और उन्हें देखकर पीछे बैठे पतलूजी की हालत पतली होती रही। हालाँकि टमटम जी घर में पत्नी से डरते थे और मंच पर आदमखोर शेर की तरह उछलते थे।

अंततः कवि सम्मेलन का समापन किया गया। इसी बीच कवियों को लिफाफा देने हेतु बुलाया गया, इसीलिए एक दो कवि मंच से कूद पड़े और अपने कुरते को मंच की टेबिल पर निकली कील से उखड़वा बैठे। कवयित्री जी को संचालक ने अपने जूते उपहार स्वरूप भेंट किए और उनकी दो सौ रुपये की चप्पल के लिए कवियों के लिफाफे से तीस-तीस रुपये की कटौती कर ली गई, जिसके कारण संचालक महादेव को दो-चार गाली पाठ फ्री में सुनने को मिला। इसी के साथ सूत जी ने कथा कहना बंद कर दिया।

बोलिए आज के आनंद की जय और कवियों के संसार को भय...

मोहनलाल मौर्य

मोबाइल - 096361-55555,075682-55555
ईमेल - mohanlalmourya@gmail.
पता - ग्राम पोस्टा चतरपुरा, तहसील बानसूर, जिला अलवर
राजस्थान पिनकोड 301024

मेरे अरमान कब पूरे होंगे

बस, बहुत हो गया। अब और सहन नहीं होता। यह भी कोई जीना है, जिसमें ऐशो-आराम हराम है। न मद्यपान न धूम्रपान है, सिर्फ सुनसान है। दो दिन की जिंदगी और चार दिन की चाँदनी है। दो दिन तो आने-जाने में निकल जाते हैं। एक दिन आने का और एक दिन जाने का। बची चार दिन की चाँदनी, वो भी इधर-उधर के कार्यों में यूँ ही कट जाती है। यह वक्तव्य मेरे परम मित्र बिट्टू का है। एकाध दिन से वह कुछ इस तरह के दुखड़े गा रहा है। कहता है, यार! लोग खुले आसमान तले उन्मुक्त उड़ रहे हैं, उन्हें देखकर मेरा भी मन करता है उनकी तरह उड़ान भरने का। जब भी उड़ान भरने को आमादा होता हूँ, तो घरवाले पर पकड़ लेते हैं। फड़फड़ाता हूँ, तो पर काटने दौड़ते हैं, बात-बात पर नसीहत देते हैं। न ही कहीं जाने देते हैं और न कुछ ऐसा-वैसा खाने-पीने देते हैं। यहाँ, वहाँ जाने से बीमार हो जाएगा, यह वह खाने-पीने से पेट खराब हो जाएगा, इस तरह के प्रवचन सुनाते हैं। अब तू ही बता; जो व्यक्ति बीमार ही होगा, वह घर बैठे भी होगा; नहीं होगा तो कहीं पर भी आने-जाने से नहीं होगा। इसी तरह पेट खराब होना होगा, तो ऐसा-वैसा खाना-पीना खाए बिना भी होगा; शरीर तो नश्वर है, क्रिया-प्रतिक्रिया तो होती रहती है।

देश कब का स्वतंत्र हो गया, पर मेरी स्वतंत्रता पर अब भी आपका आधिपत्य है, जबकि मैं तो 18 की उम्र भी क्रॉस कर गया हूँ और मुझे वोट डालने का अधिकार भी मिल गया है। निर्वाचन आयोग द्वारा जारी बाकायदा पहचान पत्र भी है।जब सरकार ने सरकार चुनने का अधिकार दे दिया तो घरवाले क्यों नहीं समझते। लड़के के भी कुछ अरमान हैं, जिन पर मोहर लगाने का

अधिकार खुद का है। मेरे अरमानों का प्रचार-प्रसार नहीं करने दें तो कम से कम गोपनीयता पर ही ठप्पा लगा दें, जिससे मेरी जीत तो सुनिश्चित हो जाएगी। मन मसोसकर जीने का खयाल तो बार-बार नहीं आएगा। मैं भी तो आज का नवयुवक हूँ और आज के नवयुवकों की तरह जीना मेरा भी अधिकार है। ये दिल फैशन, हेयर स्टाइल,स्मार्ट मोबाइल माँगता है। बाइक हो तो सोने में सुहागा है। यही तो पर्सनालिटी के साधन हैं, जिनके उपयोग से बेहतरीन पर्सनालिटी दिखती है। आज के युग में जो दिखता है, वही बिकता है। जिस दिन यह सब प्राप्त हो गया, उस दिन से मेरा भी फेसबुक, वाट्सएप, ट्विटर, इंस्टाग्राम पर अकाउंट होगा, नए-नए फ्रेंड्स होंगे। रोज अलग-अलग एंगल से सेल्फी लेकर अपलोड करूँगा। पर क्या मेरे अरमान पूरे होंगे? कहते हैं कि सच्चा मित्र वही है, जो अपने मित्र की भावनाओं को समझे; हो सके तो उन्हें पूर्ण करने की कोशिश भी करे।'

मैंने बिट्टू से कहा, "देख भाई! बात ऐसी है, तेरी इच्छाओं की पूर्ति संभव है।" "कैसे संभव है?" उसने उत्कंठातुरता से पूछा। मैंने कहा, "तेरे अरमानों का विधेयक घरवालों के सदन में रख, जब विचार-विमर्श हो, तब पक्ष-विपक्ष पर नजर रख। कौन तेरे पक्ष में है और कौन विपक्ष में है। अगर विपक्ष का पलड़ा भारी है, तो पहले उसका वजन कम कर, जब पक्ष का बहुमत पूर्ण हो जाए, तब अपने अरमानों का विधेयक सदन में रख और पास करवा ले।" मित्र, यह सुनकर चकित रह गया, बोला, "यार वाह! क्या बात कही है; मैंने तो यह सोचा ही नहीं था, शुभ कार्य में देरी क्यो? आज ही श्रीगणेश करता हूँ। अकसर हम सबके घर वालों की सदन शाम को बैठती है, वह भी भोजन के वक्त; क्योंकि इस वक्त सब विराजमान रहते हैं, यही सुअवसर होता है कहने-सुनने और घर-गृहस्थी संबंधी योजनाओं पर विचार-विमर्श करने का। इसी समय घर के नियम, कानून बनते-बिगड़ते हैं, फेरबदल होता है; जिसको जो कहना होता है, वह कहता है, जिसको सुनना होता है, वह चुपचाप सुनता है; जो नहीं कहता है और नहीं सुनता है, वह भोजन करके खिसक लेता है। ऐसा पारिवारिक सदन में ही होता है, क्योंकि यहाँ दल रहित सरकार होती है, पर पक्ष-विपक्ष यहाँ भी होता है।'

बिट्टू ने यह सोचकर अपने अरमानों का विधेयक सदन में रखा कि इस बहाने पक्ष-विपक्ष का बहुमत भी ज्ञात हो जाएगा और मेरा विधेयक भी पास हो जाएगा। एक बार तो सबके सब उसकी तरफ कौतूहल भरी निगाहों से देखे।

पहले तो गृहस्वामी ने बात को टालने की कोशिश की, पर किसी ने दबे स्वर में उसकी माँग जायज बता दी। बस, फिर क्या था, बहस आरंभ हो गई। पक्ष, पास करवाने पर जोर देना लगा और विपक्ष स्थगित करवाने पर अड़ गया। जैसे-तैसे करके निम्न सदन में पास हो गया, पर उच्च सदन में आकर रुक गया। इस सदन में पूर्ण बहुमत नहीं होने से वहीं का वहीं अटका है। बिट्टू, मन मसोसकर कह रहा है, "आखिरकार मेरे अरमान कब पूरे होंगे? अपने पक्ष-प्रतिपक्ष के चक्कर में मुझे क्यों घसीट रहे हो? खुद के मतलब का कोई विधेयक हो तो, आनन-फानन में पारित कर लेते हो, कानों-कान किसी को खबर तक नहीं लगने देते हो, क्या यही तुम्हारा कानून-कायदा है? मेरी बारी आती है तो पक्ष-विपक्ष में बँट जाते हो और मैं तुम्हारा मुँह ताकता रह जाता हूँ। आखिरकार मेरा कसूर क्या है, यह तो बताओ!'

भगवान जानें बेचारे बिट्टू के अरमान कब पूरे होंगे?

मुद्दे पर मुद्दईगिरी

मुद्दा तो कुछ नहीं चाहता, जो कुछ चाहता है वह मुद्दईगिरी चाहता है। मुद्दा तो अवाम के बीच में रहना चाहता है। अवाम के बीच में उसे जो सुख,चैन,शांति मिलती है, भला धरना-प्रदर्शन,अनशन स्थल पर कहाँ मिलती है। वहाँ तो कोलाहल होता है। पुलिस-मीडिया की आवाजाही रहती है; लेकिन मुद्दईगिरी उसे घसीटकर, धरना-प्रदर्शन,अनशन-स्थल पर ले आता है। यहाँ से निजात नहीं मिलती तो जंतर-मंतर, इंडिया गेट लिया जाता है। यहाँ से भी पार नहीं पड़ती तो लोकसभा,राज्यसभा में लिया जाता है। मुद्दईगिरी मुद्दे का तब तक पिंड नहीं छोड़ता, जब तक खुद सुर्खियों में आ नहीं जाए। कुछेक मुद्दे तो बेचारे मुद्दों जैसे दिखते जरूर हैं,पर मुद्दे होते नहीं; उनको भी तिकड़म-वकड़म करके मुद्दों की बिरादरी में शामिल कर देता है। एक बार मुद्दों की बिरादरी में शामिल हो गया और मुद्दईगिरी ने दबोच लिया, फिर उसकी हालत भी धोबी के कुत्ते जैसी हो जाती है,जो न घर का न घाट का रहता है। आप सोच रहे होंगे, मुद्दईगिरी ही मुद्दे को क्यों घसीटता है? मुद्दे को मुद्दईगिरी नहीं घसीटेगा तो क्या आप हम घसीटेंगे। भाई साहब! आप हम ही घसीटते तो अवाम के बीच कोई मुद्दा नहीं

रहता। यह तो शुक्र करो की मुद्दईगिरी है; भले ही खुद के भले के लिए मुद्दईगिरी मुद्दे पर मुद्दागिरी करता हो। नेता मुद्दत सिंह की तरह तो नहीं है,जो मुद्दे को भाषण की चाशनी में डुबोकर उसका ऐसा मुरब्बा बना देता है, समझ में ही नहीं आता, मुद्दे से निजात दिला रहा है या फिर मुरब्बा खिला रहा है। खैर छोड़ो, सच्चा मुद्दईगिरी वही है जो मुद्दे से निजात दिलाने से पूर्व उसे मीडिया से कवरेज करवाता है, उसके बाद विषय विशेषज्ञों से विश्लेषण करवाता है। विश्लेषण के दौरान तर्क-वितर्क होती है, जिसमें तर्क-तर्क नहीं रहती और वितर्क-वितर्क हो जाती है। कई बार लाठीचार्ज से भी भेंटवार्ता हो जाती है। किंतु लाठीजार्च की शुभ घड़ी में जो मुद्दईगिरी करने में पारंगत होता है, वह लाठी से चार्ज नहीं होता; वह अपनी टोपी किसी ओर के सिर पर रखकर रफूचक्कर हो लेता है। जिसके सिर पर टोपी होती है, उसकी लाठीचार्ज से भेंट होती है। लाठीचार्ज भेंटवार्ता में जिसकी भेंटपूजा ज्यादा होती है, वह लाठीचार्ज से ऐसा चार्ज होता है, फिर अस्पताल से ही डिस्चार्ज होता है। कुछ भी कहो,जो भी किसी भी मुद्दे पर मुद्दईगिरी करता है, सबसे पहले अपना उल्लू सीधा करता है। मुद्दे का क्या है, उसे निजात मिले या न भी मिले, उसका श्रेय मिलना चाहिए। श्रेय मिल गया तो समझो कुछ न कुछ मिल गया। जब कुछ न कुछ मिल जाता है तो बहुत कुछ के लिए तिकड़म करता है। बहुत कुछ प्राप्ति के उपरांत सब कुछ के लिए कुछ ऐसा तिकड़म करता है कि मुद्दे का सबकुछ उसे ही मिल जाए। पर सबकुछ मिलना आसान थोड़ी है; सबकुछ के लिए 'कुछ' नहीं,बहुत कुछ करना पड़ता है। यह कुछ भी न कुछ भी करवा देता है, राजा को रंक और रंक को राजा बना देता है। कुछ में बहुत कुछ छिपा है,जो 'कुछ' का 'कुछ' रहस्य भी जान गया, वह मुर्दा व्यक्ति को भी मुद्दा बना देता है। उसको तो मुद्दे से मतलब है, फिर चाहे मुद्दा जिंदा हो या मुर्दा... लेकिन हो मुद्दा। मुद्दों का क्या है, इनका आवागमन तो जारी रहता है। एक परलोक नहीं पहुँचता, उससे पहले दूसरे का आविर्भाव हो जाता है। मुल्क में मुद्दों की भरमार है। कोई इस पार है,तो कोई उस पार है और कई आर-पार हैं। जो आर-पार हैं, वे सदाबार हैं, जैसे महँगाई और भ्रष्टाचार। यह दोनों बेलगाम घोड़े हैं, जिधर मन करता है उधर ही दौड़ पड़ते हैं। इनकी राह में जो भी आता है, उसे यह अपने पैरों तले कुचल देते हैं। इन पर तो वह भी सवार नहीं होता, जो अश्वारोही होता है। ये दोनों घोड़े तो चाबुक मारने पर भी काबू में नहीं आते, बल्कि बिदक जाते हैं और इनसे तो मुद्दईगिरी भी डरता है। वह भी ऐसे मुद्दों पर मुद्दईगिरी करता है, जिन पर करना कुछ भी न पड़े और पूरा का पूरा

श्रेय खुद को मिले। इन बेलगाम घोड़ों पर लगाम तो अवाम ही लगा सकती है। अवाम के पास वह चाबुक है,पर उसका इस्तेमाल नहीं करती। जिस दिन चाबुक उठा ली, उस दिन ये घोड़े तो क्या, इनके बाप भी हिनहिनाएँगे तक नहीं। मुद्दईगिरी का क्या है, उसे तो किसी न किसी मुद्दे पर मुद्दईगिरी ही करना है; किसी भी मुद्दे का नेस्तनाबूद तो आप और हम ही कर सकते हैं।

राकेश कुमार श्रीवास्तव

मोबाइल - 09977527170, 9098605012
ईमेल - rakesh.shrivastava5012@gmail.com
पता - गोस्वामी मोहल्ला सेंवढ़ा जिला दतिया मध्यप्रदेश पिन 475682

वाचाल होने का सुख

मनुष्य की स्वभावगत विशेषताओं में वाचालता का गुण अति विशिष्ट है।स्वभाव की दृष्टि से कुछ मनुष्य देवदार वृक्ष की तरह सीधे तो कुछ कँटीली झाड़ियों की तरह उलझे होते हैं। इन्हें समझना मतलब मुसीबत मोल लेना। खैर छोड़ो इन बातों को, हमें क्या लेना देना। हम आज एक ऐसे सुख के बारे में चर्चा करेंगे जो अब आठवाँ सुख बन चुका है और उस सुख का नाम है, अतिसय बोलने से प्राप्त होने वाला सुख। मित्रो! जिन्हें ईश्वर ने इस सुख से नवाज़ा है वे विशिष्ट हैं और इस सुख के समक्ष उन्हें सब धन धूर समान दिखाई देते हैं। संयोगवश हमारे एक अधिकारी महोदय को भी ईश्वर की विशेष अनुकम्पा से ये गुण मिला हुआ था। बगैर भूमिका के पूरा दिन बोलने की अभूतपूर्व क्षमता आपके पास थी। जहाँ भी मौका मिलता वे अपने कौशल का पूर्ण विद्वता के साथ प्रदर्शन करते और प्रसन्न रहते। उनके लिए ये प्रसन्नता परिवार से भी बढ़कर थी। एक बार बोलना शुरू हो जाएँ तो यथार्थ व काल्पनिक घटनाओं को जोड़कर घंटों बोलते और बड़ी कुशलता से घटना के केंद्र में खुद को रखते व प्रसन्नता का अनुभव करते। सारे दोस्त, रिश्तेदार,पड़ोसी,परिवार के सदस्य,एवं कर्मचारी उनका सामना करने की हिम्मत नहीं कर पाते थ, क्योंकि वे जानते थे कि एक बार पकड़े गए तो कम से कम तीन घंटो का बलिदान। अधिकारी महोदय इसे अपनी विद्वता की जीत मानते और आत्ममुग्ध होते।

एक बार किसी सामाजिक कार्यक्रम में आपकी मुलाकात मंत्री जी से हो गई। मंत्री ने आपके अभिवादन का जवाब क्या दे दिया, अगले चार दिन पड़ोसियों को कितने भारी पड़े- देखिये- 'मंत्री जी ने मुझे देखते ही गले लगा लिया,और एक ही प्लेट में हमने खाना खाया। मेरे सामने ही कलक्टर को

बताया कि काम कैसे किया जाता है, इनसे सीखिये; इनके महत्त्वपूर्ण सुझावों को मंत्रालय ने भी मंजूरी दे दी है; फिर मुझसे कहा कि आप तो मेरे सचिव बन जाएँ तो बहुत आभार होगा।' ये प्रसंग पूरे तीन दिन ब्रेकिंग न्यूज़ की तरह चलाया गया। वास्तव में जिस कार्यक्रम की आप बात कर रहे थे, न तो उस कार्यक्रम में कलक्टर थे और न ही खाने का प्रबंध। आपके आतंक से लोगों ने शाम को अपनी छत पर टहलना ही उचित मान लिया।

ऐसा नहीं है कि ये सब केवल पड़ोसियों या दोस्तों को ही झेलना पड़ता था, कार्यालय के कर्मचारी भी कम पीड़ित नहीं थे। जब भी साहब जिले की मीटिंग से लौटकर आते तो अगले दिन अपने मातहतों की मीटिंग लेते और अपने आपको कलक्टर मानकर सबको खूब डाँट पिलाते और कहते- 'कल कलक्टर साहब बहुत नाराज थे, मीटिंग में आते ही सबको खड़ा कर दिया... मैं भी खड़ा हो गया तो विनम्रतापूर्वक मुझसे कहा- आप बैठ जाइये, आप काम चोर नहीं हैं इन नालायकों की तरह। फिर मुझे पास में बुलाया और अपनी बगल वाली कुर्सी पर बिठा लिया। सारे अफसरों को फटकार लगाई; कुछ को तो मुर्गा तक बना डाला। फिर मेरी सलाह से सबको कार्य योजना बताई और कहा, अब जो भी पूछना हो वो इनसे ही पूछना तुम सब इन्हें कलक्टर ही समझो।'

साहब के भारी भरकम लेक्चर को कुछ कर्मचारी गंभीरता से लेते और कुछ उनका मजाक उड़ाते। एक कर्मचारी ने नाम छिपाने की शर्त पर बताया कि साहब या तो मीटिंग से बाहर रहते हैं या पिछली कुर्सी पर बैठते हैं।

कहते हैं 'अति सर्वत्र वर्जयते' हुआ भी यही एक दिन फ़ील्ड के कर्मचारियों को अतिरिक्त ज्ञान दे रहे थे, तो कुछ कर्मचारियों ने विरोध कर दिया। साहब ने विरोध का दमन करना चाहा तो दाँव उल्टा पड़ गया। जैसे तैसे जान बचाकर भागे और आगे से कम बोलने की शपथ ली। परंतु संसार का ये नियम है कि सुखों का त्याग करना असम्भव होता है और जो सुख स्वभाव से जुड़े हों उनका त्याग तो और कठिन। अभी कुछ ही दिन बीते कि एक दिन ऑफिस में कर्मचारियों की क्लास लेते हुए अपने स्वभाव के अनुसार ज्ञान का प्रदर्शन कर रहे थे। एक कर्मचारी ने जिज्ञासावश टोक दिया। बस फिर क्या था... साहब के क्रोध का पारावार न रहा और मर्यादा की सारी सीमाएँ लाँघते हुए कर्मचारी पर पिल पड़े। बेचारा कर्मचारी, स्वाभिमानी के साथ साथ ईमानदार भी था ,ऊपर से 'सबसे कठिन जात अपमाना'... उसने अपने एक बाहुबली मित्र से दुखड़ा रोया

तो मित्र ने अगले दिन चार मुस्टंडे साहब की लानत मलामत के लिए भेज दिए। साहब के ऑफिस आने के पाँच मिनट बाद वे लोग आ धमके, तो साहब ने अपने ऑफिस के दरवाजे बंद कर लिए एवं पिछले दरवाजे से पैदल ही भागे। बचने के लिये एक मंदिर के पुजारी के यहाँ आश्रय लिया। पुजारी थे तो ब्राह्मण, पर नगर की सारी शक्तियों के वे संपर्क में थे। चाहते तो न बचाते, पर सजातीय होने का लाभ अधिकारी को मिला। पंडित जी ने अभय दान दे दिया और साहब तथा कर्मचारी के बीच में चीन की दीवार की तरह आ गए। शीर्ष स्तर की वार्ताओं के बाद हल ये निकला कि साहब, कर्मचारी से माफ़ी माँगेंगे। अफसर ने हाथ जोड़कर अश्रुमिश्रित आँख और नाक को पोंछते हुए माफ़ी माँगी। और पंडित जी को प्रणाम कर चले गए। कर्मचारी की आँखों में विजयी चमक थी। पंडित जी एक और पंचायत निपटाकर प्रसन्न थे। दर्शक ये सोच रहे थे कि ये वाचाल अफसर कब तक अपने इस सुख से दूर रह पायेगा!

पुस्तक विमोचन

आज शहर में फिर से पुस्तक विमोचन का समारोह था। आजकल पुस्तक विमोचन के समाचार रोजाना ही पढ़ने और सुनने को मिल जाते हैं। हमें भी समारोह का आमन्त्रण मिला। बड़ा ताज्जुब तब होता है कि जिस व्यक्ति के लिखने का हमें पता भी नहीं होता, उसकी छपी छपाई पुस्तक हमारे हाथों में आ जाती है।ये सब देख सुनकर अपने बुजुर्ग लेखकों पर बड़ा क्रोध आता है। खामखाँ कहते रहते हैं कि लिखने के लिए तपना पड़ता है, पिघलना पड़ता है, टूटना पड़ता है, चिंतन करना पड़ता है, मनन करना पड़ता है, मन को एकाग्र करना पड़ता है, प्रसव वेदना होती है। पांडे जी न तो टूटे न पिघले न प्रसव वेदना हुई।भाई साहब! आज सरोगेसी का जगाना है, प्रसव वेदना की जरूरत क्या है? पैसा हो। देखिए, पांडे जी की किताब लिख भी गई छप भी गई और विमोचन के लिए आ भी गई।

उनकी पुस्तक का विमोचन करने के लिए बड़े-बड़े राजनेता आने वाले थे। यहाँ साहित्यकारों का काम भी क्या था। काहे के साहित्यकार... एक किताब तक तो छपवा नहीं सके। ठीक रहा जो पांडे जी ने साहित्यकारों को नहीं बुलाया, बेकार में नाक भौं सिकोड़ते और कार्यक्रम की गरिमा गिराते।जब राजनीति सुलभ

है तो साहित्य की जरूरत क्या है? हाँ कार्यक्रम का संचालन अवश्य एक साहित्यकार द्वारा ही किया जा रहा था। यह और बात है कि रिमोट पांडे जी के हाथ में ही था।कहते हैं कि साहित्यकार समझौता नहीं करते; बेकार बात। अगर समझौता करने से पाँच पाँच पुस्तकें छप सकती हैं तो क्या बुराई है। संचालक जी ने इसी प्रकार से अपना कद बढ़ाया और अपनी किताबें छपवाए थे। संचालक महोदय बार-बार यह घोषणा कर रहे थे कि नेताजी शीघ्र ही हमारे बीच उपस्थित होने वाले हैं, उनके आते ही कार्यक्रम विधिवत प्रारंभ होगा।साथ ही यह भी कहते जा रहे थे कि पांडे जी हमारे नगर का गौरव हैं, उन्होंने समाज को बहुत कुछ दिया है, उनकी लिखी पुस्तक निश्चित ही हमारा मार्गदर्शन करेगी। संचालक की बात सुनकर पांडे जी नई नवेली दुल्हन की तरह शर्मा कर कनखियों से मुस्कुरा लेते थे। नेताजी के इंतजार में सबसे बुरा हाल बच्चों का था। मैं बताना भूल गया; पुस्तक विमोचन समारोह के साथ साथ ग्रीष्मकालीन खेल प्रशिक्षण का समापन भी होना था।ग्रीष्मकालीन खेल प्रशिक्षण और पुस्तक विमोचन दोनों ही वहाँ उपस्थित लोगों के लिए आश्चर्य का विषय थे। इसी वजह से एक पत्रकार, खेल प्रशिक्षक पर रौब झाड़ रहे थे। "खेल प्रशिक्षक जी! कृपा करके बताएँगे कि खेल प्रशिक्षण शुरू कब हुए थे जो समापन किया जा रहा है? भ्रष्टाचार की भी हद होती है; कल अखबार में ऐसी खबर लगाऊँगा होश ठिकाने आ जाएँगे।" क्रीड़ा अधिकारी बेचारा सब कुछ इसलिए सुन रहा था कि वास्तव में उसे खेलों के नियम भी पता नहीं थे। स्कूल में बच्चों को न पढ़ाना पड़े, इसलिए उसने क्रीड़ा-विभाग में जुगाड़ कर ली थी। जिसने कभी गिल्ली डंडा न खेला हो, वह क्रिकेट क्या खाक खेलेगा... पर हमारे यहाँ तो यही होता है साहब, फिर क्रीड़ा अधिकारी का क्या दोष। और अगर दोष है भी तो उसने अपने दोष से मुक्ति पाने के लिए पांडे जी की पुस्तक के विमोचन का जिम्मा भी ले लिया। क्रीड़ा मद से ही पांडे जी की पुस्तक का विमोचन हो रहा था। जब पत्रकार को असलियत मालूम हुई तो उसका क्रोध शांत हो गया। दरअसल पांडे जी समर्थ थे और समरथ को कैसा दोष। मैं अपने आपको ठगा महसूस कर रहा था, क्योंकि मैंने पत्रकार के रूप में एक सच्चा आदमी देखा था जो सच्चाई के लिए चट्टान की तरह खड़ा था। परंतु वह चट्टान, पांडे जी के प्रताप से हिमखंड की भाँति पिघल गई थी। वह बड़ी बेशर्मी से शीतल पेय पीते हुए खेल प्रशिक्षक से मुस्कराकर बातें कर रहा था।पांडे जी विद्यालय के प्राचार्य न होते हुए भी सर्वेसर्वा थे। मंच संचालक अपने वाक कौशल से पांडे जी की उपलब्धियों का बखान कर रहे थे।

यह कह रहे थे कि ऐसे समय में जब कि हमारे पास अपने परिवार के लिए समय नहीं है, पांडे जी विद्यालय परिवार के लिए समय निकालते हैं। प्राचार्य न होते हुए भी पूरा प्रबंधन करते हैं। बच्चे उनसे अनुशासन सीखते हैं। संचालक, पांडे जी के व्यक्तित्व में चार चाँद लगाने के लिए अतिरिक्त ऊर्जा लगा रहे थे, जबकि सच ये था कि पांडे जी स्वयं कभी अनुशासित नहीं रहे। पांडे जी के विद्यालय प्रबंधन का कमाल देखिए, जब कोई कार्यक्रम आयोजित होता तो हमेशा पुराने हॉल में ही होता, क्योंकि उसकी दीवारें मजबूत और अनुशासित हैं। उनके कार्यकाल में बने भवन की दीवारें तो कब की बेवफाई कर चुकी थी। यही फर्क होता है बुजुर्ग पीढ़ी के संस्कारों में और आज की पीढ़ी की स्वच्छंदता में। इतना सब गोलमाल करने के बावजूद भी पांडे जी पूरे आत्मविश्वास के साथ लोगों से मिलते जुलते हैं। उनके राज में बच्चों की मौज थी। लोकल कक्षाओं में तो बच्चे अपनी ट्यूशन फीस भी बचा लेते थे। साल भर की ट्यूशन फीस का आधा हिस्सा पांडे जी का और पप्पू पास। योग्यता कौन देखता है। बच्चे खुश, माँ-बाप खुश। दोनों की खुशी में पांडे जी खुश। सच मानिए, यही पक्का समाजवाद है, जहाँ किसी को कोई परेशानी नहीं, लेकिन अगर समाज के विपरीत चलेंगे तो फिर कष्ट ही मिलेंगे। पांडे जी अलोकप्रिय होते हुए भी लोकप्रिय थे। ऐसा सौभाग्य सबको प्राप्त नहीं होता; बड़ी मुश्किल से आता है यह एटीट्यूड। खैर पांडे जी ने पुस्तक लिखी, यह हमारे नगर के लिए गौरव की बात थी। जब कुछ लिखेगा तभी तो छपेगा। पांडे जी ने लिखा या लिखवाया, इससे हमें क्या लेना देना। उदारीकरण के दौर में प्रकाशक भी पूरी उदारता का परिचय देते हैं।उन्हें कंटेंट नहीं, पेमेंट चाहिए। कुछ भी लाओ और छपवाओ। आज के प्रकाशक पुराने प्रकाशकों की तरह छलनी नहीं लगाते। उनका कहना है कि,- चोकर युक्त रोटी सेहत के लिए लाभदायक है, तभी तो वे लेखकों की संख्या कम करके समाज का स्वास्थ्य नहीं, करना चाहते। वे कहते हैं हमने प्रतिभाओं का हनन करने के लिए नहीं वरन उनमें निखार लाने के लिए दुकान खोली है। पांडे जी की क्षमताओं को जानने समझने वाले लोग खुसुर फुसुर कर रहे थे, पांडे ने साहित्य में भी गोलमाल कर डाला। पांडे जी जानते थे कि उनके विरोधी कार्यक्रम में विघ्न डाल सकते हैं. अतः उन्होंने मंच संचालक को ताकीद कर रखी थी कि पूरा कार्यक्रम मेरे व मेरी पुस्तक के इर्द गिर्द होना चाहिए। संचालक ने भी उन्हें आश्वस्त कर रखा था, ''मैंने इतनी ऊँचाई तक तिकड़मों से ही प्राप्त की है, चिंता न करें।'

नेतागण भी भारतीय समय के अनुसार कार्यक्रम में पहुँचे। पांडे जी के कारनामों पर पर्दा डाल उनकी पुस्तक की प्रशंसा की, पुस्तक को समाज का आईना दिखाने वाला दस्तावेज घोषित किया गया। मेजबान के समर्थन में बोलने की परंपरा का पूर्ण निर्वहन किया गया। मुख्य अतिथि जी ने अपना भाषण समाप्त किया और पास में बैठे विशिष्ट अतिथि महोदय को बताया कि, 'मैं और पांडे एक ही विद्यालय में पढ़े हैं; यह नंबर 1 का गधा था, जरूर यह पुस्तक इसने किसी से लिखवाई है।' कार्यक्रम समापन की ओर था।पुस्तक का विमोचन हो गया। सबने पुस्तक की प्रशंसा की। बेचारे क्रीड़ा अधिकारी का मुँह उतरा हुआ था। सारी मेहनत उसकी, सारा पैसा क्रीड़ा मद का और मजे पांडे ने ले लिए। उसका नाम तक नहीं पुकारा गया। अंत में पांडे जी के द्वारा की गई अनियमितताओं की अनदेखी करते हुए नेताओं ने विद्यालय के विकास के लिए राशि की घोषणा की, ताकि जनता नेताओं को सच्चा जननेता माने। पांडे जी खुश थे, क्योंकि उन्हें इस राशि से अगली पुस्तक के विमोचन का मार्ग प्रशस्त दिख रहा था, पर जनता सब जानती है।

विनोद कुमार दवे

मोबाइल - 9166280718
ईमेल - davevinod14@gmail.com
पता - 206,बड़ी ब्रह्मपुरी मुकाम पोस्ट भाटून्द, तहसील बाली,
जिला पाली राजस्थान 306707

भैंस जैसी सरकार

सरकार बिगड़ी हुई भैंस जैसी है। चारा चाहिए था तब बड़ी ठुमकती हुई, इठलाती हुई, शरमाती हुई आई थी; मानो भैंस, भैंस न होकर भोली भाली गऊ हो। भोली बन कर बोली थी, फोगट में पंद्रह लीटर दूध दूँगी, तुम्हें रोजगार मिलेगा; पड़ोसी तुम्हें एक लात मारेगा तो मैं उसे दस लात मारूँगी, बुलेट ट्रेन की सवारी कराउँगी, स्मार्ट सिटी बनाउँगी, कर्ज़ माफ कराउँगी, न खाऊँगी न खाने दूँगी, महँगाई को मार भगाऊँगी... और तो और मंदिर वहीं बनाउँगी। हम ठहरे भोले भाले मैंगो पीपल, मैंगो खाने चले थे, गन्ना चूसते रह गए। बातों में आ गए। इतनी मोटी तगड़ी भैंस है, पंद्रह लीटर न सही, गाय से तो ज़्यादा ही देगी; पिछली वाली भैंस तो दूध भी पानी मिलाकर देती थी। पहले वाली भैंस की कहानी अजीब सी है, शुरू में अच्छा दूध दिया, तो एक बार और ब्याह गई। दूजी बारी शुरू में दूध में पानी मिलाकर देती, जाते-जाते पानी में दूध मिलाने लग गई। एक बार और आ जाती तो भैंस जनता को ही दुहने लग जाती। तो मैंगो मैन ने सोचा (पता नहीं, मैंगो मैन सोच कैसे लेता है, अर्थ धर्म काम और मोक्ष के झंझटों के बावजूद), खूँटे बहुत बदल लिए, तनिक भैंस भी बदलकर देख लेते हैं। और भैंस बदल ली। सोचा था कि भैंस दूध देगी, दूध से रोजगार मिलेगा, इतना सारा दूध होगा कि दूध का दूध और पानी का पानी हो जाएगा और भ्रष्टाचार मिट जाएगा। लेकिन दूध से ज्यादा तो गोबर बिखरा पड़ा है। राम जाने कम चारा खाकर ज्यादा गोबर देने की कला इस भैंस ने कहाँ से सीखी? गोबर का ढेर लगा है, और नारे स्वच्छता के। भैंस भड़क कर कहती है, गोबर नहीं होगा तो सफाई कैसे होगी? सफाई नहीं होगी तो महात्मा गाँधी का सपना कैसे पूरा होगा स्वच्छ भारत का? तो पहले गोबर फैलाया जाएगा, फिर जब उसे साफ

किया जाएगा, तब सिटी ऑटोमैटिकली स्मार्ट दिखने लगेगी। जितना ज्यादा गोबर, उतने ज्यादा सफाईकर्मी, उतना ज्यादा रोजगार। मैंगो मैन तो मान बैठा है, भैंस की वाणी ब्रह्मवाणी है, जो भैंस कहेगी वो ही सत्य है, वो ही शिव है, वो ही सुंदर है। हम जब भी कहते हैं, पड़ोसी को दस लात मारने वाला जुमला कहाँ गया? जवाब आता है, अभी तो भैंस अपने सींग को धार दे रही है, और जनता सोच रही है, लात तो पैरों से मारी जाती थी न पिछली बार तो। नई भैंस है, क्या पता सींग से लात मारने का नया रिवाज हो। वैसे हर दोष को पिछली भैंस के मत्थे मढ़ा जा सकता है; पिछली वाली भैंस पड़ोसी को सही से लात मारती तो नई भैंस का काम कहाँ पड़ता। पिछली वाली भैंस मिलावटी दूध न देती तो उसका पाड़ा भी कमजोर न होता, पिछली वाली भैंस का खूँटा न उखड़ता अगर आम आदमी को भैंस की वादाखिलाफी पर गुस्सा न आता। अब पिछली वाली भैंस को तो किसी लायक भी कहाँ छोड़ा है जनता ने। जनता ने एक पुरानी भैंस को इसलिए रिजेक्ट कर दिया था कि उसने जितनी शाइनिंग का वादा किया, उतने बल्ब न जला पाई। फिर उसी भैंस को वापिस लाया गया, जो आजादी से भी पुरानी थी। जनता समझती थी, भैंस रखवाली करेगी, भैंस सोचती चरागाह लीज पर लिया हुआ है पाँच साल चरने को। हर भैंस कम दूध का ठीकरा पुरानी भैंस पर फोड़ देती है। कीचड़ में कमल ही नहीं खिलता, कई बार भैंस भी लोट लेती है। तालाब में पड़ी भैंस सोचती है, कौन माई का लाल है जो मुझे इस तालाब से बाहर निकाल सके। उसे पता नहीं तालाब में उतरी हुई भैंस को निकालना काफी दुष्कर है, लेकिन असंभव नहीं। इस वाली भैंस का इवेंट मैनेजमेंट बहुत तगड़ा है। कीचड़ में फिसल जाए तो कहती है मैं कमल हूँ, खिलने की प्रैक्टिस कर रही हूँ। इसके लिए हर बार पहली बार की तरह होता है, यह पहली बार है कि किसी भैंस ने इतने गहरे रंग का गोबर किया है, यह पहली बार है कि हमने दूसरे के बाड़े में घुसकर लात मारी है। पिछली वाली भैंस का आधार नकली था, हमारा आधार असली है; पिछला नरेगा बोझ था, ये नरेगा कल्याणकारी है। इस तेरे मेरे के चक्कर में दूध घी की उम्मीदें धुँधली पड़ती जा रही हैं। बुजुर्ग कहते थे, भरोसे की भैंस पाड़ा ही जनती है। भरोसा टूटने से त्रस्त जनता कहीं जनता चीख न पड़े, बाड़ा खाली करो कि नई भैंस आ रही है।

मोबाइल

मोबाइल और अंतर्जाल के जाल में हम किस कदर उलझे हुए हैं, इसका अंदाज़ा इस बात से लगाया जा सकता है कि 90% लोग अपने स्मार्टफोन लिए बिना शौचालय में भी नहीं जा सकते, मानो स्मार्टफोन कोई फोन न हो, कब्ज हेतु टेक्नोपेथी की दवा हो। वो समय गया जब उठते ही बच्चे अपने माता-पिता के चरण स्पर्श करते; अब तो आँख खुलते ही पहले अपना मोबाइल ढूँढ़ते हैं। भोजन करते वक़्त भी स्वादिष्ट चैटिंग में इतना बिजी होते हैं, सभी चपातियाँ दाल सब्जी की जगह पानी में भिगोकर खा लेंगे, किन्तु स्वाद का ध्यान न रहेगा। 'हाय जानु, हाय जानु' की जितनी हाय तौबा मचा रखी है, इतना हाय-हाय सरकार के खिलाफ किया होता तो सत्ता में हाय-हाय मच जाती। घर में बीमार माँ महीनों बीमार पड़ी होगी, मगर हाल न पूछेंगे... और जानु को छींक भी आई तो निमोनिया की दवाइयाँ ढूँढ़ते फिरेंगे।

मोबाइल चैटिंग ने सभी को दीवाना बना रखा है। अभी ऑरकुट का दाह संस्कार भी न निपटा था कि फेसबुक व्हाट्सऐप के रूप में चैटिंग का पुनर्जन्म हो गया। और इनके पीछे न जाने कितने अवतार प्रकट हो गए, हाइक और वाइबर जैसे रूप में। एक ही बन्दा ढेर सारी जानु, सोना, फ्रेंड, गर्लफ्रेंड, यत्र तत्र सर्वत्र ढेरों सोशल साइट्स पर लेकर बैठा है। कई लड़कों ने तो ऑनलाइन लिंग परिवर्तन करा रखा है और साइट पर लड़की बन बैठे हैं। वीर रस का कवि श्रृंगार की कविता गाएगा तो प्रेम की मार काट तो होनी ही है। इन नकली आशिकों ने श्रृंगार रस का रस निचोड़ लिया है। ये ही हाल त्योहारों का भी है। वैलेंटाइन डे विश करने को रात भर जागने वाले 15 अगस्त भूल जाते हैं। प्रेमिका के लिए एक ही जगह घंटों तक खड़े रहकर इंतजार लेंगे, मगर राष्ट्रगान पर 52 सेकेंड खड़े रहना भी गवारा नहीं। गर्लफ्रेंड की टेंटें पर प्यार आता है, लेकिन माँ की खाँसी से नींद खराब हो जाती है। मोबाइल की आदत भी ऐसी है कि सोते टाइम तीन चार घंटे तक नींद की ऐसी की तैसी न कर दे, तब तक नींद भी नहीं आती। जैसे-जैसे मोबाइल की रैम में वृद्धि हो रही है, दिमाग के न्यूरॉन्स बेमौत मरते जा रहे हैं। पहले लोगों की याददाश्त में काफी कुछ सुरक्षित रहता था, अब मोबाइल में सेव करने पड़ते है। नाम नंबर चेहरे सब मोबाइल में सेव पड़े हैं और दिमाग से डिलीट होते जा रहे हैं। कुछ वर्ष बाद तो हालत ये होगी कि घर में चेहरे अंजान लगेंगे, फिर लोग मोबाइल से कंफर्म करेंगे कि ये तो घर का ही सदस्य है।

मोबाइल की रैम बढ़ती जा रही है, हृदय से राम घटते जा रहे हैं। गेम खेलने में मशगूल लोग पोकेमोन ढूँढ़ते ढूँढ़ते खुद खो जाते हैं, जिन्हें गूगल भी नहीं ढूँढ़ पाता। खो-खो कबड्डी तो चीता की तरह लुप्त प्रायः है। इन खेलों को टेम्पल रन और पोकेमोनगो जैसे खेलो ने खेलों बिगाड़ दिया है। बच्चे फोन में बिजी हैं, माँ बाप भी टेंसन फ्री है कि बच्चे घर में चुपचाप खेल रहे हैं। बच्चे भी मोबाइल में क्रिकेट खेलकर खुश हैं कि भाग दौड़ का कोई चक्कर नहीं, नहीं तो पागलों की तरह एक गेंद के पीछे इतने सारे लड़के भागते ही जाते हैं मानो गली की नवयौवना ने सभी जवानों को दीवाना बना रखा हो।

मोबाइल होने के और भी फायदे हैं। लाखों पेड़ों की जान बच गई। आप पूछोगे कैसे? मोबाइल ने लवलेटर की संख्या घटा दी, नहीं तो कितने पेड़ तो प्रेमपत्र की बलि चढ़ जाते थे। कइयों की तो हालत ऐसी थी कि एक लवलेटर लिखने में हाथ इतना काँपता था कि फटे हुए प्रेम पत्रों का ढेर लग जाता। ऊपर से लवलेटर पहुँचाने का झंझट। कुटाई पिटाई का ख़ौफ़। लवलेटर फेंकने के चक्कर में प्रेमिका के पापा भाई पर गिर जाए, तो साक्षात यमराज को बुलावा। इस से अच्छा तो मोबाइल बेचारा चुपचाप अपना काम किए जाता है। प्रेमिका की सहेली की गरज भी नहीं करनी पड़ती। मोबाइल ने रिश्तों की परिभाषा भी बदल दी है।

कई बार तो शमशान के किसी कोने में भी लोग व्हाट्सएप चलाते दिख जाएँगे... सोचते होंगे लाश जलने में तो टाइम लगता है, तब तक बैठे बैठे बोर क्यों होएँ। और जिनके फोन की बैटरी जल्दी दम तोड़ देती होगी वे तो कुंठा में मरे हुए को गालियाँ देते होंगे के भाई या तो जल जा, या उठ जा, क्यों खोटी कर रहा है? क्या पता कोई खास मेल आया हो। हो सकता है किसी पुरस्कार के लिए नॉमिनेट होने की सूचना कहीं बीच नेटवर्क में लटक रही हो, या चुनाव का टिकट बँट रहा हो। कहीं किसी सेंसेक्स ऊपर नीचे हो गया तो सेल बाय के चक्कर में एक और साँस अटक जाएगी। लगे हाथों एक और सोग हो जाएगा। वैसे मोबाइल इतनी भी बुरी चीज तो नहीं है। अभी नोटबन्दी के बाद तो सरकार खुद कह रही है, मोबाइल को बैंक बना लो। यूट्यूब ने मोबाइल को सिनेमाघर बना दिया है। मोबाइल आने के बाद टेलीग्राम तो अकाल मृत्यु का शिकार हो गया। मोबाइल ने कलाई से घड़ी छीन ली। मोबाइल ने लुगाई से शौहर छीन लिया। मोबाइल ने पी. के. का रेडियो छीन लिया। मोबाइल ने रातों की नींद,

दिन का चैन छीन लिया। मोबाइल ने पारो से देवदास छीन लिया।

बाबूजी ने कहा,'व्हाट्सएप छोड़ दो।'

सबने कहा, 'चैटिंग छोड़ दो।'

पारो ने कहा, 'फेसबुक छोड़ दो।'

आज तुमने कह दिया, 'ट्विटर इंस्टाग्राम हाइक वाईबर छोड़ दो।'

एक दिन आएगा जब वो कहेंगे, 'ये मोबाइल ही छोड़ दो।'

क्या देवदास से मोबाइल छूट पाएगा। आज के देवदास, पारो को तो छोड़ सकते है, चंद्रमुखी को नहीं छोड़ सकते। और मोबाइल तो हरगिज नहीं छोड़ सकते। प्राण जाए पर मोबाइल न जाए।

पूरा सावन गुजर जाएगा स्टेटस अपडेट करते-करते, 'वाओ! व्हाट अ लवली क्लाइमेट, इट्सरैनिंग।' लेकिन एक बार भी बारिश में नहाकर नहीं देखेंगे कि मोबाइल पर वाओवाओ करने से कुछ नही मिलता, सिवाय लाइक और कमेंट्स के। और बारिश में नहाएँ कैसे, मोबाइल की फिक्र जो है। कहीं भीग जाएगा। दूर तो होता है नहीं मोबाइल। शरीर के हर समय इतना चिपका हुआ रहता है कि कई बार लगता है, शरीर का ही कोई अंग है मोबाइल। काश भगवान ने स्मार्टफोन के साथ ही पैदा किया होता। चेहरा भले स्मार्टनेस से कोसों दूर होगा, मोबाइल तो स्मार्ट ही चाहिए। और इंसान ओवरस्मार्ट। कल को ऐसा न हो कि इंसान अंडरस्मार्ट रह जाए और मोबाइल ओवरस्मार्ट बन जाए। फिर मोबाइल ही हमें कहेगा, ''अरे मूर्ख! मुझे तो देखा हुआ ही है, बाहर देख कितना सुहाना मौसम है।'' लेकिन हम तो इतने समझदार हो चुके है कि बादल भी गूगल पर ही देख लेते हैं। बारिश यूट्यूब पर देख लेते हैं। शेर, चीता, भालू, मगर, बाज, चील, डिस्कवरी पर देख लेते हैं। हरियाली, नेशनल जियोग्राफी दिखा देती है। हम इतने समझदार हैं कि गर्दन उठाने तक की जहमत नहीं उठा सकते। गर्दन झुकाने की आदत इतनी भी अच्छी नहीं न। काश हम भी थोड़े नासमझ ही रह जाते, समझदार होने के नुकसान तो बहुत हैं।

विनोद कुमार विक्की

मोबाइल - 9801757336
ईमेल - vinodvicky5382@gmail.com
पता - द्वारा श्री ओमप्रकाश गुप्ता, महेशखूँट बाजार
जिला-खगड़िया, 851213 (बिहार)

फेसबुक

आज के व्यस्त 4जी युग में भले ही लोगों के पास माता-पिता बच्चों के लिए समय न हो, किंतु फेसबुक पर विचार पोस्ट करने के लिए पर्याप्त समय होता है।

एक समय था जब मनुष्य योनि के जीवों को दार्शनिक, विचारक, समीक्षक, आलोचक आदि बौद्धिक पुरुषों के दर्शन या साक्षात्कार काफी पुण्य प्रताप से प्राप्त होता था, किंतु वर्तमान युग में मार्क जुकरबर्ग नामक एक आंग्ल विदेशी जीव ने 'फेसबुक' रूपी एक ऐसे सोशल मीडिया का ईजाद किया, जिसने अलादीन के चिराग वाले जिन्न की भाँति घर घर से दार्शनिक व विचारक को पैदा होने पर मजबूर कर दिया। एक जमाने मे कबीर, रहीम, कॉल मार्क्स, गाँधी, गालिब, विवेकानंद आदि दार्शनिक व विचारकों के संदेश, प्रेरक प्रसंग, अनमोल वचन काफी दुर्लभ होते थे।

उस समय ऐसे वक्ता महापुरुषों की संख्या पांडव की तरह सीमित एवं श्रोताओं की संख्या कौरव के तादाद मे होती थी, किंतु फेसबुक द्वीप पर विचारक वक्ताओं की संख्या में कुकुरमुत्ते की तरह इजाफा हुआ।फेसबुक के कारण हर गाँव, गली चौपाल से नेता, लेखक, विचारक, दार्शनिक आदि के उद्भव ने मानव जगत मे क्रांतिकारी परिवर्तन ला दिया।

इस फेसबुक बाबा ने जब एक CM को PM बनाने में महत्त्वपूर्ण भूमिका निभाई तो राष्ट्रीय स्तर के मंत्री से पंचायत स्तर के वार्ड सदस्य उम्मीदवार भी अपना प्रचार-प्रसार व कार्यों का लेखा-जोखा फेसबुक पर अपडेट करने के लिए

मजबूर हो गए। तिल से लेकर ताड़ तक की बातों को फेसबुक पर पोस्ट करना ये अपना नैतिक कर्तव्य समझते हैं।

फेसबुक बाबा ने बेडरूम मे बैठे बैठे लोगों को क्रांतिकारी बना दिया।

दुकान चलाने वाले को दार्शनिक तो युवाओं को शायर बना दिया है।

फेसबुक बाबा के ऐसे साधक अपने नाम का अकाउंट बनाकर लौकिक, अलौकिक, ज्ञानसरिता का प्रवाह उँगलियों के माध्यम से अबाध रूप से विश्व पटल पर करते रहते हैं। इनके प्रशंसकों का एक वर्ग ठेंगा दिखाकर मेरा मतलब 'लाइक' कर या 'कमेंट्स' कर इनके ज्ञान पौरुष का उत्साहवर्धन करने के लिए मजबूर हो जाता है। कभी-कभी ये मजबूरी महज मित्रता निभाने की एक फार्मिलिटी मात्र होती है।

फेसबुक जगत में समस्त जीव लाइक, पोस्ट, शेयर, कमेंट्स के माध्यम से अपने बौद्धिक सचेतता का संकेत देते हैं या यों कहें मजबूरीवश अपने बौद्धिक रूप से जीवित होने का प्रमाण देते हैं। जब फेसबुकिया वायरस से पीड़ित एक विशेष खुराफाती बाबा विनोद विक्की ने फेसबुक साधकों पर शोध किया तो बिना मेंटोस खाए ही उनके दिमाग की बत्तियाँ जलने लगीं और उन्होंने पाया कि फेसबुक जगत में विभिन्न कोटि के बुद्धिजीवी वर्ग हैं, जिन्हें श्रेणीबद्ध करने का जोखिम उन्होंने एलआईसी का प्रीमियम भरने के बाद उठाया,जिसकी सरल समीक्षा आगे के पदों में की गई है।

फेसबुक जगत में एक कैटगरी है 'लाइक ठोको ग्रुप', अर्थात सोशल मीडिया फेसबुक पर अपना अस्तित्व बचाने के लिए कुछ ऐसे प्राणी समूह हैं जो सिर्फ दूसरों के पोस्ट को लाइक करना ही अपना मौलिक अधिकार समझते है। ऐसे जीव जब भी अपना फेसबुक लॉग इन करते हैं तो इनका ध्येय सभी प्रकार के पालतू, फालतू सलिल, अश्लील पोस्ट को बगैर पढ़े या विचार किए धड़ाधड़ लाइक ठोकने का होता है।इनके लाइक ठोकने की गति इतनी महत्तम होती है कि बेचारे सिद्धू भी 'ठोको मंत्र' भूल जाए।हालाँकि ऐसे 'लाइक ठोको वर्ग' धनाभाव या समयाभाव के कारण फेसबुक पर नियमित सेवा नहीं दे पाते, जिस कारण सप्ताह या महीना में किसी विशेष दिन उपस्थित होकर लाइक ठोकना इनकी आदतन मजबूरी होती है।

फेसबुक साधक के दूसरे वर्ग मे आता है 'रचयिता ग्रुप'।इस समूह के सदस्य शायरी, दोहा, कविता, सूक्ति अनमोल वचन, सदविचार आदि का सृजन व फेसबुक पर प्रेषण इतने कम समय मे कर देते हैं, जितने समय में 'मैगी' भी तैयार होने से कतराए।इस श्रेणी के जीवों में कई उपवर्ग भी हैं यथा कुछ जंतु शेरो शायरी बनाकर मिर्जा गालिब को टक्कर देने में लगे हैं, तो कुछ राजनीतिक विचारों का संप्रेषण कर भगत सिंह, आजाद आदि को चुनौती देने में जुटे हैं।

कुछ, अनमोल वचनों को फेसबुक पर अपलोड कर गांधीजी व टैगोर साहब की बराबरी करने में एमआरएफ टायर की भाँति गतिशील हैं।

फेसबुक पर एक तीसरा वर्ग है 'सेल्फी ग्रुप'।ऐसे समूह के जीवजंतु महज अपनी व अपने मित्रों की तस्वीर पोस्ट करते हैं। यदाकदा प्रकृति की छवि को भी प्रेषित करते हैं।

इस ग्रुप के कुछ वीर बाँके सदस्य जान जोखिम में डालकर चलती ट्रेन पर खड़े होकर,पहाड़ की ऊँची चोटी,बीच नदी-नाव में, पुल के किनारे, इमारतों के शीर्ष से सेल्फी लेकर फेसबुक पर पोस्ट करते हैं, महज एक लाइक के लिए। कभी-कभी कुछ योद्धा रिस्की सेल्फी के चक्कर में वीरगति को प्राप्त कर जाते हैं। तत्पश्चात इन्हें सैकड़ों लाइक व कमेंट्स तो नहीं मिलता किंतु लाखों लोगों की सिम्पैथी जरूर प्राप्त है।

यदि किसी दिन 'लाइक' की बोहनी न हो तो किसी अभिनेत्री की फोटो ही पोस्ट कर एकाध लाइक कमा लेते हैं।

ऐसे समूह के कुछ शातिर सदस्य तिरंगा या किसी शहीद की तस्वीर या फिर राष्ट्रीयता या जनसमस्याओं से सरोकार रखने वाली तस्वीरों को पोस्ट कर देशभक्ति का हवाला देते हैं। इन तस्वीरों के साथ ये अपने पोस्ट में कुछ पंक्तियों को जोड़ देते हैं यथा 'मैं एक शहीद की बेटी/विधवा हूँ क्या मेरे पिता/पति के नाम पर एक लाइक नहीं मिलेगा अथवा कमेंट्स में लिखें जयहिन्द।' मैं एक गरीब की बेटी हूँ, क्या मुझे कोई पसंद नही करेगा? 'देखते हैं आज तिरंगा को कौन कौन लाइक करता है।' आदि और परिणाम स्वरूप किलो के भाव में लाइक बटोर लेते हैं।

फेसबुक पर कुछ ऐसे 'विशिष्ट थेथर' सदस्य भी होते हैं जो जबरदस्ती की

‘लाइक’ पाने के लिए भगवान की तस्वीर को अपलोड कर या किसी विशेष तस्वीर को पोस्ट कर देखने वालों को माँ/प्रेमी/प्रेमिका की कसम या गुड न्यूज की दुहाई देकर लाइक, कमेंट्स या शेयर करने के लिए मजबूर करते हैं।

फेसबुक पर एक पाँचवाँ वर्ग है ‘जादूगर ग्रुप’।इस कैटगरी के सदस्य ऐसा मैजिक दिखाने का दावा करते हैं कि जादूगर गोगा सरकार व पीसी सरकार भी हिम्मत न जुटा पाएँ। ये कोई धुँधली तस्वीर या किसी लड़का- लड़की की तस्वीर को पोस्ट कर 0 से 9 तक किसी विशेष संख्या को टाइप करने की सलाह देते हैं, साथ ही दावा करते हैं कि तस्वीर स्पष्ट हो जाएगी या तस्वीर वाले शख्स का कपड़ा गायब हो जाएगा। बस फिर क्या... कई हायली एजुकेटेड पर्सन, निर्देशित अंक टाइप कर लग जाते हैं मोबाइल पर जादू देखने। इन्हें जादू दिखे न दिखें, पर इनकी हरकत फेसबुक फ्रेंड को जरूर दिख जाती है।

अब ‘ऐड़ा’ बनाना इनका पेशा है तो ‘ऐड़ा’ बनना फेसबुक यूजर्स की आदत।

एक छठा ग्रुप है सनसनी ग्रुप। ये प्रायः न्यूज समूह होते हैं जो साधारण से साधारण खबरों को भी एकता कपूर के धारावाहिक एपिसोड की भाँति ही सस्पेंस बनाकर संक्षिप्त रूप मे प्रस्तुत करते हैं ताकि आप पूरी खबर को पढ़ने के लिए मजबूर हो जायें।

एक सातवाँ वर्ग है ‘तन्हा वर्ग’। इस समूह के संचालक सदस्य प्रायः तथाकथित स्त्रियाँ होती हैं जो कथित रूप से अपनी या औरों की तस्वीर अपलोड कर देखने वाले को अपनी तन्हाई पर कमेंट्स करने व इनबॉक्स में मोबाइल नम्बर प्रेषित कर मित्रता का खुला आमंत्रण देती या देता है।

इस प्रसंग के दौरान एक अन्य गौण वर्ग ‘तटस्थ वर्ग’ की चर्चा करना लाजिमी है। इस समूह के सदस्य मुद्दतों बाद फेसबुक लॉग इन तो करते हैं, किंतु लाइक, कमेंट्स, शेयर आदि किसी भी प्रकार की जैविक गतिविधियों से स्वयं को तटस्थ रखते हैं।

कुल मिलाकर यह कहा जा सकता है कि श्री श्री 108 महर्षि मार्क जुकरबर्ग ने फेसबुक नामक एक ऐसे संसार की सृष्टि की है जहाँ एक ओर समस्त बुद्धिजीवी सदस्य अपने सदविचारों को प्रेषित करने के लिए आदतन

मजबूर हैं तो दुसरी ओर उन संदेशों पर टीका टिप्पणी करना दूसरे बौद्धिक वर्ग के सदस्यों की मजबूरी है।

व्यथा एक व्यंग्यकार की

आज के प्रसंग के दौरान मैं न तो दुखी किसान दीनदयाल की, न तो मोदी केजरीवाल की, न कश्मीर की और न पराई पीड़ की, बल्कि समाज के एक ऐसे पीड़ित कलमकार वर्ग की चर्चा करने जा रहा हूँ, जिसे घर और समाज के लोग तो निठल्ला समझते ही हैं साथ ही उनके समुदाय के वरिष्ठ व स्थापित सदस्य भी धरती का बोझ ही मानते हैं।

जी हाँ, आज मेरी कथा में एक नौसिखिये व्यंग्यकार, साहित्यकार की व्यथा छिपी है, जो मैं आप लोगों के साथ साझा कर रहा हूँ। कहते हैं जीवन में एक दुर्घटना पूरे जीवन को बदल देती है। ऐसी ही एक अनहोनी मेरे साथ हुई, जब साहित्य के कीड़े ने मुझे काटा था।

मुझमें लेखक बनने की भावना इतनी बलवती हो गयी कि मैं दिन रात कॉपी कलम से चिपक कर कागज की घिसाई करने लगा।

सम्भवतः कॉपी कलम से इतना प्रेम यदि गणेश एवं रूबी रॉय जैसे छात्र करते तो वे ईमानदारी से बिहार टॉप कर जाते।मेरे इस अचंभित करने वाले हरकत से मेरे परिवार वाले मुझे इस तरह से घूर रहे थे मानो मैं नवाज शरीफ हूँ तथा वे सभी हिंदुस्तानी और मैंने उनसे कश्मीर की डिमांड कर दी हो। जैसे चॉकलेट की जिद में विलाप कर जमीन पर लोट रहे जिद्दी बच्चे को उसके अनुभवी गार्जियन चॉकलेट के साइडइफेक्ट के बारे में समझाते हैं, उसी तरह सभी मुझे लेखनी के साइडइफेक्ट्स बताने में जुट गए... 'अरे बावला हो गया है; क्यों कलम कॉपी बर्बाद कर रहे हो... एक पैसे की आमदनी नहीं है इस क्षेत्र में, अपने खानदान में किसी ने कभी एक मुहावरा या वाक्य तक नहीं बनाया और साहेब चले हैं मुंशी प्रेमचंद बनने।'

इतना विरोध शायद अकबर ने सलीम अनारकली के प्रेमसम्बन्ध का नहीं किया होगा, जितना मेरे घरवालों ने मेरे साहित्य लेखन प्रेम का किया।खैर

घरवालों की बातों का विरोध करते हुए मैं भिड़ गया साहित्य लेखन में।धीरे धीरे घर वाले मेरे पागलपन (उनकी नजर में) को नजरअंदाज करने लगे। किन्तु कहते हैं न 'बेगानी शादी में अब्दुल्ला दीवाना' कुछ इसी तरह का वाकया मेरे साथ भी होने लगा। घर वालों ने तो तरस खाकर मुझे बोलना छोड़ दिया, किन्तु मोहल्ले के लोगों ने टिप्पणी करना शुरू कर दिया।

बाजार से पत्रिका या कोई साहित्य घर लाते वक्त ये लोग मुझे घेर लेते और पूछते... तब कोई रचना छपी व्यंग्यकार महोदय? और... गन्दी राजनीति पर कुछ लल्लन टाप कविता भी लिखिए। का बात है फिरो कुछ नहीं छपा!... चेतन भगत की तरह अपनी किताब ही क्यों न छपवा लेते हैं!...वगैरह वगैरह।

उन लोगों की व्यंग्यात्मक टिप्पणी ने भी एक व्यंग्यकार के मनोबल को न टूटने दिया।

मैं काफी शिद्दत से रचनाएँ लिखता और उसे पत्रिका के सम्पादक महोदय को रचना स्वीकृति/अस्वीकृति के सन्दर्भ में सूचित करने सम्बंधित अनुरोध पत्र के साथ पत्रिका में प्रकाशनार्थ भेजने लगा। यह सिलसिला अनवरत चलता रहा। पर न तो सम्पादक का जवाब ही आता और न पत्रिका में रचनाएँ। सम्पादक महोदय की व्यस्तता का मुझे आभास था, जिस कारण वे मुझे जवाबी पत्र भेजने में असमर्थ थे।मैं रचना के प्रकाशन की बाट आने वाले कई अंकों तक देखता, पर न तो रचना आती और न सम्पादक महोदय का कोई जवाब।समय बीतने पर उस रचना की प्रासंगिकता समाप्त हो जाती, जिस कारण मैं उसे दूसरी पत्रिका में भी नहीं भेज पाता। मेरी अर्थ व्यवस्था इतनी मजबूत नहीं थी और न इतनी हिम्मत थी कि घर के दो महीने का राशन रोककर अपनी रचनाओं की पुस्तक मुद्रित करवाने का दुस्साहस कर पाता।

मेरी व्यथा को समझते हुए एक दिन मेरे मित्र लल्लन झा ने मुझे समझाया- 'भाई बुरा मत मानना, किन्तु साहित्य क्षेत्र में भी राजनीति होती है; यदि पैरवी पहुँच हो तो रचनाओं का प्रकाशन हो या राष्ट्रीय अवार्ड, सब आपकी झोली में। पत्रिका के सम्पादक महोदय सिर्फ रचनाकार को देखते हैं, रचना को नहीं। अब देखो, तुम भी सामयिक व्यंग्य आलेख तो ठीक ठाक लिख लेते हो, पर पत्रिका में रचनाएँ छपती हैं सिर्फ नामी गिरामी रचनाकारों की, भले रचना जैसी भी हो।'

'न भाई, ऐसी बात नही है; हो सकता है मेरी रचना सही समय पर

सम्पादक महोदय के पास पहुँच नहीं पाती हो और व्यस्तता के कारण वे स्वीकृति/अस्वीकृति का जवाब नहीं दे पाते हों'। मैंने लल्लन को टोकते हुए कहा। 'तो तुम सभी पत्रिकाओं में अपनी रचनाएँ एक साथ भेज दिया करो; जिसको ससमय मिल जायेगा, वो तुम्हारी रचना छाप देंगे'। लल्लन ने मुझे समाधान बताया।लल्लन की बातें मुझे जँच गयी।

लल्लन के जादुई सुझाव से दूसरे ही महीने अल्लाह मुझपर मेहरबान हो गया।एक दो नहीं बल्कि एक साथ आठ राष्ट्रीय स्तर की मैगजीनों में मेरा आलेख प्रकाशित हुआ, ये और बात थी कि सभी पत्रिकाओं में एक ही आलेख छपा था। मारे ख़ुशी के मैं गुब्बारा हो गया। स्वयं को हरिशंकर परसाई समझने लगा। किन्तु मेरी इस ख़ुशी पर जल्द ही शनि की टेढ़ी नजर पड़ गयी।कुछ ही दिनों बाद मुझे अखिल भारतीय संपादक संघ का एक रजिस्टर्ड पत्र प्राप्त हुआ जिसमें बड़े-बड़े शब्दों में मुझे संबोधित करते हुए लिखा गया था 'महोदय! आपने साहित्य लेखन व प्रकाशन के मानदंड की अवहेलना की है। आपने सम्पादक/प्रकाशक को गुमराह करते हुए एक ही रचना को कई राष्ट्रीय पत्रिकाओं में प्रकाशित करवाने की गुस्ताखी की है, अतः संघ ने सर्वसम्मति से आप पर अनुशासनात्मक कार्यवाही करते हुए आपको साहित्य समाज से बहिष्कृत करने का तथा भविष्य में आपकी किसी भी रचना को किसी भी पत्रिका या साहित्य में प्रकाशित न करने का निर्णय लिया है'... भवदीय।

पत्र पढ़कर मुझे 440 वोल्ट का ऐसा झटका लगा, जैसा दर्शकों को कट्टप्पा द्वारा बाहुबली का मर्डर करने पर तथा बैंकों को विजय माल्या के उड़नछू होने पर लगा था। अपनी कलम और रचनाओं की कॉपी को बक्से में बंद कर छज्जे पर रखते हुए मैं यही सोच रहा था कि क्या गलती सिर्फ रचनाकार की ही है, संपादक की कोई खता नही? क्या ससमय रचना स्वीकृति/अस्वीकृति के बारे में लेखक को सूचित करना संपादक का फर्ज नहीं है। यदि ऐसा होता तो क्यों मैं एक पत्रिका में स्वीकृत रचना को दूसरी पत्रिका में प्रेषित करता या फिर एक पत्रिका में अस्वीकृत रचना को अन्यत्र तो प्रयोग में ले आता।

इन्हीं विचारों के बीच मेरा सारा हरिशंकर परसाई हवा हो चुका था। बेमुरब्बत संसार में फिर से एक चूजा जन्म लेने से पहले आमलेट फ्राई बन गया था।

वीरेन्द्र 'सरल'

मोबाइल - 07828243377

ईमेल - birendra.saral@gmail.com

पुस्तकें - 'कार्यालय तेरी अकथ कहानी', 'स्वार्थ के वायरस', 'कथा आय न कंथली'

पता - ग्राम बोड़रा, पोस्ट-भोथीडीह, वाया- मगरलोड़, जिला-धमतरी (छत्तीसगढ़)

देश भक्ति का बुखार

कालबेल बजी। मेम साहब ने दरवाजा खोला। सामने साहब के ऑफिस का चपरासी रामू बीड़ी फूँकते हुए मिला। मेम साहब ने कहा- "अरे रामू, तुम अभी ऑफिस के समय चाय की कैंटिन पर गपियाना छोड़कर यहाँ, क्या बात है? तुम कुछ घबराये हुए भी लग रहे हो? आओ भीतर बैठो और आराम से बताओ कि तुम्हारे चेहरे पर हवाइयाँ क्यों उड़ रही हैं?" रामू, मेम साहब के पीछे-पीछे हाल में आ गया और सकुचाते हुए कुर्सी पर बैठ गया। मेम साहब भी सोफे पर महारानी की तरह अकड़कर बैठ गई। फिर रामू से पूछने लगी-"क्या बात है? तुम इतना घबराये हुए क्यों हो? साहब अभी क्या कर रहें हैं?"

रामू सहमते हुए बोला- "मेम साहब, ये न पूछिये कि साहब अभी क्या कर रहे हैं बल्कि ये पूछिये कि क्या नहीं कर रहे है? साहब आजकल बड़ी ऊटपटाँग हरकतें करने लगे हैं। रास्ता चलते-चलते कहीं भी सावधान की मुद्रा में खड़े हो जाते हैं, किसी भी ध्वज को देखकर सैल्युट मारने लगते हैं। भीड़ देखकर सलामी लेने की मुद्रा बना लेते हैं। दिनभर ऑफिस की दीवारों पर टँगी महापुरुषों और शहीदों की तस्वीरों के सामने खड़े होकर सेल्फी लेते रहते हैं। फिर अपने स्मार्ट फोन पर बधाई और शुभकामना जैसे कुछ-कुछ लिखते रहते हैं। कल तो अपने बड़े बाबू को घूरकर उन्होंने इतना जोर से 'तुम मुझे खून दो' बोला था कि बड़े बाबू डर के मारे आज ऑफिस ही नहीं आए हैं। मैं फाइल लेकर साहब के चैम्बर में जाता हूँ तो मुझे घूरकर देखते हैं और फाइल को पटकते हुए जोर-जोर

से 'करो या मरो' चिल्लाते है। सबसे रिश्वत माँग-माँगकर खाने वाले साहब पिछले दो दिनों से कुछ भी नहीं खा रहे हैं, यहाँ तक घूस भी। और क्या बताएँ मेम साहब आपको। साहब के हरकतों से ऑफिस के सभी कर्मचारी डरे-सहमे हैं। सब डर रहे हैं कि कहीं कोई अनहोनी न हो जाय। लगता है साहब पर किसी भूत-प्रेत का साया पड़ चुका है। अब आप ही कुछ कीजिए मेम साहब। तुरन्त किसी को दिखाइए वरना अनर्थ हो जायेगा।''

रामू की बातें सुनकर मेम साहब के दिमाग पर वैसे ही खलबली मच गई जैसे नोटबंदी की घोषणा के बाद काले धनकुबेरों के बीच। मेम साहब बिल्कुल सरकार की तरह अपने आपको कठोर कार्यवाही करने और ठोस कदम का आश्वासन देते हुए बोली- ''क्या दकियानूसी बातें करते हो रामू, हम तो अपने फेमिली बाबा से अपने ऊपर पड़ने वाले सारे अपशकुनों को डिफ्यूज करा चुके हैं। तुम अभी आफिस जाओ और साहब की हरकतों पर कड़ी निगाह रखो और मुझे पल-पल की रिपोर्ट देते रहना ठीक है।''

रामू के जाने के बाद मेम साहब बहुत समय तक चिन्तित होने का प्रयास करती रही, पर चिन्तित नहीं हो पाई क्योंकि आज उन्हें किटी पार्टी में जाना था। चिन्ता हुई भी तो इस बात की कि उनकी सहेलियाँ बेसब्री से उनकी प्रतीक्षा कर रही होंगी। मेम साहब फौरन मेक-अप रूम में घुस गईं और अपने एक्सपायरी डेट के यौवन को अपडेट करने लगी। भरपूर मेक-अप कर लेने के बाद अपनी कार पर सवार हुई और किटी पार्टी के लिए निकल पड़ी। पार्टी के बाद जब उन्हें साहब के लिए चिन्तित होने की चिन्ता सताने लगी तब घर लौटी और चिन्तित मुद्रा में बैठ गई।

ऑफिस के बाद घर के डेहरी पर साहब के पहला कदम पड़ते ही मेम साहब ने कहा- ''हद कर दी आपने।'' साहब को कुछ समझ में नहीं आया। उन्होंने स्थिति की गंभीरता को भाँपने की कोशिश की। स्थिति बिलकुल नियंत्रण में थी पर मेम साहब उसे लगातार विस्फोटक बनाने का अथक प्रयास कर रही थीं।

साहब का दिमाग भन्ना गया तो उन्होंने मेम साहब को खूँखार ढंग से घूरते हुए कहा- ''स्वतंत्रता मेरा जन्म सिद्ध अधिकार है।'' अब चौकनें की बारी मेम साहब की थी। उन्होंने कहा- ''अच्छा! तो ये बात है; आपको पता है स्वतंत्रता के

लिए कितना त्याग करना पड़ता है। यदि आपको स्वतंत्रता चाहिए तो आपको भी त्याग करना पड़ेगा, मेरा तलाक स्वीकार करना पड़ेगा।'' इस धमकी से साहब ढेर हो गए। बोले- ''क्यों बात का बतंगड़ बनाती हो भागवान। फिफ्टी-फिफ्टी में मामला रफा-दफा कर लेते हैं।'' पर मेम साहब कहाँ मानने वाली थी। उन्होंने दहाड़ते हुए कहा-नहीं! बिल्कुल नहीं, माजरा क्या है साफ-साफ अपने आप बता दो, नहीं तो पचहत्तर परसेंट टैक्स और दस परसेन्ट पेनाल्टी के कुल मिलाकर पचासी परसेन्ट पर ही मामला सुलझेगा, समझ गये?''

मेम साहब के लगातार हमले से साहब कुछ नरम पड़ने लगे, पर जब तक साँस तब तक आस... और आगे-आगे देखते हैं होता है क्या के अंदाज में मुस्कराने लगे। कुछ समय तक दोनों के बीच गहरी चुप्पी रही। मेम साहब, साहब को शेरनी की तरह घूर रही थी।

आखिर में डिफाल्टर कर्जदार के सामने झुके बैंक अधिकारी की तरह झुकते हुए साहब को ही कहना पड़ा-''आखिर बात क्या है? मैंने कौन-सी सर्जिकल स्ट्राइक की है, जो तुम विपक्ष की तरह आक्रामक हो रही हो। कहीं तुम आँखों में धूल तो नहीं झोंक रही हो?'' क्षण भर के लिए मेम साहब के चेहरे का रंग उड़ गया, पर वह तुरन्त सँभलकर पैंतरा बदलते हुए बोली- ''धूल तो तुम झोंक रहे हो, अपना काला मन मुझसे छिपा रहे हो।'' यह कहना मेम साहब के लिए घातक सिद्ध हुआ।

साहब ने आपे से बाहर होकर जैसे ही सरफरोशी की तमन्ना का उद्घोष किया तो डर के मारे मेम साहब की चीख निकल पड़ी, जो पड़ोस की सीमा लाँघकर कॉलोनी में गूँज गई। कुछ ही समय में पास पड़ोस के बहुत से हितैषी नुमा लोग साहब के घर पहुँच गये और दोनों के बीच के वाकयुद्ध का आनंद लेने लगे। मामला क्या है किसी को कुछ समझ में नहीं आ रहा था।

आखिर में साहब के डॉक्टर मित्र को मध्यस्थ की भूमिका निभाने के लिए सामने आना पड़ा। उन्होने दोनों के बीच शांति वार्ता सम्पन्न कराई। पड़ोसियों को वापस भेजा और आराम से साहब के सामने बैठते हुए पूछा- ''भाई, आखिर आप लोग आपस में किस बात के लिए लड़ रहे हो?''

साहब हाँफते हुए बोले- ''मुझे खुद पता नहीं हैं कि हम किस बात पर लड़ रहे हैं; मेरे ऑफिस से लौटते ही मैडम का मूड झगड़ने का था, तो मैंने भी मूड

बनाया और शुरू हो गया।''

अब डॉक्टर साहब, मेम साहब की ओर कुशल पत्रकार की तरह मुखातिब होते हुए पूछने लगे-'' क्या आप बताना चाहेंगी कि ठंड के इस मौसम में आपका पारा सातवें आसमान पर क्यों है?''

मेम साहब रुआँसे स्वर में चपरासी की कही हुई सारी बातें बताकर 'आपन कथा कहा हम गाई' के अंदाज में चुप हो गईं डॉक्टर साहब को सारा माजरा समझ में आ चुका था। उन्होंने कहा- ''बस दो-तीन दिनों की ही तो बात है, उसके बाद फिर सब कुछ सामान्य हो जायेगा। साहब की जिन्दगी फिर उसी ढर्रे पर चलने लगी। अभी इनको थोड़ा बुखार है, बस।''

डॉक्टर की बातें सुनकर साहब फिर गर्म हो गये, बोले-''आपका दिमाग खराब है? मैं बिलकुल भला-चंगा हूँ, मुझे कोई बुखार-उखार नही है, समझ गये।

डॉक्टर साहब ठहाका लगाकर बोले- ''इस बुखार का यही लक्षण है। इस बुखार से ग्रस्त आदमी को पता ही नहीं चलता कि उसे बुखार है। कुछ देर शांत रहो और अपनी जीभ दिखाओ।'' साहब डॉक्टर को अपनी जीभ बिल्कुल वैसे ही दिखाने लगे जैसे चुनावी वीर चुनाव जीतने के बाद मतदाताओं को दिखाते है और कथा वाचक दान-दक्षिणा की राशि समेटने के बाद अपने भक्तों को।

डॉक्टर साहब बनावटी गुस्से के साथ बोले- ''अरे! ऐसे नहीं यार, बस थोड़ी देर के लिए ये थर्मामीटर अपनी जीभ के नीचे दबाकर रख लो।'' साहब बुरा-सा मुँह बनाकर थर्मामीटर अपनी जीभ के नीचे दबा लिया और कुछ देर बाद उसे निकालकर डॉक्टर को थमाते हुए बोले- ''ये लो, देखो।''

डॉक्टर, थर्मामीटर को हाथ में लेकर उसे झटकने के बाद उसे गौर से देखकर कहा-''अरे बाप रे! आपका तो पूरा बदन देश भक्ति की बुखार से तप रहा है और आप कहते हैं कि आपको कुछ नहीं हुआ। अभी यह खतरे के निशान से ऊपर है; जितना जल्दी हो सके यह आपके दिल दिमाग तक पहुँच जाये तो इससे बड़ा फायदा होगा।''

डॉक्टर की बातें सुनकर साहब का दिमाग घूम गया। मेम साहब भी हैरत में पड़ गईं। दोनों समवेत स्वर में बोले-''कहीं तुम पागल तो नहीं हो गये जो ऐसी

उल्टी-पुल्टी बातें कर रहे हो? कोई बीमारी दिल-दिमाग तक पहुँचने के बाद जानलेवा होती या फायदेमंद? ये उलटबाँसी छोड़ो और जो कहना है साफ-साफ कहो।''

डॉक्टर मुस्कुराते हुए बोले- ''सच बात बड़ी कड़वी होती है, है न? सुनो, देश भक्ति का बुखार अपने देश के लोगों को दस अगस्त और बीस जनवरी के बाद चढ़ता है, मतलब इसका संक्रमण खासतौर पर अगस्त और जनवरी के महीने मे ही होता है। इसके संक्रमण काल में आदमी सोशल मीडिया फेसबुक, व्हाटसएप, टवीटर और सार्वजनिक मंचों पर देश भक्ति की बड़ी-बड़ी बातें करता है, मगर पन्द्रह अगस्त और छब्बीस जनवरी के बीतते-बीतते इसका प्रभाव खत्म हो जाता है और जिन्दगी फिर उसी ढर्रे पर आ जाती है। क्या इससे देश और समाज को कोई फायदा होता है, नहीं न ? मतलब यह बुखार केवल जुबान तक रहता है तो इससे नुकसान ही होता है। यदि यही बुखार जुबान के बजाय दिमाग के रास्ते दिल तक उतर जाय अर्थात आदमी दिखावे को छोड़कर देश भक्ति की भावना को अपनी अन्तरात्मा से ग्रहण कर देश और समाज के प्रति अपने दायित्वों का निष्ठापूर्वक निर्वहन करे तो इससे देश का भला होगा कि नहीं? देश भक्ति की बड़ी-बड़ी बातें करने वाले तो बहुत हैं, पर देश भक्ति की भावना कहाँ है? जब सारे लोग देश भक्त हैं तो देश से गद्दारी करने वाले वे लोग कौन हैं जो भ्रष्टाचार, लूट, शोषण में आकंठ डूबे हुए हैं। देश की जड़ों को दीमक की तरह चाटकर खोखला करने वाले कौन हैं। देश को चूना लगाने वाले कौन हैं। मेरे भोले भाई! देश केवल एक जमीन का हिस्सा ही नहीं जो हम सुजलां, सुफलां की वंदना भर करके देश भक्त बन जायेंगे। जब तक जन-गण-मन की पीड़ा को महसूस कर हम उनकी आशाओं के अनुरूप उनके विकास के लिए अपने दायित्व को पूरा नहीं कर पायेंगे तो केवल दिखावे से कुछ होने वाला नहीं है। देशवासियों के प्रति अपने कर्तव्यों का ईमानदारीपूर्वक पालन और सबका साथ, सबका विकास ही देश भक्ति का मूल मंत्र है। देशभक्ति की डींगे हाँकने वाले क्या इस उदात्त भावना को आत्मसात करने का कष्ट करेंगे? देश भक्ति क्या होती है ये उन सैनिकों से पूछो जो अपना सब कुछ दाँव पर लगाकर देश पर मर-मिटने के लिए तैयार है। या उन शहीदों से सीखों से जो देश के लिए अपना सर्वस्व कुर्बान कर चुके हैं। केवल दिखावे से कुछ होने वाला नहीं है। अपनी आत्मा से पूछो, क्या तुम्हारे भीतर ऐसी देश भक्ति है? यदि हाँ, तो मेरा सलाम स्वीकार करो।''

डॉक्टर की बातें सुनकर साहब का सिर झुक गया और मेम साहब निःशब्द हो गईं।

बुद्धिमान की मूर्खता

लेखन का शौक घर पर सफेद हाथी बाँधने जैसा महँगा है। यह शौक घरवालों की नजरों में सिरफिरा सिद्ध करने लिए पर्याप्त है और समाज से निट्ठले की उपमा प्राप्त करने में सहायक। पता नहीं कैसे मेरे दिमाग पर यह फितूर समाया कि चाहे जो भी हो, पर मैं इस महँगे शौक को जरूर पालूँगा। स्कूल के दिनों में बात शायरी से शुरू हुई थी और अब डायरी में इस तरह से घुस पड़ी है कि केवल किताब की शक्ल में बाहर निकलना चाहती है। एक पाण्डुलिपि, पूर्ण होते ही मेरी कमर पर लेखकीय अकड़न की शुरूआत हो गई। गर्दन इतनी तन गई है कि किसी के हाथ में फूलमाला देखे बिना और प्रशस्ति गान सुने बिना झुकने को तैयार ही नहीं होती। दिमाग से विद्या ददाति विनयं का आदर्श ऐसे छू-मंतर हो गया है जैसे पुलिस की वर्दी पहनने पर दयालुता और कुर्सी मिलने पर संवेदना हो जाती है। मैंने एक पाण्डुलिपि क्या तैयार कर ली, मानो एवरेस्ट फतह कर लिया। अब मुझे इस अजन्मे शिशु के नामकरण की चिन्ता सताने लगी। खूब सोच-विचार करके मैंने इसका नाम भी तय कर लिया, 'बुद्धिमान की मूर्खता'

नाम सूझने के बाद मेरे सामने जो दूसरी समस्या खड़ी थी, वह थी भूमिका लेखन की। आखिर कौन लिखेगा मेरी मूर्खता? मतलब बुद्धिमान की मूर्खता की भूमिका। पहले मन में विचार आया कि अखबार के आवश्यकता है वाले कॉलम में इश्तहार दे दूँ, 'एक कुशल भूमिका लेखक की आवश्यकता है'... पर इससे आने वाली मुसीबतों की सामना करने में मैंने अपने आप को असमर्थ पाया, इसलिए यह विचार त्याग दिया।

एक दिन मित्र मंडली के बीच इसी विषय पर गहन विचार-विमर्श हुआ तो मित्र अनूठे लाल ने वरिष्ठ जी 'बुद्धिजीवि' का नाम सुझाया। अनूठे लाल ने कहा- ''वैसे वरिष्ठ जी तीस साल पहले ही लिखना छोड़ चुके हैं और वरिष्ठ का तमगा गले पर लटकाये फिर रहे है। उनकी उम्र तो अभी ज्यादा नहीं हुई है, पर

वरिष्ठता के कारण उनकी नजर काफी कमजोर पड़ गई है; पर तुम चिन्ता मत करो, जब भी उनके पास जाओ तो कुछ षत्रम् पुष्पम, चरणवंदन, सम्मानपत्र और उनके लिए एक मात्र श्रेष्ठ लेखक होने का खिताब लेते जाना। इन सब चीजों से उनको ताकत मिलती है और कुछ समय के लिए उनकी नजरों में चमक लौट आती है, अन्यथा, नव लेखकों के लेखन में उन्हें कमियों के सिवा और कुछ नहीं दिखता। हम दोनों की बातचीत से पास बैठे बाकी मित्र वरिष्ठता को कोई भयंकर बीमारी समझने लगे थे।

मैं अनूठे लाल से लगातार वरिष्ठ जी के मिजाज की जानकारी लेता रहा। एक दिन उन्होंने सूचना दी कि आज वरिष्ठ जी बड़े अच्छे मूड में हैं, तुरन्त उनके पास पहुँच जाओ। मैंने फटाफट तैयारी की और अपनी पाण्डुलिपि लेकर वरिष्ठ जी के बँगले तक पहुँच गया। बँगले के गेट पर लगा नेमप्लेट पढ़कर मुझे लगा यह नेमप्लेट तो उनसे भी ज्यादा वरिष्ठ है, लगता है इसे मुगलकाल में बनवाया गया है। गेट के पास ही वरिष्ठ जी का कुत्ता जंजीरों से जकड़ा हुआ मुझ पर भौंकने लगा था। शायद वह वरिष्ठ जी के अहसानों की जंजीर से बँधा हुआ था। मैंने कॉलबेल बजाई। एक आदमी बाहर आया, कुत्ते को कुछ समझाया और मुझे अंदर ले जाकर वरिष्ठ जी के कमरे तक छोड़ आया।

वरिष्ठ जी अपनी वरिष्ठता के सिरहाने पर अपना सिर रखकर लेटे हुए थे। उनकी नजर किताब पर गड़ी हुई थी। मैंने चरणस्पर्श करते हुए 'जय वरिष्ठ ज्ञान गुण सागर, सर्वश्रेष्ठ तिहुँ लोक उजागर। विद्यावान गुणी अति चातुर, मठाधीश बनने को आतुर, का गायन अविलंब प्रारंभ किया। मैंने जैसे ही इस चालीसा की रफ्तार तेज की, वैसे ही वरिष्ठ जी की आँखों की चमक बढ़ गई। वे ख़ुशी के मारे बिस्तर से उछलकर सोफे पर बैठ गए और बोले-'' अरे! आप खड़े क्यों हैं भाई, तशरीफ़ रखिए; आप बहुत दिनों के बाद दिख रहे हैं। और बताइए आजकल क्या लिख रहे हैं? एक बात कहूँ, बुरा मत मानना, मुझे चापलूसी बिल्कुल पसंद नहीं है। इस शब्द से मुझे बेहद नफरत है... आप मेरी बात समझ रहे हैं न?

मुझे यह स्पष्ट तौर पर समझ आ गया था कि अपनी प्रशंसा सुनकर वरिष्ठ जी के मन में न केवल लड्डू फूट रहे हैं बल्कि लड्डुओं की आतिशबाजी हो रही है। वरिष्ठ जी पर मेरी चालीसा का असर शुरू हो चुका था। हालाँकि वरिष्ठ जी से मेरी यह पहली मुलाकात ही थी। बहुत दिनों के बाद दिखने का तो सवाल ही नहीं

था। ये तो अनूठे लाल द्वारा सुझाये हुए कारगार उपाय का ही कमाल था, जिसके कारण वरिष्ठ जी की कृपादृष्टि मुझ पर होने लगी थी। मैंने इस रहस्य से पर्दा उठाना उचित नहीं समझा। मन-ही-मन डर भी रहा था कि कहीं रहस्य से पर्दा उठते ही वरिष्ठ जी का मिजाज मौसम की तरह बदल न जाये। मौसम विभाग की जानकारी भी कई बार गलत साबित हो जाती है तो अनूठे लाल की वरिष्ठ जी के मिजाज संबंधी जानकारी की क्या औकात।

मैं डरते-सहमते हुए वरिष्ठ जी को अपना आने का उद्देश्य बतलाया और सम्मान-पत्र देने के अंदाज में अपनी पाण्डुलिपि उनके हाथों में थमा दी। वरिष्ठ जी ने मेरी पाण्डुलिपि को लगभग फेंकने के अंदाज में एक कोने पर रखा और मुझे प्यार भरी नजरों से देखने लगे। फिर उन्होंने मुस्कराते हुए पूछा-''पहले आप ये बताइये, आप अपना आदर्श लेखक किसे मानते हैं?''

वरिष्ठ जी का प्रश्न सुनकर मेरे कान खड़े हो गए। मुझे महाभारत की दो घटनाएँ याद आ गईं। पहला, द्रोणचार्य जी के द्वारा अपने शिष्यों को पूछा गया यह प्रश्न कि तुम्हें क्या दिखाई दे रहा है? सभी शिष्यों ने अपने चारों ओर देखकर विस्तार से उत्तर देने की कोशिश की और परीक्षा में फेल हो गये। अर्जुन ने दिमाग लगाया और कहा, मुझे केवल चिड़िया की आँख दिखाई दे रही है और वह पास हो गया, क्योंकि गुरुदेव यही सुनना चाहते थे। दूसरी घटना यक्ष और युधिष्ठिर प्रश्नोत्तरी का यक्ष के मनोवांछित जवाब नहीं दे पाने के कारण पांच पाण्डवों में से चार भाई तो मूर्छित हो गये और युधिष्ठिर बाजी मार गया। यहाँ सवाल सही उत्तर देने का नहीं बल्कि वरिष्ठ जी के मनमाफिक उत्तर देने का था। मैंने तुरन्त उत्तर दिया- ''आप के सिवा इस संसार में कोई दूसरा आदर्श लेखक और कौन हो सकता है सर?''

वरिष्ठ जी ने कहा- ''शाबास! बहुत तरक्की करोगे; अच्छा ये बताओ, क्या आपने किसी मठाधीश से दीक्षा ली है? मैंने कहा-'' अभी तक तो नहीं ली है, मैं तो आपसे ही दीक्षा लेने के लिए यहाँ आया हूँ। वरिष्ठ जी ने खुश होते हुए कहा- 'वैरी गुड', लगता है, अभी आप किसी गुट में शामिल नहीं हुए हैं? मैंने कहा- ''मै तो आपके ही गुट मे शामिल होने का इच्छुक हूँ गुरुवर! जाऊँ कहाँ, तजि चरण तुम्हारे।'' मैं महसूस कर रहा था कि वरिष्ठ जी की प्रसन्नता का पारा लगातार चढ़ रहा था। जब उन्होंने आशीर्वाद देने की मुद्रा में कहा- ''बहुत आगे तक जाओगे'' तब मुझे पक्का विश्वास हो गया, अब वरिष्ठ जी अपनी गिरोह की

सदस्यता का प्रमाण-पत्र मुझे तुरन्त दे देंगे।

वरिष्ठ जी ने अंतिम प्रश्न करते हुए कहा- "तुम किस जाति के हो?" और यहीं उत्तर देने में मुझसे चूक हो गई। मैंने उन्हें अपनी जाति बतला दी। वरिष्ठ जी मेरा उत्तर सुनकर आगबबूला हो गये। आक्रामक मुद्रा अख्तियार करते हुए बोले- "आपको ये पहले बताना था न; मैं अपनी जाति के लेखकों के अलावा किसी के लिए कुछ भी नहीं लिखता; यदि तुम हमारी जाति के होते तो तुम्हारे कचरा लेखन के लिए भी पाँच-दस पृष्ठ में प्रशंसा के कसीदे गढ़ देता, खंडकाव्य को भी महाकाव्य साबित कर देता, पर...।"

स्थिति बिगड़ती देख मैंने अतिरिक्त विनम्रता के साथ वरिष्ठ जी से निवेदन किया- "गुरुदेव! मैं आपके पास अपनी जाति प्रमाण-पत्र बनवाने नहीं बल्कि अपनी किताब की भूमिका लिखवाने का निवेदन करने आया था, कम-से कम एक बार इसे पढ़ तो लीजिए, फिर आप जो कहेंगे वह मुझे शिरोधार्य होगा। विद्वानों का कहना है कि जात न पूछो साधु की,पूछ लीजिए ज्ञान। मैं इससे ज्यादा कह पाता, उससे पहले ही वरिष्ठ जी ने कहा- "हमको विद्वता मत सिखाओ बबुआ! ये बहुत पुराना दोहा है; इसका नवीन संस्करण इस तरह हो गया है सुनो, "जाति ही देखो साधु की, मत देखो कुछ ज्ञान, अपनी जाति का ही है बस इतना रखो ध्यान।' और क्या तुम अपने आप को साधु समझते हो?"

मैंने कहा- "यदि आप केवल वेशभूषा से ही किसी को साधु समझते हैं तो आपको बस मेरी दाढ़ी बढ़ने तक ही इंतजार करना पड़ेगा, बाकी साधु ड्रेस, कंठी-माला, कमंडल-चिमटा धारण करके तो मैं कल ही आपके दरबार में हाजिर हो सकता हूँ।

चिमटा शब्द वरिष्ठ जी पर बहुत गहरा असर कर गया। वे आक्रामक से आत्म रक्षा की मुद्रा पर आ गए। बोले- "ठीक है, मै लिख दूँगा, तुम दो महीने बाद यहाँ आना।"

वरिष्ठ जी को ज्यादा छेड़ना मुझे बर्र के छत्ते पर हाथ डालने के समान खतरनाक लगा, सो मैं अविलंब वहाँ से निकल गया।

मैं वरिष्ठ जी से इतना अधिक आतंकित हो गया था कि उनके सामने जाने की हिम्मत नहीं जुटा पा रहा था, पर अपनी इकलौती पाण्डुलिपि का मोह दो माह

के बाद मुझे उनके दरवाजे तक खींच लाया। मुझ पर नजर पड़ते ही वरिष्ठ जी ने कहा- "तुम इतनी जल्दी फिर आ गए, जाओ फिर दो महीने बाद आओ।" ये दो-दो महीने के चक्कर में पूरा साल बीत गया। अन्ततः वरिष्ठ जी के व्यवहार से मुझे भी गुस्सा आ गया। मैने कहा-" आप ये कोर्ट में पेशी की तारीख की तरह बार-बार तारीख क्यों बढ़ा रहे हैं? जो फैसला करना है अभी कीजिए, लिखिए या छोड़िये। वरिष्ठ जी तमतमा गए, बोले- "अजीब पागल लड़के हो, बुजुर्गों का सम्मान करना भी नहीं जानते?" मैंने भी भुनभुनाते हुए कहा- "तो क्या कनिष्ठों का अपमान करने का अधिकार आपको विरासत में मिला है? लाइए, मेरी पाण्डुलिपि ही वापस कर दीजिए।"

वरिष्ठ जी झल्लाकर बोले- "अब वादा किया है तो लिखना ही पड़ेगा; तुम यहीं ठहरो मैं अभी लिखकर ला रहा हूँ।" वरिष्ठ जी जितनी फुर्ती से अंदर गए थे उससे कहीं ज्यादा फूर्ती से लौटे। मेरी पाण्डुलिपि मेरे हाथों पर थमाते हुए बोले- "देख लो, मैंने लिख दिया है, ठीक है?"

मैने देखा, मेरी पाण्डुलिपि के ऊपर एक कागज लगा है, जिस पर केवल दो वरिष्ठ लिखे हैं, 'ठीक है'। नीचे वरिष्ठ जी 'बुद्धिजीवि' का एक लम्बा हस्ताक्षर हुआ है। मैंने रुँधे गले से पूछा- "आपने तो केवल 'ठीक है' ही लिखा है; क्या भूमिका इन्हीं दो शब्दों की होती है?"

वरिष्ठ जी कुटिल मुस्कराहट के साथ बोले- "मैंने तो तुमसे पहले ही कहा था कि ठीक है लिख दूँगा, क्या तुमको याद नही है?"

वरिष्ठ जी की इस हरकत से मुझे बड़ी पीड़ा हुई। मैं निःशब्द हो गया। मैं अपनी नम आँखों को छिपाते हुए सोचने लगा- "जैसे चुनाव जीतने से पहले जो पार्टी किसान से उनकी अनाज के एक-एक दाना खरीदने का वादा करती है, वही सरकार बनने के बाद बहुत कम मात्रा में अनाज खरीदती है और वादा याद दिलाने पर कहती है, हम तो पहले ही बोल चुके है कि हमारी सरकार बनेगी तो हम किसानों के अनाज का केवल एक एक दाना ही खरीदेंगे, बाकी किसान जाने और उसका काम, हमें क्या? वरिष्ठ जी का वादा भी कुछ इसी तरह का था।"

मै भीगी पलकें लिए वरिष्ठ जी के बँगले से बाहर निकला। एक विचार बार-बार मेरे दिमाग पर चोट कर रहा था... जब यहाँ खुद को बुद्धिजीवी कहने वाले भी जाति, वर्ग, वर्ण, मठ, गुट और दल जैसे दल-दल में फँसे हों तो

समाज किससे अपेक्षा करे? आखिर कुछ बरगद इतने ऊँचे और घने क्यों होते हैं जो अपनी छाया तले किसी नन्हे पौधे को उगने और पनपने तक नहीं देना चाहते? अपनी अल्प समझ के आधार पर ही सही, मगर मैंने अपनी किताब के लिए कितना सटीक शीर्षक चुना है 'बुद्धिमान की मूर्खता'।

शशिकांत सिंह 'शशि'

मोबाइल - 7387311701
इमेल - skantsingh28@gmail.com
पता - जवाहर नवोदय विद्यालय शंकरनगर नांदेड़ महाराष्ट्र, 431736

राजा के आँसू

राजा दुःखी है। वह नियमित रूप से दुःखी होता है। प्रत्येक रविवार को सुबह सात बजे जनता के लिए रोता है। रोने से पहले काजू-बादाम का नाश्ता भरे मन से करता है। नाश्ते के बाद एक गिलास मलाई वाला दूध पीता है ताकि आँसू धारदार हो सकें। सोमवार से शनिवार तक जितनी घटनाएँ होती हैं वह उन्हें नोट करता है, उन घटनाओं के भूत-भविष्य और वर्तमान पर चिंतन करता है; फिर तय करता है कि किन-किन घटनाओं पर कितनी देर रोना है। रोने की घटना नगर के चौराहे पर दिखाई दे, इसके लिए प्रत्येक चौराहे पर बड़ी सी टीवी लगी है, जिसके सामने जनता जमा हो जाती है। साफ है कि यह आधुनिक तकनीकी युग का राजा है, जिसके पास भावना प्रबंधन की तकनीक सभी तकनीकों से मजबूत है। जनता की सोच को सीज करने की कला जानता है इसलिए राजा है। तो, सात बजते ही राजा स्क्रीन पर आ जाता है-

"मेरे प्यारे भाइयों और बहनों! आपके दुःख से मैं रोता रहता हूँ।"

इतना कहकर वह फूट-फूटकर रोने लगता है। लोग जब तक सुबकने से रोने की ओर बढ़ते हैं तब तक तो वह लोट-लोटकर रोने लगता है। जनता जब रोने के पंचम स्वर तक पहुँचती वह सप्तम को छूकर चुप हो जाता है। बेशकीमती रेशम का रूमाल निकालता है, जिसे जापान के राजा ने दिया था। आँसू पोंछता है और मुस्कराकर सबसे विदा लेता है। "शेष रुदन अगले अंक में।" एंकर कहता है।

रविवार का इंतजार, प्रजा से लेकर समाचार संपादकों को भी रहा करता है। उस दिन उनकी टी आर पी बढ़ जाती है। सात बजे से लेकर आठ बजे तक तो टी आर पी आसमान छूती रहती है, उसके बाद दिनभर राजा के आँसू बेचकर चैनल

वाले पैसे कमाते हैं। संपादकों में एक प्रतियोगिता थी कि राजा के रोने का उचित प्रसारण कौन करता है। राजा तो सुबह सात बजे ही आकर रुदन पसारकर चुप हो लिया करता था लेकिन दूरदर्शन पर दिन भर राजा के आँसू बहा करते थे। संपादकों ने अपने संवाददाताओं को विशेष रूप से हिदायत दे रखी थी कि राजा का एक भी आँसू बरबाद नहीं होना चाहिए। उसे हमारे समाचार वाचक की आँखों से गिरना है।

एक बार राज में आपदा आ गई। बाढ़ आ गई। कायदे से इसमें राजा की गलती नहीं थी। आपदा तो होली और दीवाली की तरह अपने सीजन में आते ही थे। राजा के लिए आपदा का भी उतना ही महत्त्व था, जितना दुर्गापूजा का। दस दिनों तक नाटकों का मंचन और अंत में विसर्जन। नाटकों में रुदन, मुआवजा वितरण, दोषी निर्धारण, विरोधी दल प्रक्षालण; अंत में मीडिया के मंच पर विसर्जन। प्रजा भी नाटक में बढ़-चढ़कर हिस्सा लेती और राजा की हर अदा पर ताली बजाती। राजा हँसे तो कमाल, रोये तो बवाल। आपदा का आना स्वाभाविक क्रिया थी, जिसके बराबर और विपरीत प्रतिक्रिया होने की उम्मीद किसी को नहीं होती। जब जक किसान मरते रहते... क्योंकि किसान और सैनिक तो मरने के लिए ही होते हैं, इस पर ज्ञानीजन शोक नहीं करते। राजा भी नहीं करता था। बाढ़ बढ़ने लगी तो लोगों को उम्मीद हुई कि राजा कुछ बोलेंगे, लेकिन राजा नहीं बोले। बोलने के लिए जाना जाने वाला राजा मौन हो जाये तो लोगों को लगा कि राजा चिंतन में लीन है। भ्रम तो तब टूटा, जब अगले दिन एक मल्ल, दंगल जीतकर आया तो राजा ने उसकी खुशी में भोज का आयोजन किया। लोगों को विश्वास हो गया कि राजा अभी भी जागरूक है। चिंतक किस्म के लोगों ने बताया कि राजा रविवार को सुबह सात बजे आपदा पर रोयेगा जरूर। उन्होंने अपने आँसू रविवार के लिए बचाकर रखे हैं। रविवार का दिन आया। तब तक बाढ़ आकर जा चुकी थी। केवल बीस लोग मरे थे; जो कभी न कभी मरने ही वाले थे, अतः इन मरणशील प्राणियों पर राजा नहीं रोये। राजा, पाखानाघर के लिए रोये। उनका मानना था कि भोजन के पश्चात मनुष्यों के द्वारा किया जाने वाला यह सबसे महान काम है, अतः इस पर रुदन आवश्यक है। राजा ने पहले पखानाघर के महत्त्व पर प्रकाश डाला, फिर राज के कोने-कोने में राजहित में घर बनाये जाने को लेकर चिंतित हुए। उसके बाद घटाटोप रोने लगे। उनका रुदन समाप्त होते ही जनता हँसती हुई घर चली गई।

एसे ही हँसी-खुशी के माहौल में हर इतवार को आँसू का कार्यक्रम चल रहा था कि किसानों ने गड़बड़ी कर दी। सारे देश को मालूम है कि किसान तो अराजक होते ही हैं, उन्हें सत्ता से हमेशा बैर रहता है। उन्होंने राजा के खिलाफ जुलूस निकाला। अब यह उच्चकोटि को देशद्रोह तो था ही, सिपाहियों ने चार-पाँच किसानों को गोली मार दी। हल्ला मचना तो नहीं चाहिए था, क्योंकि किसानों को आज नहीं कल तो मरना ही था। भूख, बीमारी, या बाढ़-अकाल में मरते, उससे तो अच्छा ही था कि राजा की गोली खाई। एहसानमंद होने की बजाय वे और अराजक हो गये। लोगों को उम्मीद थी कि इस रविवार को राजा अपने आँसू प्रोग्राम में किसानों के लिए न केवल रोयेंगे बल्कि दोषी पुलिस वालों को सजा देने का ऐलान भी करेंगे। हुआ भी ठीक वैसा ही। राजा जब इतवार को आये तो आते ही पहले मौसम का हाल सुनाया, आने वाले त्योहार की बधाई दी। प्रवचन दिया कि शौच से आने के बाद हाथ धोने के कितने फायदे हैं। लोग इंतजार कर रहे थे कि अब राजा किसानों का नाम लेकर रोयेगा... अब रोयेगा। राजा को भी चिंतकों ने बताया था कि राजा को रोना चाहिए। वह भावुक होने के प्रयास कर भी रहा था, लेकिन आँसू निकल नहीं रहे थे। अंत में उसने अपनी अम्मा का याद किया और आँसू बह निकले। लोग तालियाँ बजाने लगे। बस एक बार राजा के मुँह से निकला हाय किसान... और रोने लगे। थोड़ी देर में उसने अपना रेशमी रूमाल निकाला और घोषणा की -'दोषियों को बख्शा नहीं जायेगा।' लोग हँसते हुए चले गये। अगले दिन ही खबर मिली कि दोषी पुलिस वालों का प्रमोशन कर दिया गया है। रामभरोसे को यह बात समझ में नहीं आई कि पुलिस वालों को सजा मिली या ईनाम... तो उसने सरपंच साहब से पूछा। सरपंच ने समझाया-

''पुलिस वालों को सजा मिली है पागल! राजा ने कहा था न कि उन्हें बख्शा नहीं जायेगा, तो उनका प्रमोशन कर दिया। अब न तो बेचारे हफ्ता वसूल सकते हैं, न ही नौटंकी वाली के कोठे पर अपनी मर्जी से जा सकते हैं, न थाने में दारू पी सकते हैं; हुई कि नहीं सजा ? पहले तो समोसे वाले से जब चाहे तब फ्री का समोसा खा लेते थे, अब खाकर दिखायें। भाई साहब, जो राज चला रहा है उसे इतनी अक्ल तो होती ही है कि किसको किस प्रकार की सजा देनी है।''

रोने के इस कार्यक्रम की लोकप्रियता बढ़ती जा रही थी। लोगों को उम्मीद थी कि राजा कालाधन, बेरोजगारी, महँगाई, भ्रष्टाचार, इन कठिनाइयों पर भी

रोयेगा, लेकिन राजा को चिंतकों न सलाह दी थी कि शाश्वत मुद्दों पर नहीं रोना चाहिए। ये मुद्दे अजर-अमर हैं, विनाशी हैं; इनको छूने वालों का विनाश हो जाया करता है। आप इनकी चर्चा जोर-शोर से करें, लेकिन हल करने का प्रयास नहीं करें। कालाधन पर रोने का अर्थ है अपनी टाँग को कुल्हाड़ी पर मारना। आपके बहनोई, स्साले, ताया सबके पास कालाधन है आपको ज्ञात ही है। आपके पास जो धन है, वह तो खैर कभी काला नहीं हो सकता क्योंकि आप उसे हमेशा चमकाते रहते हैं। आपके मित्र जो व्यापारीगण हैं, जिनकी सहायता से आप कुंडली मारकर सिंहासन पर विराज रहे हैं, उनकी पेट पर लात न मारें। बेराजगारी तो एक भ्रम है। लोगों को यदि आपस में लड़ा दिया जाये तो वे खालीपन का एहसास नहीं करते। उन्हें नाक की लड़ाई में उलझाये रखें तो पेट की ओर ध्यान नहीं जायेगा। महँगाई तो देश के विकास के लिए एक जरूरी तत्व है। राज का विकास व्यापारी और उद्योगपति करते हैं। व्यापारियों और उद्योगपतियों के विकास के लिए महँगाई जरूरी है... तो अप्रत्यक्ष रूप से महँगाई ही देश का विकास करती है। रही बात भ्रष्टाचार की, तो यह देश के विकास का सूचकांक है। दो सौ-चार सौ करोड़ का घपला हो रहा है तो इसका मतलब कि देश के पास इससे अधिक की ताकत है। गरीब देश के नागरिक बेचारे मुश्किल से पाँच-दस करोड़ का घोटाला कर पाते हैं। राजा को भ्रष्टाचार की सहायता से विकास के सूचकांक को जानने का प्रयास करना चाहिए। राजा यदि इन टुच्ची चीजों पर रोने लगा तो मीडिया का कितना नुकसान होगा आप अंदाजा नहीं लगा सकते। आप शौचालय पर तो बहुत रो चुके, अब आप महिलाओं पर रोइए।

चिंतक बताकर चले गये तो राजा गमगीन हो गया। वह महिलाओं पर नहीं रोना चाहता था। उसे डर अपनी रानी से लगता था कि कहीं वह कोई विवाद न खड़ा कर दे। रानी को तो महाराज बिना किसी गलती के आज से तीस साल पहले ही छोड़ चुके थे। वह गुमनामी का जीवन जी रही है। कहीं टी वी देख लिया और महल में आकर हंगामा करने लगी तो ? राजा को अपने गुंडों पर तो भरोसा था कि उसे महल तक नहीं आने देंगे, लेकिन औरत जात का क्या भरोसा ? राजा महिलाओं पर नहीं रो पाये। वे रोए पंछियों पर। हाय! हमारे राज में कौए बहुत थे, कम हो रहे हैं; कहीं ऐसा तो नहीं कि हमारा पड़ोसी राज हमारे देशभक्त कौओं को मार रहा है। हम उनकी ईंट से ईंट बजा देंगे। यदि उनके यहाँ ईंट नहीं हुई तो जो भी मिलेगा उसे ही बजा देंगे, अपने कौओं की रक्षा करना हमें आता है।

लोगों ने टी वी देखा और देशभक्ति के नारे लगाते चले गये।

सियारवाद

जगतप्रसिद्ध रंगा सियार जंगल से निकलते ही राजनीति का चाणक्य हो गया। उसने जानवरों को रंग बदलने का हुनर सिखाना शुरू कर दिया। भेड़िये को सिखाता कि भेंड़ की तरह कैसे बोली जाये ताकि भेड़ें मोहित हो सकें। कुत्ते को सिखाता कि बिल्लियों के साथ हमप्याला कैसे हुआ जाये। उसे तरस आता बकरियों पर, कि वे अपनी बोली नहीं बदल पातीं, लेकिन उसे उनकी परवाह भी नहीं थी। भला बकरियों की क्या चिंता की जाये, उनको तो कहीं न कहीं कटना ही है। अपनी बढ़ती लोकप्रियता को देखकर,उसने अपने सिद्धांत को नाम दिया 'सियारवाद' और नारा दिया ' सियार किसी का यार नहीं'। राष्ट्रीय स्तर पर छाने की महत्त्वाकांक्षा लेकर एक दिन वह राजधानी में आ गया और अपनी कोचिंग खोल ली। धीरे-धीरे उसे आदमियों की तरह बोलना आ गया। वह आदमियों की बोली बोलने लगा और सफेद लिबास में रहने लगा, सियारवाद का प्रवर्त्तक कहलाने लगा। उसकी कोचिंग के साइनबोर्ड पर लिखा था-तीन महीने में रंग बदलना और जमाना सीखें। रंग बदलकर राज करना सीखें।

''ठुकराये गये ठीकरों में खुशी की लहर दौड़ गई। उनको डर लगा रहता था कि जनता उनके असली रंग को जान गई है, अब वोट नहीं देगी। वे घबराये से घूम रहे थे कि सियारवाद की खबर मिली और भागे गये। सियारश्री ने उनके गुणों की परीक्षा ली और अपना चेला बनाना स्वीकार कर लिया। समाजवाद मार्क्सवाद, गाँधीवाद या लोहियावाद, तो रहे नहीं, पर सियारवाद, राजनीति के आकाश पर जगमगाने लगा। एक ऐसा वाद जो मनुष्य के अंदर सियारत्व विकसित करके सफलता के शिखर तक ले जाता है। बचपन की बुरी संगति के कारण यदि कोई अपने अंदर सही समय पर सियारत्व विकसित नहीं कर पाया और जीवन के हर क्षेत्र में असफल रहने का कीर्तिमान स्थापित हो गया, तो वह भागकर सियारश्री के पास जाता और उनसे सियारवाद की विधिवत् दीक्षा लेता। संस्थान के मुख्य द्वार पर ही पाँच सिद्धांत अंकित थे-

1 रंग बदलकर आप तुरंत सफल हो सकते हैं।

2 सच्चा सियारवादी समय पर रंग बदलना जानता है।

3 सियारवादी को चाहिए कि आदर्श और सिद्धांत बेच खाये।

4 सच्चा सियारवादी केवल सत्ता चाहता है।

5 रंग स्थायी नहीं होता, स्थायी तो केवल स्वार्थ होता है।

यह सियारवाद के पाँच सिद्धांत कहलाते थे। सियारवाद का विद्‌यार्थी इनकी शपथ लेता था। पहले दिन ही छात्र का रंग-रोगन संस्कार होता था, जिसमें उसे इन सिद्धांतों की शपथ लेनी पड़ती थी। सियार जी की कक्षा में इन सिद्धांतों की व्याख्या इस प्रकार की जाती थी-

रंग बदलकर आप तुरंत सफल हो सकते हैं अर्थात आपको यह जानना पड़ेगा कि जनता किस रंग को आजकल पसंद कर रही है। राजनीतिक दलों के लिए यह बहुत जरूरी है कि जनता के बीच अपने हरकारे छोड़ दें जो उनकी पसंद-नापसंद को नोट करके बतायें। सनद रहे कि दो रंग ऐसे हैं जो हमेशा जनता के द्वारा पसंद किये गये हैं। एक है जाति का रंग और दूसरा धर्म का। जाति और धर्म के रंग में अपने का रँगने के पूर्व सच्चे सियार को चाहिए कि उस रंग की बोली और टोली को ठीक से जान ले। ऐसा न हो कि आप दलित रंग में अपने को रँगना चाहते हों, लेकिन अंदर से खाँटी सवर्ण हों और ऐसी बोली बोल जायें जो कि आपके असली रंग से मेल खा रहा हो। सवर्ण वाला रंग अभी बाजार में उतना जमा नहीं है, जबकि रंगरेज इसको जमाने के चक्कर में रहते हैं। उसके लिए विज्ञापन की होर्डिंग वगैरह लगाते हैं-' सवर्णों को भी मिलना चाहिए आरक्षण' 'समय आ गया है कि आरक्षण नीति का मूल्यांकन किया जाये।' इस प्रकार के विज्ञापन दिये जा रहे हैं, लेकिन अभी यह रंग जमा नहीं है। रंग के अनुरूप बोली जम जाये तो टोली अपनी बना लेनी चाहिए, जो सियारवाद को चप्पे-चप्पे में फैला सकें। मीडिया और बुद्धिजीवियों की टोली बनाकर अपने पसंद का रंग जनता में जमाया जा सकता है। मीडिया तो सदैव बिकने को आतुर रहती है, बुद्धिजीवी भी सरकार के अनुसार सरोकार बदल लेते हैं, अतः बोली और टोली जमाने के बाद ही रंग जमता है। सियारश्री की इन व्याख्याओं से तड़पती आत्माओं को सच्ची शांति मिलती थी और उनके चेले बढ़ते जा रहे थे।

सच्चा सियारवादी, समय पर रंग बदलना जानता है। इसकी व्याख्या करते हुए सियारश्री बताते हैं कि रंग जमाना तो सीखना ही है, लेकिन रंग बदलना भी सीखना जरूरी है। यदि आपने एक रंग चढ़ा लिया और जमाने में लगे हैं, लेकिन जम नहीं रहा, तो तुरंत रंग बदलना होगा। इतिहास साक्षी है कि

समाजवाद का रंग लेकर निकले अनेक क्रांतिकारी, भगवावाद में रंगे गये, क्योंकि समाजवाद चल नहीं पा रहा था और सत्ता में आना जरूरी था। सत्ता ही सियारवादी का एकमात्र लक्ष्य है। यदि कांग्रेस का रंग चढ़ा रखा है लेकिन जनता, वोट रूपी प्रसाद नहीं दे रही है तो बी जे पी का रंग चढ़ाने में कतई गुरेज नहीं करना चाहिए। सम्प्रदायवाद से देश को बचाना है, नारा दे रहे हैं और आपको लगता है कि देश बचे न बचे आपके बचने की संभावना नहीं है, तो तुरंत कहने लगिये कि देश को छद्‌म प्रगतिशीलों और साम्यवादियों से खतरा है। जनता रंग चढ़ने और उतरने की इन घटनाओं की इतनी आदी हो चुकी है कि नेता का दल नहीं देखती, केवल उससे होने वाले लाभ देखती है, अतः रंग बदलने मे कतई संकोच नहीं करना चाहिए।

सियारवादी को चाहिए कि आदर्श और सिद्धांत बेच खाये। 'सियार नहीं किसी का यार', नारा लगाकर सियारपति ने तीसरे सिद्धांत की व्याख्या की। उन्होंने सीना ठोककर कहा कि आदर्श और सिद्धांत ही जीवों के विनाश के लिए जिम्मेवार तत्व हैं। जानवरों में तो ये तत्व जन्म के साथ अपने आप आते हैं लेकिन आदमी इसे अपने अंदर विकसित करता है। समय और स्वार्थ के अनुसार बदलता भी है... जो नहीं बदलते, उनको सियारवादी कहलाने का हक नहीं है। आदर्श और सिद्धांत छोड़ने की वस्तु नहीं है, इन्हें सही समय के लिए बचाकर रखना चाहिए। हो सके तो इनका खूब ढ़ोल पीटें, ताकि संसार को ज्ञात हो जाये कि आप सच्चे सिद्धांतवादी हैं। उसके बाद जैसे ही उचित समय आये, इसे बेंच खायें। यदि पहले से ही खूब विज्ञापन किया गया है तो ऊँची कीमत मिल जाती है। कीमत तो विज्ञापनों को ही मिलती है, नही ंतो फिल्मों का हीरो अंडरवियर क्यों बेचता। विज्ञापन वाले, दस दिनों में गंजे सिर पर, काले बाल उगने का दावा करके अपनी दवा बेच सकते हैं और आप देश का नाम लेकर अपना सिद्धांत नहीं बेच सकते? यदि किसी दल की सरकार बनने जा रही हो और उसके पास दो-चार लोगों की कमी हो तो सच्चे सियारवादी को चाहिए कि अपने एजेंट के माध्यम से अपनी कीमत उछाले और बिक जाये। आदर्शों को बचाकर भी क्या होगा? आदर्श, गाली और गोली खाने के काम आते हैं। गांधी जी ने अपने आदर्श नहीं छोड़े तो पहले गोली खाई, अब गाली खाते हैं; समय रहते बेच देते तो देश का शासन चलाते। अतः भक्तजनों ! आदर्शों की उचित कीमत मिलते ही बेचना सीखो। सच्चे सियार बनो। सियारवाद जिंदाबाद। सभी छात्र चिल्लाये - सियारवाद जिंदाबाद।

सच्चा सियारवादी केवल सत्ता चाहता है। सत्ता ही अमरता का सोपान है। सत्ता में आते ही समस्त अवगुण, गुण में तब्दील हो जाते हैं। जनता, जो कल तक पानी पीकर कोस रही थी, वंदना-प्रार्थना करने लगती है। साहित्यकार, सत्ताधीश पर चालीसा लिखने लगते हैं। गायक उनके गीत गाने लगते हैं। सत्ता जिस भाव मिले सस्ता ही समझना चाहिए। सियारवादी को हमेशा सत्ता की ताक में रहना चाहिए, जैसे ही सत्ता, पास आती दिखे कि झपटकर दबोच लेना चाहिए। सच्चा सियारवादी वही है कि दबोचे तो सत्ता लेकिन कहे कि मानवता को दबोचे बैठे हैं। सत्ता का अर्थ हमेशा देश ही समझना चाहिए। इससे दो फायदे होते हैं- पहला तो यह कि धीरे-धीरे जनता भी सत्ता को ही देश समझने लगती है और सरकार की बुराई को देश की बुराई समझने लगती है, सत्ता में जो दल है उसकी बुराई करने वाले को देशद्रोही समझने लगती है। यदि इन परिस्थितियों में आप देश को खड़ा करने में सफल हो गये तो कोई संदेह नहीं कि आप सच्चे सियारवादी हैं और आपका परमपद पक्का है। यकीन मानिये एक दिन सच्चे सियारवादी ही देश पर राज करेंगे। दूसरा लाभ यह है कि आपको भी अंदर से यह विश्वास हो जाता है कि आप देशभक्त हैं और मीडिया वगैरह के सामने आपका असली रंग सामने नहीं आता। नही ंतो असली बोली और रंग सामने आने पर सत्ता जा भी सकती है। सत्ता जितनी तेजी से आती है, उससे अधिक तेजी से जाती है।

रंग स्थायी नहीं होता, स्थायी तो केवल स्वार्थ ही है। सियारपति कहते हैं कि रंग चाहे भगवा हो या हरा, नीला हो या लाल; कभी भी उसके प्रति मोह नहीं पालना चाहिए। देश का रंग आजकल खूब जम रहा है... जमाये रहिए, लेकिन यदि नहीं जमे तो तुरंत छोड़ देना चाहिए। देश किसी के बाप का नहीं है। हम नहीं थे तब भी देश था, हम नहीं रहेंगे तब भी देश रहेगा, अतः देश और जनता के लिए सोचना एक कमजोरी है और यह सियारवादी को पतन की ओर ले जाती है। नेता हैं तो आपका पहला फर्ज है कि आप मंत्री बनें; नहीं बन सकें तो बनने के प्रयत्न करें... निष्काम कर्म तो भूल के नहीं करना चाहिए। हमेशा फल की इच्छा करें और फल न मिले तो छीनने की कोशिश में लगे रहें। बंधुओं! सारा खेल ही रंग का है... आपने खुद पर दलित रंग चढ़ा रखा है, लेकिन अगले दिन दूसरा सियार आ गया और उसने आपसे गाढ़ा रंग चढ़ा लिया तो आपकी सारी सियारपंथी गई भाड़ में, जनता उसके पीछे चल देगी। सियारपंथ हंसी-ठट्ठा नहीं है; रंग की जंग होती ही रहती है। रंग स्थायी नहीं है। आप यदि हिन्दूवाद का रंग

चढ़ाये घूम रहे हैं, लेकिन कोई धुर हिन्दूवादी आ गया तो आपकी दुकान में मक्खियाँ भी नहीं आयेंगी। मुस्लिमों के मसीहा बने घूम रहे हैं, लेकिन असली में कोई मुसलमानों का आढ़तिया आ गया तो आपको चौराहे पर अपनी दुकान नीलाम करनी पड़ेगी। सच्चा सियारवादी कभी रंगों को मोह नहीं करता, वह हमेशा अपने स्वार्थ के लिए प्रयास करता है। हे वीरों! हमेशा याद रखो, 'सियार किसी का यार नहीं होता।'

शुभ्रांशु पाण्डेय

मोबाइल - 9919057501
ईमेल - pandeyshubhranshu@gmail.com
पता - M-II/A-17 ए.डी.ए. कॉलोनी, नैनी, इलाहाबाद. 211008

कवि-सम्मेलन का आयोजन

आज सुबह-सुबह बड़कऊ का बेटा, कविता 'पुष्प की अभिलाषा' पर रट्टा मार रहा था... 'चाह नहीं मैं सुरबाला के गहनों में गूँथा जाऊँ...' मैथिली शरण गुप्त जी ने बाल कविता लिखी है। शब्दों का चयन, सन्निहित भाव, सबकुछ कालजयी है। आँखों को मूँदे कविता को आत्मसात करता हुआ मन ही मन राष्ट्रकवि को नमन किया। अभी मन के दरवाजे पर कुछ और शुद्ध विचार दस्तक देते, कि घर के दरवाजे पर दस्तक हुई। सारे शुद्ध विचार एकबारगी हवा हो गये... 'कौन कमबख़्त सुबह-सुबह फ़ोकट की चाय पीने आ गया यार। झुँझलाता-झल्लाता दरवाजा खोला तो लालाभाई मुहल्ले के दो लोगों के साथ साक्षात थे। झल्लाहट की झलक तुरंत ही चेहरे पर आ गयी। लालाभाई ठहरे पारखी। झट से ताड़ लिया उन्होंने मुस्कुराते हुए बोले, "अन्दर आने दोगे या दरवाजे से ही जय राम जी की?"

मैं सकपकाता हुआ झट से एक ओर हो गया। मूँबाये उस जमावड़े को घर में जमते देख रहा था। मेरे असमंजस को दूर करते हुए लालाभाई ने बात शुरू की, "मुहल्ले में इन लोगों का एक कवि-सम्मेलन कराने का विचार है..." फिर धीरे से आँख मारते हुए आगे कहा, "अब तुम भी चूँकि कवि हो ही गये हो, सो, मैं इन सबको तुम्हारे पास ले आया।"

सही कहिये तो मैं कुछ और चौड़ा हो गया. तुरत ही अन्दर की तरफ़ चाय के साथ कुछ बिस्कुट लाने की आवाज दी. यानि अब मुहल्लेवाले भी मुझे कवि समझने लगे हैं, वाह वा! इतना तो पता था कि साक्षात वाहवाही सुनने का एक अलग ही आनंद है, अलबत्ता इस आनन्द का मज़ा अब मुझे भी मिलने वाला

है, खुशी की बात ये थी।

सभी, चाय-बिस्कुट के साथ-साथ कवि-सम्मेलन आयोजित करने के भिन्न-भिन्न पहलुओं विचार करने लगे। सबसे पहले जगह की बात आयी। तुरंत हल निकल आया. बगल में ही बैठे गुप्ता जी ने तुरत ही अपना हाल देने का वायदा कर दिया, एकदम मुफ़्त। मैंने एकदम से समझ लिया, 'तो ये बात है।' दरअसल बात यह थी कि गुप्ताजी ने नया-नया मैरेज-हाल बनवाया था। चूँकि मलमास (अधिमास) चल रहा है, सो, शादी-ब्याह आदि बन्द हैं। सम्मेलन के लिये मुफ़्त हाल देने के बहाने उसकी सफ़ाई आदि हो जायेगी, आम के आम गुठलियों के दाम। शुद्ध लाभ के साथ-साथ साहित्य के लिये पुण्यकार्य भी।

फिर बात आयी कवियों की। चूँकि अपने मुहल्ले में ही ये अच्छे-खासे हैं, कुछ नाम वाले, कुछ गुमनाम, तो कुछ बदनाम; कई आभासी दुनिया वाले भी। अतः सहमति बनी कि बाहर के किसी कवि को आमंत्रित करने की जरूरत नहीं है। बात तो रुकी मुख्य-अतिथि पर। किसे सम्मान दिया जाय मुख्य-अतिथि होने का। एक पढ़ाकू भाई भी हैं मुहल्ले में। यहीं के हैं, मगर सालों बाहर रहे हैं। चूँकि पढ़ाकू हैं, सो जानकार भी हैं; लिख-विख भी अच्छा लेते हैं। मग़र उनको सम्मान देने का मतलब है, अपनी अभी-अभी खड़ी होती हुई झोपड़ी में खुद आग लगा लेना। फिर तो पढ़ाकू भाई के नाम से सभी ने एकदम से मन हटा लिया... मैंने भी। तुरंत का मतलब तुरंत! सही भी तो, अभी-अभी आये को इतनी जल्दी कुर्सी, इतनी जल्दी माला, हुँह! साहब को मंच मिल जा रहा है, यही क्या कम है?

एक ने कहा, "क्यों नहीं नेता जी को बुला लेते हैं?"

"धुत्!" लालाभाई बिदक गये, "साहित्यिक कार्यक्रम होने जा रहा है कि आरक्षण पर भाषण... राजनीति जितनी दूर रहे, उतना अच्छा!'

हमने देखा लालाभाई कुछ गम्भीरता से सोच रहे थे। "क्या गुन रहे हो लालाभाई?", मैंने पूछा।

इस पर उन्होंने जो कुछ उगला तो मालूम हुआ कि समस्या जो मुँह बाये खड़ी थी, उसकी तरफ़, विशेष रूप से मेरा, ध्यान ही नहीं जा रहा था। यानि, ये सभी सुबह-सुबह मेरे घर की ओर पूरे प्लान के साथ कूच किये थे। समस्या थी

सम्मेलन के आर्थिक संयोजन की. "भाई, गुप्ता जी के हाल की सफ़ाई, बैनर, लाइट, माइक, दरी-चादर, टेबुल-कुर्सी... जलपान (वर्ना बैठेगा कौन कवि-कबूतरों को सुनने के लिये)?... इन सबों का इन्तजाम कैसे हो?"

देर से चुप बने एक ने कहा, "क्या रामलीला वालों से सम्पर्क किया जाय?' यह उनका सुझाव कम, साउण्ड-बाइट अधिक थी। जैसी अपेक्षा थी, उसी के अनुरूप इस सुझाव का तुरत खण्डन भी हो गया। रामलीला और कवि सम्मेलन को एक साथ न जोड़ने पर उन तीनों में आपसी एका पहले से ही रही होगी, अब उनके इस ऐतराज़ में मेरी भी सम्मति मिल गयी थी।

तभी लाला भाई ने खोपड़ी खुजाते हुए कहा, "क्यों नहीं तिवारी जी को मुख्य-अतिथि बना लिया जाय, आर्थिक समस्या का बहुत कुछ हल निकल आयेगा।" फिर मेरी तरफ़ मुखातिब हुए, "भाई साहब, आपके साथ उनका चाहे जो बिगड़ता-बनता रहता हो, देखता हूँ, उनके साथ आपका उठना-बैठना तो है ही...।"

क्या ग़ज़ब याद दिलाया था लाला भाई ने। अनाप-शनाप कमाये पैसों से तिवारी जी ने घर तो बड़ा बना लिया था, लेकिन नाम बड़ा बनाने में अभी बहुत कसर बाकी थी। इसके लिये तिवारीजी जी-जान से प्रयासरत भी रहते हैं, इस आतिथ्य के लिये वो झट तैयार हो जायेंगे; हमारी कई समस्याओं या शुद्ध-शुद्ध कहें तो आर्थिक समस्याओं का बेहतर समाधान भी निकल आयेगा।

तिवारी जी के नाम पर सहमति बनती देख मैंने लालाभाई की ओर देखा। ऐसा लगा जैसे उनके चेहरे पर परम संतोष झलक रहा था। उनका सोचा फलीभूत हो रहा था. तिवारीजी को राजी करने का जिम्मा मेरे सिर लाद दिया गया था।

सबके चले जाने के बाद मैं अपनी कविता को लेकर उलझन में पड़ गया। हर 'अ-मंचीय' कवि, किसी कवि-सम्मेलन के पहले पसोपेश में ही होता है, 'क्या सुनाऊँ?' को लेकर। अचानक बड़कऊ के बेटे का कविता रटना याद आ गया। कहीं पढ़ा भी था कि बाल-साहित्य पर आजकल कम काम हो रहा है, बस जुट गया मैं बाल-साहित्य के उद्धार में। लेकिन समस्या यह थी कि किस उमर के बाल-गोपालों के लिये रचना तैयार की जाय? अब 'काला-काला मेरा छाता...' लिखने में मैं अपनी हेठी समझ रहा था। इधर किशोरों के लिये कोई भाव नहीं

बन पा रहे थे। बहरहाल, मैं लिखता चला गया। फिर तो जो कुछ कागज पर उभरा, वो कहीं से बाल-रचना नहीं रह गयी थी। खुद ही निरंकुश समीक्षक बन उस कथित बाल-रचना से एक-एक बाल यानि शब्द नोचना शुरू किया। लो, बाल-रचना, बाल विहीन होती-होती एकदम से टकली-रचना हो गयी। थक-हारकर किसी तरह लिखे-लिखाये पर ही संतोष करना पड़ा।

सम्मेलन वाले दिन तिवारीजी ने मुख्य-अतिथि बनाये जाने के एवज में दिल खोलकर मेजबानी की। बड़ा सा बैनर, उस पर मुहल्ले की संस्था के साथ-साथ उनका भी बड़ा सा नाम। मंच-सज्जा भी मुहल्ले-स्तर के सम्मेलनों से कहीं ज्यादा। करीने से सजी कुर्सियाँ, दनदनाते पंखे, फूल, माला... वाह-वाह ! सबसे बड़ी बात कि श्रोताओं को रोकने के लिये कई-कई स्टेज में नाश्ते का प्रबन्ध था। पहले ठण्ढा, फिर जलपान-मिठाई, फिर नमकीन के साथ चाय, फिर पैकेट का नाश्ता... यानि कान के साथ रसना को संतुष्ट करने का पूरा इंतज़ाम था। मंचासीनों के लिये तो अलग से स्पेशल पैकेट मँगवाये गये थे। मतलब ये कि तैयारी चौचक थी। गुप्ताजी का मैरेज हाल जैसे मलमास में भी गुलजार हो गया था।

सम्मेलन प्रारम्भ हुआ. माला पहनने और पहनाने का काम शुरू हुआ। क्या ही सोच-सोचकर नाम पुकारा गया। इस पुकार में कौन किस औकात का है और किससे क्या क्या-क्या काम सधवाना है, सारा कुछ कैल्कुलेटेड था। मतलब, ये थी माला पहनाने की कसौटी। सही भी है, नाम क्या मुफ़्त में गुँजवा दिया जाय। सजे-धजे मुख्य-अतिथि बने तिवारी जी भी अँटक-उँटुक कर थोड़ा-बहुत बोल ही गये।

कवि सम्मेलन बस अब शुरू ही हुआ चाहता था कि एक भारी गड़बड़ हो गयी। संचालक महोदय रुष्ट होकर लापता हो गये। किसी ने उन्हें माला पहनाया ही नहीं। चूँकि माइक-सिस्टम उन्हीं का था, सो रही-सही कसर उनके माइक-सिस्टम ने पूरी कर दी। वह सीधा ध्यान-समाधि में चला गया। आनन-फानन में 'नया संचालक ढूँढ़ो' अभियान शुरू हुआ। तभी किसी ने सुझाव दिया कि कचहरीवाले बनवारीजी को बुला लाया जाय। आवाज तो जोरदार है ही, सुन्दरकाण्ड का पाठ भी खूब आलाप ले-लेकर करते हैं। सबसे ऊपर, वे तिवारीजी के हाली-मोहाली भी हैं, एकदम से खासुलखास। उनका कहा वे टालेंगे भी नहीं। तिवारीजी ने बनवारी जी को बस खड़ा ही कर दिया। इधर किसी

भले मानस ने माइक के इधर-उधर कान खींचे। लीजिये, वो भी टें-टूँ-टीं के साथ घरघराने लगा, मानों उसके सीने में बेसाख्ता बलग़म जमा हो गया हो। कुछ भी हो, काम बन गया। बनवारीजी ने माइक क्या सँभाला, समझिये, विस्फ़ोट ही कर दिया। वे बनवारीजी 'कचहरीवाले' के नाम से प्रसिद्ध तो थे, लेकिन कचहरी में करते क्या थे, ये किसी ने पूछने की ज़हमत नहीं उठायी। दरअसल उनका काम मुकदमे की आवाज लगाने का था और साहित्य से उनका वास्ता केवल सुन्दरकाण्ड के आलापी पाठ तक ही सीमित था। कवियों की पुकार शुरू हो रही थी... आएँऽऽऽऽऽऽऽऽ... पढ़ें। जो समझ रहे थे वे भक्क थे, मगर बनवारी जी को अब हटाये कौन। एक तो आपस वाली बात थी, फिर मुहल्ले का भी सवाल था। सबसे ऊपर, तिवारी जी का दबाव था। अर्थात, बनवारीजी जम गये तो जम गये, फेफड़ा-फाड़ घोषणा के साथ... 'फलानाजी, आएँऽऽऽऽऽऽ... पढ़ें'। लालाभाई तो काफ़ी देर तक सशंकित रहे, कि कहीं बनवारीजी किसी कवि की ज्यादा वाहवाही पर नमस्कारी न माँग बैठें। भाई आदत ही तो है, कहीं भी अपना रूप अख्तियार कर सकती है। लेकिन सब निपटता गया. मैं ठहरा आभासी दुनिया का कवि। मेरे जैसे कुछ और भी थे जो आभासी दुनिया से ही ताल्लुक रखते थे। कवि-सम्मेलन में क्या होता है, कैसे होता है, इसके बारे में जानकारी न के बराबर थी। मैं अभी भी इसी उधेड़बुन में था कि पढ़ूँ क्या... हालत पतली हो रही थी। उधर कुछ पुराने कवि भी थे, जो पहले भी इधर-उधर के मंचों को सुशोभित कर चुके थे। उनमें से एक को बनवारीजी ने शुरू में ही बुला लिया। अब क्या था, सम्मेलन में सभी आँखें एकसाथ फैल गयीं। सभी मुँह एक साथ खुल गये। पुकारे गये कविजी भी भुनभुनाए, 'इतना टुच्चा समझ रखा है क्या?'

शांति-शांति-शांति... नेट पर क्या है कि आयोजन शुरू हुआ नहीं कि टप्प से रचना डाली। यानि, जिसने पहले डाला वोही मीर। मतलब कि जो पाठक, पोस्ट हुई रचनाओं को पढ़ेगा, वो मीर से शुरू होगा ही होगा। मगर यहाँ तो बड़प्पन की डिग्री देर से पुकारे जाने से बढ़ती है. यानि, पहले नये, फिर, एक-एक करके जमे-जमाये और अंत मे शो-स्टापर जी। जैसे-जैसे सम्मेलन बढ़ता गया, मेरी धुकधुकी भी बढ़ती गयी। जिस-जिस ने अच्छा पढ़ा उसे क्या वाह-वाही मिल रही थी वाह-वाह ग़ज़ब था भाई !

लेकिन वहीं आभासी दुनिया वाले एक-दो सज्जन बेरियायत ख़ारिज़ हो गये थे एक तो अँगूठा ऊपर उठवाने की आभासी आदत, दूसरे, पूरी कविता

पढ़ता कौन है... मगर यहाँ तो पढ़ना भी पूरा था और सुनना भी पूरा था। सो, कई आभासी कवि पूरी तरह से हूट हो गये। मैं इधर अपनी कविता को लेकर अभी भी उधेड़बुन में था। बार-बार अपनी पढ़ी जानेवाली कविता को बदल रहा था। किसी पर संतुष्ट नहीं हो पा रहा था।

मेरे थोबड़े का प्रश्नवाचक भाव लालाभाई ने पढ़ लिया। एक कँटीली मुस्कान से मेरी ओर देखा, गोया मेरी औकात बता रहे थे। मुझे अपनी कोई कविता इस लायक नहीं लग रही थी कि इस सम्मेलन में पढ़ता। नज़र बचाकर मैंने अपना नाम कवियों की लिस्ट में देखा। चार के बाद ही मेरा नम्बर था। बस एन मौके पर सम्मेलन स्थल से गायब हो गया। अपने ही मुहल्ले में अपनी भद पिटवाने से अच्छा है, न पढ़ो। मंच पर चढ़कर धराशायी होने से ज्यादा अच्छा है, नेट पर ही जमे रहो, अँगूठे उठवाते रहो, 'बहुत खूब', 'लाज़वाब', 'वाह-वाह', 'अय-हय' की टीप पर टीप लेते रहो।

फिर इस सम्मेलन में न पढ़ने के बहाने... भाई, वो तो हम कुछ भी बना देंगे। आखिर कई कवियों के लिये पढ़ने के कारणों से ज्यादा न पढ़ने के बहाने ज्यादा प्रभावी होते हैं। कवि के शब्द चलते हैं। ठीक। भाई, उसका पेट भी तो चल सकता है; किसने कहा कवि आदमी नहीं होता?

चलता पेट सिर्फ मुसीबत ही नहीं देता।

चन्दा और बिजली

वो कब चली गयी पता ही नहीं चला। हुँह, वो जाती है तो जाया करे, हमारे पास भी वैकल्पिक व्यवस्था है। वैसे भी आजकल लोग-बाग विकल्पों से ही ज्यादा काम चलाते दिखते हैं। हम भी चलने तक तो चला ही लेते हैं। इस दफ़े का वाकया दरअसल अलस्सुबह नहीं बल्कि रात ही में शुरू हो गया था। समझ में तो तब आया जब विकल्प ने भी टाँग उठा कर 'टें-टें' करना शुरू कर दिया। जी हाँ, इन्वर्टर डिस्चार्ज हो जाने पर ऐसी ही आवाज में चीखता है। बड़कऊ की बीवी ने कुनकुनाते हुए ठसका मारा, "...और चलाओ पाँच-पाँच पंखे, अब भुगतो।"

यों कहिये तो परिस्थिति का भान मुझे सुबह से ही कुछ-कुछ होने लगा था. अपने-अपने कुत्तों के साथ निकले, अपने स्थूलकाय शरीर को टी-शर्ट और नेक्कर में ठूँसे साहबान... आयतन में उनको भी मात देतीं, लुढ़कती-पुढ़कती अपनी-अपनी सहचरियों के साथ कान में इयर-फोन लगाए 'मोर्निंग रागा' छोड़ मोबाइल पर बिजली के बारे में बातें करते हुए दीख रहे थे। मैं अपनी छत से ही सामने की सड़क पर ज़ुल्म करते इन दस्तों को देखकर ठस्स हुआ मज़ा लेता रहता हूँ। अब उनके सामने हवाई-चप्पल और तहमद में निकलना अजीब तो लगता ही है, कमतरी वाली फीलिंग आती है। यों एक दफ़े जोश में मैं भी नेक्कर, जूते वैगरह पर पैसे लुटा आया था। सुबह-सुबह कई बार बड़कऊ को साथ देने को कहा था, लेकिन उनकी बुढ़ापे में नींद-कम की शिकायत और 'थोड़ा और सो लेने दो' की झुँझलाहट सुनकर उन्हें आगे जगाना ही छोड़ दिया। तब से बड़कऊ, वो जूते, वो नेक्कर और मैं, सभी आराम से रह रहे हैं, बिना एक-दूसरे को डिस्टर्ब किये।

लेकिन आज तो बिजली रानी ने सबकी नींद उड़ा दी थी। दिन तो खैर जैसे-तैसे निकल गया, लेकिन शाम घिरते न घिरते हालत बद से बदतर हो गयी। आम दिनों में बिजली के कट जाने पर हम पड़ोसियों के यहाँ झाँक लिया करते हैं। उनके यहाँ भी कटी है तो शांत भाव से बैठ जाते हैं। लेकिन अबकी तो बात पड़ोस और मुहल्ले से आगे, बल्कि शहर-जिला से भी आगे, कई-कई राज्य लिये पूरे उत्तर भारत की थी। बिजली तो अब जाने कब आवे, इसी से थोड़े में ही सँभालने की बात होने लगी थी। नहाने की तो दूर, ग्लास-भर पानी भी बाँटना पड़े की नौबत आ गयी थी।

शाम होते-होते सभी लगे बिलबिलाने। दूसरों की छोड़ो, अपने शरीर का ही परिमल अब बास में बदलने लगा था। मैं हैरान-परेशान घर में इधर-उधर चक्कर काट रहा था। तभी लाला भाई दिख गये। पास आये। मेरी हालत देखकर लगे हँसने, गोया मैं बन्दर लग रहा होऊँ। मेरी वैसे हालत उससे कम थी भी नहीं। मैं बार-बार पंखे के स्विच को दबा-दबाकर अपनी उम्मीदों को दिलासा दे रहा था। मेरी इस हरकत पर उन्होंने अपने चिर-परिचित अन्दाज़ में शान्त भाव से कहा, "अगर पंखे ऐसा कुछ करने से ही चलने लगें तो फिर ये अदना स्विच क्यों; मेन-स्विच को ही बार-बार दबाओ न... देखो कहीं कुछ सुधर जाये।"

क्या करता, उनके इस फिकरे पर झेंपकर रह गया। उनकी बात थी भी

जायज़। लेकिन मैं क्या, अक्सर ऐसा सभी करते हैं। पूछिये उनसे जिनके घरों में इन्डिकेटर नहीं हुआ करता।

बाहर सड़क पर चहल-पहल हो चली थी। आम दिनों में इस वक्त तक लोग घरों में दुबके होते हैं, लेकिन आज न तो चैनलों पर के ब्रेकिंग न्यूज हैं, न ही कोई फ़िल्म।

लाला भाई के साथ मैं भी बाहर निकल गया। बाहर कई जाने-अन्जाने चेहरे एक-दूसरे को घूर रहे थे। मुहल्ले में जो नये-नये आये थे, वो बेगाने थे, जो पुराने थे, उनसे भी मिले काफ़ी दिन हो गये थे। चलो इसी बहाने एक फ़ायदा हो गया था। मिलना-जुलना हो गया। तभी तिवारीजी नजर आये। कभी अपने ही साथ के हुआ करते थे। पर अब न अपने रह गये हैं और न साथ के। मनरेगा और जेएननर्म ने उनके मन, तन, रहन, सहन सभी के नॉर्म को बदलकर रख दिया है। 'आजकल पाँव जमीं पर नहीं पड़ते मेरे...' गाना बने फिरते हैं। तिवारी जी उमस और गर्मी से कुछ ज्यादा ही परेशान दिख रहे थे। अपने आपको अलग करने के चक्कर में उन्होंने मन के साथ-साथ चारदिवारियों और खिड़कियों को भी बुलन्द करवा लिया था। सेण्ट्रलाइज़्ड एसी का मज़ा भोग रहे थे, सामान्य की आदत तो छूट ही गयी थी। इन्वर्टर के साथ-साथ वो जेनरेटर भी लेने का मन बना रहे थे आजकल में। डिओ और पाउडर से गमगमाते शरीर पर पसीने से गीला उनका मलमल का कुर्ता... हाय ! बेचारे इस तरह से परेशान तो थे ही। एक परेशानी उनको और भी हो रही थी, जिस कारण वे बात-बेबात बिना सर्दी के ही नाक पर बार-बार रुमाल फेर रहे थे। भाई, सभी सामान्यों के साथ-साथ मैं भी तो सुबह से बिना नहाये-धोये था। हमें वे ऐसे देख रहे थे जैसे हम हम न हुए, कचरे का भरा-पूरा डब्बा हो गये हों। हालत और हालात बोझिल हो रहे थे। तभी लाला भाई ने ऊपर देखते हुए कहा, "वाह! क्या चाँद निकला है।"

तिवारीजी लगे आस-पास की मुँडेरों-छतों पर ताकने। ये आदत भी इतनी जल्दी जाती है क्या... मुझे तो लगता है, चाँद को भी अब अपने नाम पे शक होने लगा होगा... ख़ैर।

मुझे भी लगा, जाने कितने दिनों बाद हमने चाँद को आज निहारकर देखा है। तभी छोटकऊ दौडता हुआ आया, बोला, "...पता है, मोमबत्ती के प्रकाश में दिखता भी है...।"

उसके लिये यह शोध ही नहीं घोर आश्चर्य का विषय था। उस बेचारे की भी क्या गलती थी; आज तक उसने भरे-पूरे प्रकाश में जली कुछ मोमबत्तियों को फूँक मार सभी को बस सुर उठाते हुए ही देखा था, '..हैप्पि बर्थ डे टू यू...'

खैर, मैं तो चाँद को निहार रहा था। तभी तिवारीजी ने अपनी जानकारी फेंकी, "जानते हैं, चाँद पर भी जमीन बिक रही है, अमरीका वाले खूब खरीद रहे हैं।" बात तो वे ऐसे कर रहे थे गोया लगे हाथों वे भी छह-सात कट्ठा ले ही लेंगे। मैंने फिर चाँद की ओर ग़ौर से देखा। बेचारा चाँद भी क्या करता; वो हमारी ओर देखता हुआ दिखा, अपने को बिकते हुए। आज तक उस पर प्रेमियों की शुद्ध-अशुद्ध नजरें हुआ करती थीं, अब वह भू-माफ़ियाओं की भी निगाह में आ चुका था। लाला भाई ने तिवारीजी की सुन अपना मुँह ऐसे बनाया जैसे 'ये मूँ और मसूर की दाल... झेलू स्साला...' का फिकरा निगल रहे हों। बात को बदलते हुए हमने छोटकऊ से कहा, "बेटा, बचपन में हम इस चंदा को मामा कहते थे।"

तिवारीजी को अपनी बात का कटना न सुहाया। वे अपनी बात के सिरे को फिर से पकड़ते हुए बोले, "लाला भाई! मेरे जीजाजी एक कालोनी बना रहे हैं, अगर पिलाट-विलाट लेना हो तो बताइयेगा।"

मुझे तो उन्होंने इस सूचना लायक भी नहीं समझा। भाई, हैसियत-हैसियत की बात है। तिवारीजी ने घोर ब्लैकआउट में भी अपनी व्यावसायिक कला-कौशल का प्रदर्शन करते हुए दलाली का जुगाड़ कर लिया था। अचानक मेरे मोबाइल की घण्टी बजी। तिवारीजी को मुझमें सम्भावना नजर आने लगी, "वाह! आपका मोबाइल अभी जिन्दा है?" फिर धीरे से कहा, "जरा अपना मोबाइल देंगे..."

तरेरकर मैंने पूछा, 'आपका क्या हुआ वो बित्ते भर का खुजली वाला फोन?'

एक बारगी तो तिवारीजी भी घबरा गये। ये खुजली वाला फोन क्या बला है।

बात लाला भाई ने सँभाली, "भाई जी, इनका मतलब टच-स्क्रीन वाले मोबाइल से है... क्या हुआ वो?"

"ओह्हो... अच्छा-अच्छा, वो दरअसल उसकी बैट्री खत्म हो गयी है।"

अब मुझे अपने बाबाआदम जमाने के इस मोबाइल पर नाज़ होने लगा. भाई, अपना मोबाइल ही है, और कुछ नहीं और वो केवल मोबाइल का ही काम करता है।

धीरे-धीरे चाँद बादलों में आ गया था। ऐसा लग रहा था मानों तिवारीजी के अकारथ मतलबपन पर मुँह छिपा रहा हो। हवा धीरे-धीरे बह रही थी। लाला भाई ने कहा। "वाह! क्या आनन्द आ रहा है।"

लेकिन तिवारी जी को आराम कहाँ। उन्हें तो एसी की आदत थी. आस-पास ऐसे देख रहे थे मानों एसी के रिमोट से माहौल की ही कूलिंग ठीक कर देंगे।

अब तक सभी को रात की चिंता सताने लगी थी। मैंने तो साहब, तैयारी कर रखी थी छत पर ही सोने की। चाँद की चाँदनी में पुरानी यादों को ताजा करते हुए। चाँद भी मुझे देखकर मानो मुस्कुराता हुआ गा रहा था -

"आ जा सनम मधुर चाँदनी में हम तुम मिले तो वीराने में भी छा जायेगी बहार... "

तभी जोर का एक शोर उठा। चाँद की चाँदनी भी अचानक से कम हो गयी...

'बिजली आऽऽऽ गयीऽऽऽऽ.......'

सड़क पर के सभी एक साथ अपने-अपने घरों की ओर भागे। आदत हो गयी है न पंखे की, कूलर की एसी की। फिर, किसी के लिये 'आनन्दी', तो किसी को 'रामकपूर', तो कुछ ये-वो वाले ही... सबको पड़ी थी। टीवी जो ऑन हो चला था।

चाँद बेचारा एक बार फिर आसमान में अकेला रह गया था, पर इस उम्मीद के साथ, कि बिजली फिर कभी इतनी देर के लिये जायेगी... लोग-बाग फिर उसकी ओर निहारते हुए बाहर निकलकर आयेंगे... चाँद पर फिर बात चल निकलेगी... भले वाही-तबाही ही सही...।

डॉ संगीता गाँधी

मोबाइल - 8375932765
ईमेल - rozybeta@gmail.com
पता -

आदमी की यात्रा

एक दिन स्वर्ग में एक प्रतियोगिता हुई।विजयी व्यक्ति को दो दिन के लिए धरती घूमने का पुरस्कार मिलना था। 17वीं शताब्दी का एक व्यक्ति विजयी हुआ।

उसने अपनी यात्रा में अपना देश भारत देखने का निश्चय किया।

किसी से उसने पूछा, यहाँ के राजा कहाँ बैठते हैं?

जवाब मिला...'संसद।'

आदमी अपनी यात्रा के पहले पड़ाव पर संसद पहुँचा।

उसके समय में राजाओं के दरबार होते थे, जहाँ बस राजा की वाह वाह होती थी। कोई बोला तो सर धड़ से अलग। अब के राजा कैसे होते हैं, वो ये देखना चाहता था, इसलिए संसद पहुँचा।

संसद पहुँचा देखा... भाँति-भाँति के दलों के भाँति के लोग।

एक नेता... तू भ्रष्ट है।

दूसरा... चल, तूने भी तो 'पुल निर्माण' में पैसा खाया।

हमारा 'भ्रष्टाचार' हजारों का था, तेरा करोड़ों का है।

दूसरा नेता... तुम साम्प्रदायिक हो।

तीसरा... तुम जातिवादी हो।

बीच बीच में आवाज़ आ रही थी... ''कृपया बैठ जाइये।''

बैठ कोई नहीं रहा था, सब चिल्ला रहे थे।

आदमी देख रहा था। सोच रहा था, इंसान बंदर से विकसित हुआ था, दुबारा बन्दर कैसे बन गया।

वो सोच रहा था कि स्वर्ग में सब कहते थे 17वीं शताब्दी से 21वीं शताब्दी आ गयी है, धरती पर बड़ा विकास हुआ है।

हिन्दुस्तान, विश्व का सबसे बड़ा 'लोकतंत्र' बन गया है। ये 'विकास है'? कल भी राजा लड़ते थे। तब लड़ाई मैदानों में होती थी, आज तो 'लोकतंत्र के मंदिर में हो रही है... 'गालियों से।'

आदमी, यात्रा पर आगे बढ़ा। रात हो चुकी है। संसद अब बन्द है। आदमी ने नया दृश्य देखा।

सुबह जो नेता एक दूसरे को गालियाँ दे रहे थे, लड़ रहे थे, एक साथ बैठे हैं।

आदमी, देखकर हैरान है। सब मस्त हैं खा पी रहे हैं, जोर-जोर से हँस रहे हैं।

किस पर? देश की जनता पर जो इन नेताओं के कारण लड़ती है, इनकी बातों को 'सिद्धान्त की लड़ाई' मानती है।

नेता हँस रहे हैं हाहाहाहा। कहते हैं 'हम सब मस्त है' ऐशपरस्त हैं और जनता जबरदस्त 'कम्बख्त' है।

आदमी अपनी यात्रा छोड़ वापिस स्वर्ग लौट गया। वो सोच रहा हैं, क्या अब हिंदुस्तान कम्बख़्त है?''

स्वभाव

''महाराज! मैं अब इन आत्माओं को नहीं सँभाल सकता,

बहुत बवाल करती हैं।''

“क्या हुआ?” स्वर्ग में आत्माओं का विभाग देखने वाले प्रधान सेवक ने यमराज से कहा।

“एक किसी वामपंथी की आत्मा है, सारा दिन क्रांति-क्रांति करती है; उससे प्रभावित होकर सारी आत्माएँ धरने पर बैठ रही थीं। बड़ी मुश्किल से समझाया।”

“किसी दक्षिण पंथी की आत्मा है, खुद को बड़ा राष्टवादी कहती है; कोई ज़रा सा कुछ कह दे तो उसे पाकिस्तान भेजने को उतावली हो उठती है।”

“कुछ स्त्रियों की आत्माएँ हैं, इन्हें मर कर भी चैन नहीं।”

जरा देखिए इनकी बातें...

“हाय! नीली ड्रेस बड़ी हॉट लगती है, उस सीरियल में हीरोइन की नीली साड़ी गज़ब थी।”

“हाँ हाँ ठीक थी; मैं वो सीरियल कम देखती थी, मेरी सास का फ़ेवरिट था इसलिए मेरा तो हो नहीं सका।”

“अरे, मेरी सास हर चीज़ की नकल करती थी। मेरी नेलपॉलिश, मेकअप, पर्स, सब पर नज़र थी उसकी।”

“मेरी सास तो मुझसे भी ज़्यादा पार्लर जाती थी।”

सासों की आत्माएँ कहाँ पीछे हैं...

“मैं तो बहुत पूजा पाठ करती थी... हर दूसरे दिन व्रत मेरा नियम था।किसी को कुछ न कहती थी; न कभी बहू से दहेज माँगा, न उसे बेटा पैदा करने को कहा।”

“रहने दो गीता की आत्मा, मैं तुम्हारे ही मोहल्ले में रहती थी, सब जानती हूँ तुम्हारी करतूतें। सत्संग में सबकी चुगलियाँ करना तुम्हारी पूजा थी, व्रत में ठूँस-ठूँसकर फल खाना, सब पता है, और जो बहू को लम्बी गाड़ी के लिए एक बार घर से निकाला था... एक पोती के बाद चुपचाप दूसरे शहर जाकर बहू का गर्भपात कराया; सारा मोहल्ला जानता था तुम्हारे कर्म।”

“हाँ हाँ, तुम तो शुरू से ही मुझसे जलती थी।”

“दे मुक्का, बाल पकड़कर गुथमगुथा” ...महाराज, बड़ी मुश्किल से इन सास आत्माओं को अलग किया।

इनके अलावा और नमूने देखिए...

“सरकारी अफसर की आत्मा है।” जब तक किसी चीज़ पर वजन न रखो, सीधे मुँह बात न करती।”

“वकील की आत्मा आप पर ही केस करने को उतावली है।”

“ट्रक ड्राइवर की आत्मा ज़ोर ज़ोर से कानफाड़ू पंजाबी गाने बजाती है।”

“ठेकेदार,सी.ए.,इंजीनियर, इन सबकी आत्माएँ रिश्वत, भ्रष्टाचार के अलावा और किसी मुद्दे पर बात ही न करतीं।”

“एक पत्रकार जी की आत्मा तो जहाँ फायदा देखती है, उस पक्ष का गुणगान गाने लगती है।”

“कुछ शिक्षकों की आत्माओं को तो ट्यूशन की महिमा गाने से फुर्सत नहीं है; हाँ, एक हिंदी शिक्षक की आत्मा एक कोने में पड़ी रहती है,उसे कोई नहीं पूछता।”

“कुछ प्रकाशकों की आत्माएँ यहाँ भी सहयोग राशि पा जाने का सपना देख रही हैं। साहित्यकारों की आत्माएँ फँसती दिख रही हैं। ये बात और है कि उनकी रचनाएँ क्या हैं, ये वो स्वयंभू लेखक भी न समझ पाएँगे।”

महाराज ने सारी रामकहानी सुनी... “सुनो सेवक! एक नेता जी मरकर आ रहे हैं, शायद वो स्थिति सँभाल पाएँ।

“आइए नेता जी, आपकी आत्मा का स्वागत है; क्या आप सभी आत्माओं को कंट्रोल कर पाएँगे?”

हा हा हा... नेता जी ज़ोर से हँसे “मेरी आत्मा? वो तो मैंने कबकी बेच दी।”

संजीव जायसवाल 'संजय'

मोबाइल - 7318213943
ईमेल -
पुस्तकें - विभिन्न विधाओं की 50 से अधिक पुस्तकें प्रकाशित
पता - सी-5300, सेक्टर-12, राजाजीपुरम, लखनऊ - 226017

मिड-डे-मील

प्राइमरी पाठशाला में हमेशा की तरह चहल-पहल थी। प्रधानाध्यापक परशुराम मिश्र, गाँव में लगी अपनी चक्की पर ग्राहकों का आटा पीस रहे थे। वरिष्ठ अध्यापक दीनानाथ पांडे जी दो दिनों से अपने खेतों की सिंचाई में व्यस्त थे और उनका बिना तारीख का प्रार्थनापत्र, प्रधानाध्यापक महोदय की मेज की ड्रॉर में रखा हुआ था।

पाठशाला की जिम्मेदारी इस समय वहाँ उपलब्ध इकलौते अध्यापक, विनीत वर्मा जी के मजबूत कँधो पर टिकी हुई थी। कम से कम एक अध्यापक की उपस्थित पाठशाला में अनिवार्य थी, इसलिये उन बेचारों को छुट्टी नहीं मिल पायी थी, वरना सिंचाई के इस मौसम में उनकी भी अपने खेतों में उपस्थिति अपरिहार्य थी। मजबूरन उन्होंने रात भर जागकर खेतों की सिंचाई की थी, ताकि देश के अन्न उत्पादन का लक्ष्य घटने न पाये।

स्कूल आ, उन्होंने कक्षा पाँच के पाँच लड़कों को जेब में पड़ी सारी रकम देकर लाला की दुकान से खाद की बोरियाँ खरीदने भेज दिया था। बीच में किसी तरह घंटे भर का मौका निकाल वे खाद को खेतों तक पहुँचा भी आये थे। अब शरीर तो शरीर, बेचारा कितनी जिम्मेदारी सँभाले? आखिर उसे भी क्षण भर का ही सही, पर विश्राम तो चाहिये ही, इसीलिये वर्मा जी ने स्कूल में ही लगे पीपल के छायादार पेड़ के नीचे कुर्सी पर बैठे-बैठे झपकी लेना जरूरी समझा। किन्तु इस सारी व्यस्तता के बीच वह अपनी जिम्मेदारी निभाना बिल्कुल नहीं भूले थे। हर कक्षा में उन्होंने मानीटर को बच्चों को पढ़ाने के लिये तैनात कर दिया था।

मानीटरों की अपनी-अपनी अभिरुचियाँ और अपनी-अपनी मान्यतायें थीं, उसी के अनरूप कोई मैदान में कबड्डी खेलवा रहा था, तो कोई कक्षा में ही अंताक्षरी। कुछ मानीटर ऐसे भी थे जो मात्र अपने सहपाठियों से हिसाब बराबर कराने की दृष्टि से उन्हें कठिन से कठिन पहाड़ों का रट्टा लगवा रहे थे।

धूल भरी कच्ची सड़क वाले रास्ते को पार कर, जिला मुख्यालय से आज तक कोई भी अधिकारी इस पाठशाला के निरीक्षण के लिये पधारने का साहस नहीं जुटा सका था, इसलिये दूसरी पाठशालाओं की अपेक्षा यहाँ निश्चिंतता कुछ ज्यादा थी, फिर भी इस बात का ध्यान रखा जाता था कि बच्चों पर नियंत्रण रखने के लिये कम से कम एक अध्यापक प्रतिदिन वहाँ उपस्थित अवश्य रहे।

आज भी ऐसी ही फूल-प्रूफ व्यवस्था थी, किन्तु किस्मत की मार; हाल ही में जिला मुख्यालय में जिन नये डिप्टी इंस्पेक्टर ऑफ स्कूल की नियुक्ति हुई थी, उनका ननिहाल इस गाँव से आठ कि.मी. आगे था। दो दिन बाद उनके मामा के लड़के की शादी थी, जिसमें जाना जरूरी था, इसलिये डिप्टी साहब ने इस स्कूल के निरीक्षण का कार्यक्रम बना लिया था। खातिर-तवज्जो में कोई कमी न हो, इसलिये उन्होंने दौरा कार्यक्रम की प्रति पहले ही भेज दी थी, किन्तु बुरा हो इस देश की डाक-व्यवस्था का, जो हमेशा की तरह इस पत्र को भी आज तक गंतव्य तक नहीं पहुँचा सकी थी।

इन्फॉरमेशन टेक्नालोजी की कृपा से शहरों में संचार-व्यवस्था अब जाकर दुरुस्त हुयी है, लेकिन गाँवों की संचार-व्यवस्था हमेशा से चुस्त-दुरुस्त रही है। इसलिये चुनाव के अलावा किसी और मौसम में जीप की घुरघुराहट सुनायी पड़ते ही पूरा गाँव चौकन्ना हो जाता है। स्थापित मान्यता है कि जीप से किसी न किसी सरकारी विभाग के हाकिम छापा मारने ही आते हैं; चाहे वह जीप पुलिस की हो, बैंक की हो, कोऑपरेटिव की हो या खण्ड विकास वालों की, सबका लक्ष्य किसी न किसी मुर्गे को हलाल करना ही होता है।

इसलिये जैसे ही चकरोड पर जीप की घुरघुराहट के साथ धूल उड़ी, चरवाहे हल्ला मचाते गाँव की ओर दौड़ लिये। पलक झपकते सबने अपने - अपने हिसाब से व्यवस्था कर ली। गन्ने के खेतों में कच्ची दारू बनाने वाले कारीगरों ने अपने ड्रम लुढ़काकर मटके फोड़ दिये; जितने कर्जदारों की बैंक और कोऑपरेटिव वालों को तलाश थी, वे घर में रखी नकदी समेट नौ-दो-ग्यारह हो

लिये। फौजदारी करने वाले रणबाँकुरे, खेतों के किनारे उगी घनी झाड़ियों में जा दुबके।

इसी क्रम में पीपल की छाँव में खर्राटे भर रहे वर्मा जी ने पलक झपकते डंडे के दम पर सभी बच्चों को कक्षा में ठेल दिया। हर कक्षा से दो की दो, दो दुनी चार और 'उठो लाल अब आँखें खोलो- पानी लायी हूँ मुँह धो लो' की आवाजें आने लगीं। हालाँकि वर्मा जी को पूर्ण विश्वास था कि जिस पाठशाला में आज तक परिंदे ने भी पर न मारा हो, वहाँ निरीक्षण के लिये कोई आ ही नहीं सकता, फिर भी सावधानी बरतने में कोई बुराई न थी।

किन्तु कहावत है कि जहाँ विश्वास होता है वहीं विश्वाशघात भी होता है। कुछ ऐसा ही वर्मा जी के साथ हुआ। सारे गाँव के चौधरियों को मुँह चिढ़ाती डिप्टी साहब की जीप सीधे प्राइमरी पाठशाला के सामने आकर रुकी। आने वाली विपत्ति से बेखबर, वर्मा जी पूर्ण तन्मयता के साथ कक्षा में देश के भावी कर्णधारों का भविष्य सुधारने में जुटे हुए थे।

स्वागत हेतु किसी को न आया देख, ड्राइवर ने दो-तीन बार कस कर हार्न बजाया, किन्तु कोई नतीजा निकलते न देख उसने पीछे बैठे अर्दली से कहा, "भोला, भीतर जाकर देख, कोई परीक्षा-वरीक्षा चल रही है या सबके सब ससुरे भाग गये हैं।"

डिप्टी साहब के अर्दली को भी ऐसे सूखे स्वागत-सत्कार की आदत न थी। जब से सरकार ने 'गरीबी की रेखा' से भी बहुत नीचे तक वाले 'गरीबों' के मध्य शिक्षा का प्रचार-प्रसार करने के लिये 'मिड डे मील' का झुनझुना थमाया है, तब से बच्चों को भले आटे और चावल में पड़े कीड़ों को खाकर संतोष करना पड़ता हो, लेकिन हर स्कूल में शिक्षा विभाग के अलंबरदारों के लिये वेज और नान-वेज दोनों की शानदार व्यवस्था रहती है। अर्दली को जंगल में मंगल मनने की पूर्ण आशा थी, किन्तु यहाँ तो व्रत वाले फलाहर की भी उम्मीद नहीं दिख रही थी। वह ताव खाता हुआ नीचे उतरा। वर्दी पर जमी मिट्टी को झाड़ते हुए उसने ऐसे बीहड़ इलाके में आने के लिये मन ही मन डिप्टी साहब के घर की जनानियों से अपनी रिश्तेदारी जोड़ी फिर बल खाता हुआ पाठशाला के भीतर घुसा।

सामने तो भूतो, न भविष्यति वाला दृश्य था। सभी कक्षा में जोर-शोर से पढ़ने की आवाजें आ रही थीं। 'ऐसा भी कहीं होता है ?' अर्दली होठों ही होठों

में बड़बड़ाया फिर पूरी ताकत से गला फाड़कर चिल्लाया,'' डिप्टी साहब मुआइने पर आये हैं और सब के सब गायब हो, कोई स्कूल में है भी या नहीं ?''

26/11 के दिन गगनचुंबी इमारतों के धराशायी होने पर अमेरिका वालों का भी दिल जितनी जोर से नहीं धड़का होगा, उससे भी ज्यादा तेजी से वर्मा साहब का दिल धड़का। ऐसा लगा जैसे कलेजा सीना फाड़कर बाहर आ जायेगा। अपनी छाती को मलते हुए वे बाहर आये और अर्दली को देख घिघियाते हुये बोले, ''अरे भैया, कम से कम साहब के आने की खबर तो भेजवा दी होती।''

''हाँ, गल्ती हो गयी।'' अर्दली ने खा जाने वाली निगाहों से वर्मा जी को नीचे से ऊपर और फिर दोबारा ऊपर से नीचे तक घूरा, फिर दाँत भींचते हुये बोला, ''गल्ती हो गयी जो डाक से खबर भेजवायी थी; कायदे से तो शिक्षा-मंत्री को खुद यहाँ आकर हुजूरे-आला के दरबार में खबर करनी चाहिये थी।''

''भैया, यकीन मानो, हमें कोई सूचना नहीं मिली, वरना पलक-पाँवड़े बिछाकर रखता।'' वर्मा जी घिघियाये, फिर अपनी आवाज में चाशनी घोलते हुए बोले, ''ये तो बताओ कि साहब किस मिजाज के आदमी हैं, ताकि फटाफट वैसा ही इन्तजाम कर दिया जाये।''

खस्ता-हाल सड़क पर यहाँ तक आने में छह घंटे लग गये थे; साहब के ननिहाल तक पहुँचने में दो-तीन घंटे और लग जाएँगे, ऐसे में यह मास्टर भला इस सड़ियल गाँव में कितनी देर में कितना इन्तजाम कर पायेगा। अनुभवी अर्दली ने मन ही मन हिसाब लगाया, फिर बोला, ''साहब साक्षात ईश्वर के अवतार हैं, चलकर दर्शन कर लीजिए, धन्य हो जाएँगे।''

यह सुन, वर्मा जी, रूह काँप गयी, किन्तु जाल में फँसे पक्षी और कसाई की दुकान पर बँधे बकरे के सामने कोई विकल्प नहीं होता, इसलिये न चाहते हुए भी डिप्टी साहब के पास पहुँच हाथ जोड़ खीसें निपोरीं, ''साहब, इस पाठशाला का तो भाग्योदय हो गया जो आज पहली बार आप जैसे ईमानदार अधिकारी के चरण-रज यहाँ पड़े। आइये, पधारिये।''

'ईमानदार!?' डिप्टी साहब ने दाँत भींचते हुये गले का थूक निगला, फिर जीप से नीचे उतरते हुए बोले, ''मैंने भी इस पाठशाला की बहुत तारीफ सुनी है;

सुना है यहाँ के अध्यापक बहुत ईमानदारी और मेहनत से बच्चों का भविष्य सुधारते हैं; चलिये पहले प्रधानाध्यापक जी से मुलाकात कर ली जाये।''

डिप्टी साहब ने 'ईमानदारी' और 'मेहनत' शब्द का उच्चारण कुछ ज्यादा ही जोर देकर किया था, जिसका मर्म वर्मा जी की समझ में आ गया था, किन्तु किसी तरह अपने को सँभालते हुए बोले, ''सर! प्रधानाध्यापक साहब का बच्चा अचानक बहुत बीमार हो गया है, वह आज सबेरे ही उसे लेकर शहर गये हैं।''

''हूँ...'' डिप्टी साहब ने सिर हिलाया, फिर तेजी से पाठशाला के भीतर घुसते हुए पूछा, ''और पाठशाला के दूसरे अध्यापक महोदय नजर नहीं आ रहे हैं; क्या उनके यहाँ भी कोई मुसीबत आयी हुई है?''

''जी नहीं सर, उनके यहाँ तो खुशखबरी है, कल दोपहर में उनकी बेटी के आपरेशन से बेटा हुआ है, इसलिये पांडे जी कल शाम ही उसके यहाँ चले गये हैं।'' वर्मा जी ने सुख और दुख का संतुलन बनाते हुए, विनम्र स्वर में बताया।

''हूँ...'' डिप्टी साहब ने सिर हिलाया, फिर सामने बने प्रधानाध्यापक के कक्ष में घुस मुस्कराते हुए बोले, ''और पक्के प्रमाण के तौर पर उन दोनों के प्रार्थनापत्र, उपस्थिति पंजिका में रखे हुए होंगे।''

इससे पहले कि वर्मा जी कोई जवाब दे पाते, उन्होंने सामने रखी उपस्थित पंजिका को खोला। उसमें दो प्रार्थना-पत्र रखे हुए थे। उन्होंने उस पर सरसरी दृष्टि डाली, फिर वर्मा जी की ओर घूरते हुए बोले, ''आपका प्रार्थना-पत्र कहाँ गया?''

वर्मा जी की रीढ़ की हड्डी तक में सिरहन दौड़ गयी। अगर गाँव की तरफ जीप आने की खबर सुन उन्होंने हमेशा रजिस्टर में पड़े रहने वाले बिना तारीख के अपने प्रार्थना-पत्र को निकाल न लिया होता तो आज अनर्थ ही हो जाता। उन्होंने चुपके से कुर्ते की जेब में रखे प्रार्थना-पत्र को टटोला, फिर विनम्रता की मूर्ति बनते हुए बोले, ''साहब, मैं तो ड्यूटी पर हूँ।''

''जी हाँ, आज तो रोटेशन के हिसाब से आप ही ड्यूटी पर हैं, आपका प्रार्थना-पत्र भला कैसे हो सकता है?'' डिप्टी साहब ने गर्दन हिलाकर अपनी गलती स्वीकारी, फिर एक-एक शब्द पर जोर देते हुए बोले, ''अगर आप की अनुमति हो तो चलिये पाठशाला का निरीक्षण कर लिया जाये।''

"सर, आप लोग इतनी दूर से आये हैं, थक गये होंगे; थोड़ी देर बैठकर शर्बत-पानी पी लीजिये, फिर निरीक्षण कर लीजयेगा।" वर्मा जी ने हाथ जोड़कर प्रार्थना की।

डिप्टी साहब की अनुभवी आँखों ने भी भाँप लिया था कि घंटे भर की भाग-दौड़ के बाद भी इस गाँव में नीबू के शर्बत और सूखे पेड़े से ज्यादा की व्यवस्था नहीं हो पायेगी, इसलिये गर्दन सीधी कर आदेशात्मक स्वर में बोले, "मि0 वर्मा! मेरे पास बर्बाद करने के लिये समय नहीं है, हमें दूसरी पाठशालाओं का भी निरीक्षण करना है, इसलिये जितनी जल्दी हो सके यहाँ का काम खत्म कर लिया जाये।"

"जी हाँ, जी हाँ आइए... पहले कक्षा पाँच से शुरू करते हैं।" वर्मा जी घिघियाये। इसी के साथ उन्होंने वहाँ झाँक रहे अपने एक प्रिय शिष्य को इशारा कर दिया। शिष्य समझदार था, अतः नाश्ते-पानी का इन्तजाम करने प्रधान जी के घर की ओर दौड़ लिया।

"कक्षा पाँच क्यूँ? किसी छोटी कक्षा से शुरूआत क्यूँ न की जाये?" डिप्टी साहब ने घूरा।

"जी सर, सही फरमाया आपने।" वर्मा ने शुतरमुर्ग की तरह गर्दन हिलाकर सहमति जतायी, फिर आवाज में जितना हो सकता था उससे भी ज्यादा मिश्री घोलते हुए बोले, "सर, पहली बार पाठशाला में कोई बड़ा अधिकारी आया है, इसलिये छोटी कक्षा के बच्चे कुछ घबराये से होंगे, इसलिये अगर कक्षा चार से शुरूआत कर ली जाये तो बड़ी कृपा होगी।"

"ठीक है, कक्षा चार से शुरू करते हैं।" डिप्टी साहब ने अभयदान दिया।

इस बीच स्कूल के बड़े बाबू पिछवाडे की बाउंड्री फांद, अपनी मोटर साईकिल से प्रधानाध्यापक महोदय को उनकी चक्की से लिवा लाये थे। प्रधानाध्यापक ने लपकते हुए डिप्टी साहब को प्रणाम किया तो उन्होंने उन्हें घूरते हुये पूछा, "आपके बेटे की तबियत अब कैसी है ?"

"सर, तबियत तो अभी ठीक नहीं है, लेकिन बच्चों की परीक्षायें नजदीक आ रहीं हैं, इसलिये बेटे को अस्पताल में भर्ती करा कर सीधा भागा चला आ रहा हूँ।" प्रधानाध्यापक महोदय ने अपनी कर्तव्य-परायणता का परिचय दिया।

"वेरी गुड; आप जैसे कर्तव्यनिष्ठों के दम पर ही हमारा शिक्षा-विभाग दिन दूनी, रात-चौगुरी उन्नति कर रहा है।" डिप्टी साहब होंठों को हल्का सा टेढा कर मुस्कराये।

प्रधानाध्यापक महोदय उस मुस्कराहट के पीछे छुपे व्यंग्य को समझ गये थे, लेकिन यह कुछ कहने-सुनने का अवसर नहीं था, अतः चुप्पी साधे रहे।

डिप्टी साहब, स्कूल की चाक-चौबन्द व्यवस्था की नासमझी पर प्रधानाध्यापक की ओर देख मन ही मन मुस्कराये। मुस्कराते भी क्यूँ नहीं? सरकार ने 'मिड-डे-मील' के नाम पर शिक्षा-विभाग के अधिकारियों को एक ऐसा जादुई चाकू उपलब्ध करा दिया था, जिसके दम पर वे चाहें तो रोज मुर्गी के पेट से अंडे निकालकर खायें या पूरी मुर्गी ही हलाल कर लें।

वे प्रधानाध्यापक को भी साथ लेकर कक्षा चार में पहुँचे। वहाँ मानीटर पूर्ण तन्मयता के साथ बच्चों को हिंदी का पाठ पढ़ा रहा था। बच्चों को भी आने वाली विपत्ति का एहसास हो चुका था, अतः सभी पूर्ण आज्ञाकारी होने की भूमिका का निर्वाह कर रहे थे।

डिप्टी साहब ने कक्षा पर एक उचटती हुई दृष्टि दौड़ायी फिर एक छात्र कामता यादव से पूछा, "बेटा, बताओ तुम्हारे यहाँ 'मिड-डे-मील' कैसा मिलता है ?"

"ही ही ही; सर! ही ही ही मील पुराने जमाने में होते थे, आज कल तो हर जगह किलोमीटर चलते हैं।" कामता दाँत निपोरते हुए डिप्टी साहब की अज्ञानता पर हँसा। अपने हिसाब से उसने उत्तर तो सही दिया था, लेकिन प्रधानाध्यापक महोदय हर छुट्टी में उसे अपनी चक्की पर बुला आटा तौलने के बेगार पर लगा देते थे, इसलिये मौका देख उसने ही ही ही कर हिसाब बराबर करने की कोशिश की।

'शाबाश' डिप्टी साहब ने संतोष की साँस लेते हुए कामता की पीठ थपथपायी। उन्हें भरोसा हो गया था कि मछली अब काँटे में फँस ही जायेगी। उन्होंने एक उचटती हुयी दृष्टि प्रधानाध्यापक महोदय की ओर डाली। उनके तोते तो क्या कौआ, कबूतर और मैना तक उड़े हुए थे।

डिप्टी साहब विजयी मुद्रा में एक दूसरे बच्चे भोलानाथ के करीब पहुंचे

और एक-एक शब्द पर जोर देते हुये बोले, ''बेटा, तुमने 'मिड-डे-मील' कितनी बार देखा है ?''

''साहब, हम कभी गाँव से दूर नहीं गये, इसलिये ज्यादा नहीं देखा है लेकिन... ''बताते-बताते भोलानाथ घबराकर चुप हो गया। दरअसल वह एक बी.पी.एल कार्ड धारक मजदूर के घर का चिराग था। अँधेरे की अभ्यस्त उसकी आँखें डिप्टी साहब के चेहरे का तेज सह न सकीं और घबराहट में उसकी घिघ्घी बँध गयी।

''लेकिन क्या ? घबराओ मत; सही-सही बताओ, तुम तो बहुत समझदार बच्चे हो।'' डिप्टी साहब ने स्नेह से भोला के सिर पर हाथ फेरते हुए उसे हौसला बँधाया।

''साहब, गाँव के बाहर चकरोड पर 'मील के पत्थर' लगे थे उन्हें पिछली बरसात में प्रधान जी ने उखड़वाकर अपने घर के बाहर नाली पर रखवा लिया था। हमने बस उन्हें देखा है और कोई 'मील' हम नहीं जानते।'' भोलानाथ ने हिम्मत जुटाकर सही उत्तर दिया।

''वेरी गुड।'' डिप्टी साहब की 'बाँछे' और 'बत्तीसी' दोनों ही खिल गयीं। वे प्रधानाध्यापक की ओर मुड़ते हुये चहके, ''भाई, और कुछ हो न हो, आपने अपने बच्चों को सत्य बोलने की शिक्षा बहुत अच्छी तरह से दी है; विश्वास हो गया कि इन सबके हाथों में देश का भविष्य अवश्य सुरक्षित रहेगा। 'द्रोणाचार्य पुरस्कार' भले ही खेल-जगत के लिये हो, लेकिन मैं कोशिश करूँगा कि इस बार नियमों को शिथिल करते हुए यह पुरस्कार आपको दिया जाये।''

कहने-सुनने को अब कुछ शेष नहीं बचा था, लेकिन शेर के जबड़े में फँसा आदमी भी एक बार उसके दाँतो को उखाड़ने की कोशिश जरूर करता है, अतः प्रधानाध्यापक महोदय ने अंतिम हथियार फेंका,''सर, इस गाँव के प्रधान जी बहुत अच्छे हैं; उनके सहयोग से यहाँ 'मिड-डे-मील' की व्यवस्था बहुत अच्छी है, लेकिन ये बच्चे उनके खिलाफ पार्टी के आदमियों के हैं, इसलिये बदमाशी कर रहे हैं।''

''हूँ, आपकी बात में दम है'' डिप्टी साहब ने सिर हिलाया फिर बोले,'' मिड-डे-मील' बनाने वाले बर्तन स्कूल में हैं या वे भी किलोमीटर की तरह मीलों दूर शहर की किसी दुकान में बिक गये ?''

“जी, सारे बर्तन हैं, चाहें तो देख लीजिए।” प्रधानाध्यापक को तिनके का सहारा मिल गया है। लगा अब नदिया पार हो जायेगी।

“चलिये दिखाइए।” डिप्टी साहब ने आज्ञा दी।

प्रधानाध्यापक की बात सही निकली। स्टोर में सारे बर्तन रखे हुए थे, बिल्कुल चमचमाते हुए। मुख्यालय से आया हुआ एक भी बर्तन कम नहीं था। यह देख डिप्टी साहब के चेहरे पर शिकन छाने लगी, लेकिन अच्छा अर्दली वही, जो साहब के अर्दब का हर अवसर पर ध्यान रखे।

डिप्टी साहब के साथ आये अर्दली को ऐसे प्रधानाध्यापकों को तिगनी का नाच नचाने का पुराना अनुभव था। उसने दो-तीन बर्तनों को उठाकर सूंघा, फिर प्रधानाध्यापक को घूरते हुए बोला, “सारे बर्तन ऐसे जगमगा रहे हैं, जैसे बिल्कुल अनछुएँ हों। लगता है जैसे इनमें कभी खाना बना ही नहीं है।”

“जी, यह तो हमारी स्वच्छता की निशानी है। प्रधानाध्यापक महोदय प्रतिदिन अपनी निगरानी में बर्तनों को ऐसे साफ करवाते हैं जैसे वे अपने घर के बर्तन हों।” बतर्ज अर्दली, वर्मा जी ने भी अपने साहब की ओर से मोर्चा सँभाल लिया।

यह देख प्रधानाध्यापक महोदय ने राहत की साँस ली, वरना उन्हें लगा था कि दो टके का यह अर्दली उन्हें चित कर देगा। लेकिन अर्दली भी पाँच लाख रुपये देकर शिक्षा-विभाग में भर्ती हुआ था और पहले दिन से ही अपनी रकम की वसूली में जुटा था। वर्मा जी जैसे छुटभैय्यों को उसने कभी किसी खेत की मूली तो छोड़िए, खर-पतवार भी नहीं समझा था।

उसने प्रधानाध्यापक की आँखो में आँखे डाली, फिर बिना पलक झपकाये बोला, “सफाई की बहुत अच्छी व्यवस्था है आपके यहाँ; अब लगे हाथ यह भी बता दीजिए, ‘मिड-डे-मील’ के लिये आया राशन रखा है या उसकी भी पूरी सफाई कर दी गयी है ?”

प्रधानाध्यापक को लगा, अर्दली की आँखें एक्स-रे मशीन हैं, जो उन्हें भीतर तक भेद डालेंगी। उन्हें सपने में भी कभी इस बीहड़ इलाके में किसी हाकिम के आने की उम्मीद नहीं थी, इसलिये उन्होंने ‘मिड-डे-मील’ के राशन के परिवहन पर कभी भी देश के एक पैसे की भी बर्बादी नहीं की थी। त्रिकोण

बनाने के बजाय उन्होनें हमेशा उसे सरकारी गोदाम से सीधे ही व्यापारियों के गोदाम में भेजवा दिया था, इससे जन-धन का अपव्यय काफी हद तक बच गया था। इस सदप्रयास में उन्हें प्रधान गुड्डू ठाकुर का पूर्ण आशीर्वाद प्राप्त था। अगर उन्हें स्वप्न में भी कभी किसी अफसर के इस बीहड़ में आने की उम्मीद होती तो चाहे सड़ा-गला ही सही, पर थोडा बहुत राशन स्कूल में जरूर रखते।

"आपने बताया नहीं कि राशन कहाँ रखा है।" उन्हें सोच में डूबा देख अर्दली ने तेज स्वर में टोका।

प्रधानाध्यापक की समझ में नहीं आया कि क्या बतायें, इसलिये उन्होंने अपनी बला बड़ें बाबू के सिर पर तत्कालिक रूप से खिसकाते हुए कहा, "स्टोर के इन्चार्ज बड़े बाबू हैं, वहाँ का हिसाब-किताब उन्हीं के जिम्मे रहता है, इस बाबत आप उन्हीं से पूछ लीजिए।"

तुरन्त बड़े बाबू को बुलाया गया। वे भागते हुए आये। माजरा समझ उनका खूल खौल उठा। डिप्टी साहब की जीप गेट पर रुकते देख वे पिछवाड़े से बाउंड्री फाँद इस प्रधानाध्यापक को चक्की से लिवाकर लाये थे और वह उन्हें ही फँसाये दे रहा है। खैर इससे तो बाद में हिसाब बराबर कर लूँगा। बड़े बाबू ने मन ही मन प्रधानाध्यापक को भद्दी सी गाली दी, फिर डिप्टी साहब के हाथ जोड़ते हुये बोले, "सर, सारा राशन दो दिन पहले खत्म हो गया था और नया अभी तक आ नहीं पाया है; आज के 'मिड-डे-मील' की व्यवस्था के लिये मैंने लाला की दुकान से राशन उधार में मँगाया है; आप लोग प्रधानाध्यापक महोदय के चैम्बर में बैठकर चाय-पानी करिये, तब तक सारा इन्तजाम हुआ जाता है।"

"झूठ बोलते हैं आप सब! यहाँ न तो कभी बच्चों ने 'मिड-डे-मील' को देखा है और न ही कभी बना है, क्योंकि अगर बना होता तो बर्तनों में कोई न कोई निशान होता और राशन के थोड़े-बहुत दाने यहाँ जरूर गिरे होते; डिप्टी साहब सीधे और दया की मूर्ति हैं, इसलिये आप लोग उन्हें मूर्ख बनाने की कोशिश कर रहे हैं।" अर्दली इतनी जोर से गरजा, जितना डिप्टी साहब चाहकर भी नहीं गरज पाते।

जिले की शिक्षा व्यवस्था का संपूर्ण भार डिप्टी साहब के कंधों पर टिका था, इसलिये वे जिसको चाहें मूर्ख कह सकते थे, लेकिन कोई उन्हें मूर्ख बनाने की कोशिश करे यह बात बर्दाश्त से बाहर थी। उनकीं आँखें लाल हो गयीं और

नथुने क्रोध से फड़कने लगे।

प्रधानाध्यापक भी अनुभवी थे। समझ गये कि नाटक का पटाक्षेप हो गया है। खेल जारी रखने से जुर्माने की राशि बढ़ जायेगी, इसलिये हाथ जोड़ते हुए सीधे मुद्दे पर आ गये, ''सर गल्ती हो गयी, आप हमारे माई-बाप हैं, जो चाहें वो जुर्माना लगा दीजिए, पर इस बार माफ कर दीजिए।''

''आप हमें रिश्वत देने की कोशिश कर रहे हैं?'' डिप्टी साहब भी अर्दली की तर्ज पर पूरी ताकत से गरजे।

''सर, मेरी ऐसी औकात कहाँ, मैं तो केवल बच्चों की मिठाई के लिये नजराना देने की बात कर रहा था।'' प्रधानाध्यापक, दंडवत की मुद्रा में नतमस्तक होते हुए घिघियाये।

डिप्टी साहब ने तो केवल शादी में जाने के लिये अपने दौरे को जस्टीफाई करने और वहँ दिये जाने वाले उपहार का जुगाड़ करने के लिये इस स्कूल के निरीक्षण का कार्यक्रम बनाया था, लेकिन उन्हें लगा यहाँ से तो पूरा दहेज वसूला जा सकता है, बस चाभी को थोड़ा और घुमाने की आवश्यकता है। इसलिये अपने स्वर को भरसक कड़ा करते हुए बोले, ''रिश्वत और नजराना दोनों एक ही चीज है, इस दुःसाहस के लिये मैं अभी का अभी आपको सस्पेंड करता हूँ।''

इतना कहकर उन्होंने अर्दली को आज्ञा दी, ''जाओ, गाड़ी में रखे ब्रीफकेस से मेरा लेटर-हेड निकाल लाओ।''

अर्दली को भी भरोसा हो गया था कि अब पूरी मलाई काटने को मिलेगी, इसलिये वह पूरी फुर्ती से जीप की ओर लपका।

प्रधानाध्यापक भी समझ गये थे कि आज सारी कमाई एक झटके में निकलने वाली है, उसमें जितनी छूट मिल जाये वही बचत है, इसलिये हाथ जोड़ फफक पड़े, ''सर, दया कीजिए, इस गरीब ब्राह्मण के बच्चे भूखे मर जायेगें। उनके वास्ते मुझे माफ कर दीजये और मेरा मार्ग-दर्शन कीजिए; आज जो आज्ञा देंगे मैं उसका पालन करूँगा।''

इससे पहले कि डिप्टी साहब कुछ कहते, प्रधानाध्यापक लोक-लाज छोड़कर सीधे उनके चरणों में लोट गये।

"अरे! यह आप क्या कर रहे हैं? छोड़िये मेरा पैर।" डिप्टी साहब चिहुँकते हुए पीछे हटे, मगर इस बात का पूरा ध्यान रखा कि उनका पैर छूटने न पाये। जानते थे कि शिकार जितनी ज्यादा देर चरणों में लोटेगा, उतनी ही ज्यादा टेंट ढीली करेगा।

प्रधानाध्यापक की कमाई का आधा हिस्सा पूरी ईमानदारी से प्रधान गुड्डू ठाकुर के पास पहुँचता था। उनका लड़का विक्की ठाकुर इसी पाठशाला में कक्षा 5 का होनहार छात्र था। भविष्य में सरकार कहीं चुनाव लड़ने के लिये शिक्षित होना अनिवार्य न कर दे, बस इसी इकलौते उद्देश्य से विक्की ठाकुर अपना अमूल्य समय स्कूलों में बर्बाद कर रहे थे, वरना उनमें योग्यता की कोई कमी न थी। संभावित नेता के डी.एन.ए. उसमें कूट-कूट कर भरे हुए थे। शहर के प्रतिष्ठित कान्वेंट में लगातार 3 साल फेल होने पर प्रधान जी ने अंततः उन्हें अपने विश्वसनीय प्रधानाध्यापक परशुराम मिश्र की सुपुर्दगी में कर दिया था, उनकी छत्र छाया में विक्की ठाकुर के उत्तीर्ण होने की उतनी ही अनिवार्य संभावना थी, जितनी प्रतिदिन सूर्योदय की होती है।

एक तो प्रधानाध्यापक का व्यक्तिगत एहसान, दूजे पिता के संग उनका कारोबारी संबंध, तीजे नेतागीरी के क्षेत्र में पदार्पण करने का अनायास उपलब्ध स्वर्ण अवसर, चौथे ब्रह्म रक्षा करने की ठाकुरों की सनातन जिम्मेदारी और सबसे बड़ी बात अपने गाँव की मान-मर्यादा। सभी दायित्वों का निर्वाह करने के लिये विक्की ठाकुर और उनके होनहार मित्रों की टीम, डिप्टी साहब की हरकतों पर लगातार सुदृष्टि रखे हुए थी।

प्रधानाध्यापक को डिप्टी साहब के चरणों में लोटते देख विक्की ठाकुर से बर्दाश्त नहीं हुआ। वे नक्की फाड़ चीख पडे, "मास्साब! नाम है आपका परशुराम और काम कर रहे हैं सुदामा जैसा। ये भ्रष्टाचारी अफसर आपसे रिश्वत माँग रहा है, चरणों में लोटने के बजाय उठाइए अपना फरसा और नाशकर दीजिए धरती से इन भ्रष्टाचारियों का।"

विक्की ठाकुर ने 'क्षत्रियों' शब्द को जिस तरह से 'भ्रष्टाचारियों' से बदल दिया था, वह उनकी बहुमुखी प्रतिभा का परिचायक था। प्रधानाध्यापक के मन में इस बात को लेकर कोई दुविधा या संशय नहीं था कि डिप्टी साहब ईमानदारीपूर्वक पाठशाला का निरीक्षण कर रहे हैं या वसूली के लिये जाल बिछा रहे हैं, किन्तु सब कुछ जानते हुए भी वे बेबस पक्षी की तरह मजबूर थे। अपने

छात्र का गुरुमंत्र सुन उनके मन में आशा का कुछ संचार हुआ। उन्होंने कातर दृष्टि से विक्की ठाकुर की ओर देखा।

"मास्साब, गाँव में सैकड़ों गवाह मौजूद हैं जो हर अदालत में ताल ठोंक कर गवाही देंगे कि यहाँ सबसे अच्छा 'मिड-डे-मिल' मिलता है, फिर भी यह भ्रष्टाचारी डिप्टी आपसे रिश्वत माँग रहा है; पकड़िए इसका गिरेबान और सौंप दीजये पुलिस को, पूरा स्कूल आपके साथ है।" विक्की ठाकुर ने शंखनाद किया।

'फूल प्रूफ' योजना समझते ही प्रधानाध्यापक की झुकी हुई रीढ़ न केवल सीधी हो गयी, बल्कि कुछ ज्यादा ही तन गयी, किन्तु वे डिप्टी साहब के गिरेबान पर हाथ डालने की हिम्मत अभी भी नहीं जुटा पा रहे थे। किंतु डिप्टी साहब को खतरे का एहसास हो गया था, अतः हारती हुई बाजी को पलटने की गर्ज से उन्होंने ब्रह्मास्त्र चलाया,"मिश्र जी, अपने छात्रों को शांत कराइए, वरना अनुशासनहीनता के आरोप में आपको और आपके छात्रों को स्कूल से निष्कासित कर दिया जायेगा।"

"चोरी, ऊपर से सीनाजोरी!" विक्की ठाकुर ने करीब आ अपनी गर्दन उचका कर डिप्टी साहब को घूरा, फिर अपने साथियों की ओर देखते हुए गरजा, "यहाँ ये बदमाश, मास्साब से रिश्वत माँग रहा है, उधर इसका अर्दली एक बच्ची को झाड़ियों में खींच ले गया है, जाओ पकड़ के लाओ उस कुकर्मी को।"

आज्ञा का पालन हुआ। संभावित राजा के अभी से उपलब्ध संभावित दरबारी, पलक झपकते ही सूजे मुँह और तार-तार कपड़ों वाले अर्दली को घसीट लाये। वह रो-रो कर दुहाई दिये जा रहा ,था 'मैंने कुछ नहीं किया... मैंने कुछ नहीं किया।'

"अबे चोप्प!" विक्की ठाकुर ने अर्दली के मुँह पर जोरदार दोहत्थड़ जड़ा फिर बोले, "पूरे स्कूल ने तुझे बच्ची को झाड़ियों में घसीटते देखा है और तू कह रहा है कि कुछ नहीं किया; अगर बच्ची का नाम सार्वजनिक करने पर प्रतिबंध न होता तो अभी उसका नाम भी बता देता।"

योग्यता के नाते न सही, पर पद के नाते परशुराम मिश्र, विक्की ठाकुर के गुरु थे, अतः बिना कुछ समझाये आगे की कार्य योजना समझ गये। उन्होंने अपनी जेब से कुछ मुड़े-तुड़े कागज निकाले और एक कागज डिप्टी साहब की

ओर बढ़ाते हुये बोले, "इस पर लिखिये कि मैंने पाठशाला के ईमानदार प्रधानाध्यापक से बेबात रिश्वत माँगी थी, लेकिन अब मुझे मेरी गलती का एहसास हो गया है, इसलिये मुझे माफ किया जाये, भविष्य में मैं ऐसा पाप दोबारा नहीं करूँगा।"

"मैं ऐसा कभी नहीं लिखूँगा।" डिप्टी साहब ने गुस्से में कागज फेंक दिया।

प्रधानाध्यापक, बिना विचलित हुए अर्दली के पास पहुँचे और एक कागज उसकी ओर बढ़ाते हुए बोले, "तू इस पर लिख कि मैंने स्कूल की एक बच्ची से बलात्कार करने की कोशिश की, मेरी यह पहली गलती है इसलिये मुझे माफ किया जाये, भविष्य में मैं ऐसी हरकत दोबारा नहीं करूँगा।"

"मैं भी ऐसा कभी नहीं लिखूँगा" अर्दली ने भी बर्तज डिप्टी साहब, कागज दूर फेंक दिया।

यह देख परशुराम मिश्र साक्षात परशुराम की तरह भड़क उठे और लात-घूँसों से उस पापी का उद्धार करने में जुट गये।

"गुरू जी, आप दूर हटिये और हम लोगों को गुरु-दक्षिणा चुकाने का अवसर दीजिए।" विक्की ठाकुर ने कहा और अर्दली को अपने अधिकार में ले लिया।

उसकी टोली के ज्यादातर साथी बिना फीस चुकाये पाठशाला में पढ़ रहे थे। गुरु-दक्षिणा चुकाने का ऐसा सुअवसर दोबारा नहीं मिलेगा, यह सोच सभी अपनी-अपनी प्रतिभा का पूर्ण प्रदर्शन आज ही कर देना चाहते थे, किंतु अर्दली भी जाने किस मिट्टी का बना था, कि पूजा-अर्चना करने वालों के हाथ थक गये, लेकिन वह माफीनामा लिखने के लिये राजी नहीं हुआ।

विक्की ठाकुर ने उसकी कमर पर एक भरपूर लात जड़ी, फिर डिप्टी साहब की ओर देख बाँहें चढ़ाते हुए बोले, "तू बोल, माफीनामा लिखता है या नहीं?"

माफीनामा लिखना, अपनी बर्बादी के वारंट पर हस्ताक्षर करने के बराबर था, अतः डिप्टी साहब ने पुनः इन्कार कर दिया। विक्की ठाकुर उनकी भी पूजा-अर्चना करना चाहते थे, लेकिन प्रधानाध्यापक ने आँख के इशारे से उसे रोक दिया, जानते थे कि बड़े अफसर पर हाथ उठाने के परिणाम घातक भी हो सकते

हैं।

होनहार विद्यार्थी ने गुरु की दी विद्या का अर्थ समझा और पैंतरा बदलते हुए बोला, ''गुरू जी, ये बदमाश ऐसे नहीं मानने वाले, इन कुकर्मियों की खोपड़ी घुटवा, चप्पलों की माला पहना, पूरे गाँव में इनका जुलूस निकाला जाये और उसकी फोटो खिंचवाकर टी.वी. वालों को भिजवा दिया जाये, उसके बाद हमको-आपको कुछ करने की जरूरत ही नहीं रहेगी।''

विक्की ठाकुर के साथी, सच्चे अर्थों में साथी थे। इधर उसके मुँह से निकलने वाला वाक्य खत्म भी नहीं हुआ था कि एक साथी ने जेब से चाकू निकाल, अर्दली की खोपड़ी मुड़ने के लिये उसे दबोच लिया। आधे साथियों ने डिप्टी साहब को घेर रखा था और बाकी, माला बनाने के लिये चप्पलें जमा करने लगे।

सर्वनाश समक्ष हो तो सर्मपण ही सर्वश्रेष्ठ उपाय है। जुलूस निकलने के बाद तो कुछ भी शेष नहीं बचेगा। डिप्टी साहब ने हिसाब लगाया और क्षणांश में माफीनामा लिखने के लिये राजी हो गये। घबराये अर्दली के पास भी कोई विकल्प नहीं था।

दोनों का माफीनामा जेब में रखने के बाद प्रधानाध्यापक ने डिप्टी साहब को अभयदान दिया, ''अब आप लोग वापस जा सकते हैं।''

''देखिये मेरे छोटे-छोटे बच्चे हैं, अगर आपने यह कागज किसी को दे दिया तो वे अनाथ हो जाएँगे।'' डिप्टी साहब हाथ जोड़ घिघियाये।

''मैं आक्रमण नहीं करूँगा, लेकिन प्रतिरक्षा में ब्रह्मास्त्र अवश्य चलाऊँगा।'' प्रधानाध्यापक ने तरस खाकर अभयदान दिया।

डिप्टी साहब पराजित योद्धा की तरह अपने कदमों को घसीटते हुए जीप की ओर चल दिये। प्राणरक्षा से संतुष्ट अर्दली भी उनके पदचिन्हों पर चल रहा था।

जीप के बाहर जाते ही विक्की ठाकुर के साथियों ने उसे कंधों पर उठा लिया और 'जिंदाबाद' के नारे लगाने लगे।

''प्रधान जी से कहूँगा कि अगले चुनाव में तुम्हें ही टिकट दिलवायें।''

प्रधानाध्यापक महोदय ने कृतार्थ दृष्टि से मुक्तिदाता की ओर देखा।

"अरे मास्साब... आप तो पढ़े-लिखे आदमी हैं। पहले मुझे 21 साल का तो हो जाने दीजिए, वरना वो ससुरा चुनाव अधिकारी मेरा पर्चा ही खारिज कर देगा।" विक्की ठाकुर ने ठहाका लगाया तो प्रधानाध्यापक महोदय के ठहाके उसका साथ देने लगे।

देश में 'शिक्षा का कानून' लागू हो चुका था और स्कूल रूपी फैक्ट्रियों पर देश के सुयोग्य कर्णधारों को तैयार करने की गुरुतर जिम्मेदारी आ गयी थी। यह पाठशाला भी उसमें अपना तुच्छ योगदान देने के लिये कृतसंकल्प थी।

जनतंत्र उर्फ जानवर तंत्र

"मलाईदार विभाग के लिये बंदर-बाँट जारी' अखबार में खबर पढ़ते ही बंदर की खोपड़ी घूम गयी। उसने फौरन शेर के दरबार पहुँच गुहार लगायी, "महराज, कसम ऊपर वाले की जो किसी बंदर ने कभी मलाई खाई हो लेकिन जब भी सरकार बनने वाली होती है, ये इन्सान हमें बदनाम करने लगते हैं। अरे, मलाई तो बिल्ली खाती है। अगर कहना है तो बिल्ली-बाँट कहें।"

"लेकिन उसमें भी बदनामी तो हम जानवरों की ही होगी" शेर का बिना शेव किया चेहरा कुछ और गमगीन हो गया। इससे पहले कि वे कोई फैसला कर पाते, घोड़ा हिनहिनाने लगा,"महराज, बंदर की बदनामी तो तब होती है जब सरकार बनने वाली होती है, लेकिन हम घोड़ों को तब बदनाम किया जाता है जब सरकार गिरने वाली होती है।"

"वह कैसे?" शेर को उलटबाँसी समझ में नहीं आयी तो घोड़े ने समझाया,"अक्खा दुनिया जानती है कि घोड़ा स्वामिभक्त जानवर है, लेकिन ये इन्सान जब अपना ईमान खरीदते-बेचते हैं तो उसे हार्स-ट्रेडिंग कहते हैं। ये तो सरासर हम घोड़ों का करेक्टर एसिसनेशन है।"

"भौं..भौं..भौं.." तभी कुत्ता दौड़ता हुआ आया और हॉफते हुए बोला, "हमारी लायल्टी का रिकार्ड तो स्पाटलेस है, लेकिन ये इन्सान हमेशा एक-दूसरे को हमारा नाम लेकर गरियाता है और जो उसकी सरकार बनाने में हेल्प न

करे, उसे कुत्ते की मौत मारने की धमकी देता है। क्या हमारी मौत इतनी डिसग्रेसफुल होती है?''

शेर कुछ कहने जा रहा था कि तभी उल्लू, जम्हाई लेते हुए बोल पड़ा, ''महराज, सबसे ज्यादा जुल्म तो हम गरीबों पर है; सरकार बनाने के लिये कोई उल्लू सीधा करता है तो कोई उल्लू बनाता है... हम उल्लू, उल्लू न हुए उल्लू की चर्खी हो गये, जैसा चाहा वैसा घुमा दिया।''

''हुँ, इसका मतलब मामला बहुत सीरियस है; हमें फौरन कुछ करना होगा।'' गुस्से से काँपते हुये शेर खड़ा हो गया। तभी गधा हाथ जोड़ गिड़गिड़ाने लगा, ''दुहाई है महराज, दुहाई! हम गदहों की विनती है कि आप इस मामले में अपनी टाँग न अड़ायें।''

'क्यों?' शेर ने भृकुटि तानी तो गधा उछलते हुए बोला, ''महराज, इस घपड़चौथ के चलते अक्सर हमारी बिरादरी के लोग पावर में आ जाते हैं; इत्ती मौज रहती है कि क्या बतायें! जिसे देखो वह हमें बाप बनाने के लिये तैयार रहता है। यकीन मानिये सारी योजनायें हम ही बनाते हैं और फिर बंदर-बाँट कर मलाई खुद ही खा जाते हैं। सब कुछ अजगर की तरह डकार कर हम गिरगिट की तरह रंग बदल लेते हैं, इसीलिये यह घोड़ा जो पूरा उल्लू है, जान ही नहीं पाता है कि असली बागडोर किसके हाथ में है।''

''इसका मतलब डेमोक्रेसी में असली राजा अपने ही बंदे हैं।'' शेर का रोम-रोम पुलकित हो उठा।

''लेकिन महराज, इसमें हमारा रोल क्या है?'' गधे के भाषण में अपना जिक्र न होने से विचलित कुत्ते ने पूछा।

''तुम्हारा रोल क्या और मोल क्या; तुम्हारी दुम तो 12 साल बाद भी टेढ़ी रहती है, इसलिये तू न घर का है और न घाट का।'' शेर ने कुत्ते को डपटा फिर बोला, ''मैं घोषणा करता हूँ कि आज से लोकतंत्र का दूसरा नाम जानवर-तंत्र उर्फ जनतंत्र होगा।''

'जंगलराज-जिंदाबाद' उपस्थित जन-समुदाय (जानवर समुदाय) ने नारा लगाकर हर्ष-ध्वनि की। तब से इतिहास हर बार अपने को दोहराता रहता है और किसी को किसी से कोई शिकायत नहीं है।

संतोष त्रिवेदी

मोबाइल - 9818010808
ईमेल - chanchalbaiswari@gmail.com
पुस्तक - सब मिले हुए हैं (व्यंग्य संग्रह)
पता - जे 3/78 ए,पहली मंजिल, खिड़की एक्स.,मालवीयनगर नई दिल्ली-110017

भगवान का आपदा-प्रबंधन।

बहुत समय पहले की बात है। कलियुग का आखिरी चरण चल रहा था। देवभूमि हर प्रकार से संपन्न थी। वहाँ के निवासी पूरी तरह आत्मनिर्भर हो चुके थे; इतने कि उन्होंने अपने-अपने भगवान बना लिए थे। सारी आहुतियाँ पृथ्वीलोक में ही निपटनेलगीं।देवलोक तक इनका धुआँ भी नहीं जा पा रहा था। इस बात की भनक स्वर्गाधिपति भगवान विष्णु को लगी। वे चिंतित हो उठे। ऐसा चलता रहा तो सृष्टि का नियम ही बदल जाएगा। उनके साथ-साथ ब्रह्मा और शिव भी बेरोज़गार हो जाएँगे।उन्होंने तत्काल हॉटलाइन पर दोनों देवों से बात की। ब्रह्मा जी बहुत व्यस्त थे। 'अगस्त' ने बड़ा नुक़सान कर दिया था।पैदा होते ही बच्चों को मार रहा था। नए पालने सूने हो गए थे। इसी उधेड़बुन में उनकी सीधी बात विष्णु जी से नहीं हो पाई, पर उन्होंने यह संदेश अवश्य दे दिया कि वे उनके फ़ैसले से बँधे हुए हैं।

इसके पश्चात विष्णु जी ने भोले-भंडारी को याद किया।वे जानते थे कि एक शिव ही हैं जो स्वयं विष पीकर दूसरों को अभयदान दे सकते हैं। उन्होंने कैलाश फ़ोन लगाया। नेटवर्क काम नहीं कर रहा था।तभी लक्ष्मी जी ने सुझाया कि वे उन्हें व्हाट्सअप पर वीडियो कॉल करें।अभी कल ही उन्होंने पार्वती जी से उसी पर बात की है। विष्णु जी ने कहा-देवि,आप तो हमसे भी आगे निकलीं। उन्होंने तुरंत शंकर जी को कॉल लगाई। भगवान शिव नंदी के साथ बैठे हुए थे। विष्णु जी की कॉल आते ही बोले- 'भगवन,मैं आपको ही याद कर रहा था। मैं कैलाश में फँस गया हूँ। कहीं आ-जा नहीं सकता। विधार्मियों ने मेरी इनकमिंग और आउटगोइंग सब बंद कर रखी है।'

विष्णु जी चौंके। ऐसा क्या हो गया है कैलाश में? शिव जी कहने लगे- प्रभु, हमने अतीत में राक्षसों का ख़ूब संहार किया, उनके मुंडों की माला बनाकर पहनी, पर इन दिनों वे ड्रैगन बनकर हमें डरा रहे हैं, कहते हैं कि बाहर आने-जाने के लिए पासपोर्ट बनवाना पड़ेगा। वे तो हमारे कैलाश को भी हड़पना चाहते हैं। 'विष्णु जी ने कहा,' हम सब गहरे संकट में हैं इस समय; आर्यावर्त से हमारे पास भी कुछ ख़बरें आई हैं, सुना है, लोगों ने अपने भगवान बना लिए हैं। लक्ष्मी जी के पास व्हाट्स अप पर कुछ वीडियो भी आए हैं। भूलोकवासी भी अब अवतार लेने लगे हैं।आप चिंतित न हों। हम आज ही नारद जी को तलब करते हैं।''

विष्णु जी कुछ और कहते तभी लक्ष्मी जी ने अपने मोबाइल में 'ब्रेकिंग न्यूज़' चला दी।नारद जी पृथ्वीलोक में भूखी-प्यासी हालत में भारतीय पुलिस द्वारा गिरफ़्तार कर लिए गए थे।पुलिस को उन पर शक था कि वे 'भगवान के आदमी हैं।' शुरूआती पूछताछ में उन्होंने क़बूला भी था कि वे तो बस उनके संदेशवाहक हैं।बस इतना सुनते ही वो धर लिए गए।जब उस अधिकारी ने उनसे यह कहा कि तुझे भी तेरे भगवान के पास जेल के अंदर भेजता हूँ, तब यह रहस्य उजागर हुआ कि पुलिस वाले 'भगवान' कोई और हैं। नारद जी ने सतयुग से लेकर कलियुग तक की यात्राओं का ब्योरा दिया।उनका सौभाग्य था कि जाँच अधिकारी बड़ा ही दयालु और धार्मिक क़िस्म का निकला।उसने मात्र दस हज़ार मुद्राओं के बदले उनकी अनमोल जान बख़्श दी।वे ज़मानत पर छूटकर मृत्युलोक से भागते हुए सीधे विष्णुलोक पहुँचे।विष्णु जी बड़ी आतुरता से उनकी प्रतीक्षा कर रहे थे। उन्होंने नारद से तीखा सवाल किया-यह हो क्या रहा है पृथ्वीलोक में? इतनी अराजक-स्थिति हुई कैसे? लोग नियम-क़ानून न मानें, चलता है; पर अब धर्म को भी नहीं मानेंगे तो कैसे चलेगा ?

नारद जी ने ठंडी आह भरकर कहा-यही तो समस्या है, धरती में लोग अब केवल 'धर्म' को ही मान रहे हैं; आपके पास समय की कमी है और सेवा की गारंटी भी नहीं, इसीलिए वहाँ जगह-जगह आश्रम और डेरे खुल गए हैं, लोग चिंता निवारण केलिए इन्हीं केंद्रों पर जाते हैं।

विष्णु जी बोले-ब्रेकिंग न्यूज़ हमने भी देखी है। एंकर उसमें बता रहा था कि जनता को धोखा देने वाला बाबा पकड़ा गया है; वही भगवान बनकर उनका शोषण कर रहा था। नारद जी ने जवाब दिया-अब फिर से वही चैनल खोलो, एक बाबा दिन-दहाड़े 'किरपा' बाँट रहा है; आपकी तरह लुक-छिपकर अपने

भक्तों की सहायता नहीं करता।चैनल पर चिल्लाने वाले एंकर को तनख़्वाह उसी की किरपा से मिलती है।अब आप भी बेरोज़गार हैं... मेरी मानो किसी दिन उसके डेरे पर हो आओ।

विष्णु जी ने निर्देश दिया-नारद,मुझे सलाह मत दो,केवल यह बताओ कि ये बाबाजी भगवान कैसे बना देते हैं? नारद जी यह सवाल सुनकर धीरे से मुस्कुराए। बोले-प्रभु,आपको याद है जब मुझे मोह हुआ था,तब आपने सुंदर महिला बनकर हमारे साथ कितना बड़ा मज़ाक़ किया था; हमें बंदर का रूप देकर आप ख़ूब ख़ुश हो रहे थे... और एक वो हैं जो अपने भक्तों के प्रति पूरी तरह समर्पित हैं। वे उनके लिए नाचते हैं,गाते हैं, फिल्म बनाते हैं; यहाँ तक कि भक्तों के विश्वास का बलात्कार भी कर लेते हैं, फिर भी उनकी भगवानगीरी को लोग पँजीरी की तरह ग्रहण कर रहे हैं।वहाँ के भगवान आपकी तरह असहाय नहीं हैं। उनके भक्त चिमटा और मंजीरा बजाने के बजाय लाठी, डंडे, एके-47 और बम चलाने तक का हौसला रखते हैं।

विष्णु जी से अब नहीं रहा गया। बोले-वहाँ बड़े बड़े नेता हैं, सरकार भी है, फिर ये भगवान अपनी सेना कैसे बना लेते हैं? नारद ने कहा कि भगवन,वहाँ हर आपदा का प्रबंधन भी है।नेताओं को वोट चाहिए तो वे बाबाओं की शरण में जाते हैं। बाबा उन्हें कृतार्थ करते हैं।नेता इस तरह आस्था-प्रबंधन कर लेते हैं।जब यह आस्था भारी पड़ने लगती है तो 'भगवान' पकड़े जाते हैं।धरती पर आखिरी भगवान आखिर नेता ही हैं।

इतना सुनकर विष्णु जी चकरा गए। बोले-हमें अभी जल्दी है, भगवान शिव कैलाश में फँसे हैं, पहले इस आपदा से तो निपटें।

और तब से विष्णु जी आपदा-प्रबंधन में ही लगे हैं।

साहित्य के आकाश में सफल प्रक्षेपण।

वे एक बड़े लेखक-कम- संपादक हैं। इसका विन्यास करके आप यह कतई अंदाज़ा न लगा लें कि वे एक कमतर संपादक हैं, बल्कि यूँ कहिए कि वे संपादन की चौसठ कलाओं से युक्त होकर ही लेखन में लगातार अपनी बत्तीसी

निकाले हुए हैं।व खाँटी भारतीय नेता की तरह सर्वसुलभ हैं और दुर्लभ भी; सौभाग्य से अपन के अंशकालिक मित्र भी हैं। अंशकालिक यूँ कि घोर मित्रता के पलों में कई बार अर्ध-विराम लग जाता है, पर अंतरंग मित्रता अभी तक अटूट है। उनसे जब बात नहीं होती है, तब भी उनकी ही बात होती है। वे भी अपने सम्पर्कों से लगातार हमारी खोज-ख़बर रखते हैं। इसके पीछे मुख्य उद्देश्य यह होता है कि विरोधी गुट से हमारे तार तो नहीं जुड़ गए। उन्हें शायद यह नहीं मालूम कि जनसम्पर्क का इस समय सबसे बड़ा साधन बेतार का तार है,जो चौबीसों घंटे 'मोबाइल' रहता है। कई दिनों के बाद उन्हें फोन मिलाया। हालचाल का आदान-प्रदान होता,इससे पहले कहने लगे- "फोन कर लिया करो भाई, मित्रता में इतना लम्बा अंतराल ठीक नहीं, नियत समय पर इसे रीचार्ज करना ज़रूरी होता है; समय और साहित्य किसी का इंतज़ार इन्हीं करते।मैं तो लेखक हूँ। इसी रूप में अवतरित हुआ हूँ। ईश्वर ने इसी काम के लिए हमें यहाँ भेजा है। हम तो मात्र निमित्त हैं, अपने मिशन में हम किसी को बाधक नहीं बनने देते, तुम भी मत बनो। इस बीच हमने दो कहानी-संग्रह,तीन कविता संकलन और पाँच चुनिंदा लेखक निपटा दिए हैं; तुम्हें भी कहीं न कहीं अब तक खपा देता, पर तुममें आसक्ति की कमी है। लेखन में यह सबसे ज़रूरी चीज़ है। तुमसे हमारा विशेष स्नेह है,सो बता रहा हूँ; रसों का अध्ययन करिए, रसीले बनिए और साहित्य को उसी तरह बनाइए जैसे हम 'बना' रहे हैं।"

मेरे गले से आवाज उसी तरह नहीं निकल पा रही थी,जैसे नोटबंदी के वक़्त एटीएम से रुपये नहीं निकल रहे थे, फिर भी कालेधन-सी चपलता दिखाते हुए मैंने आशा का आँचल नहीं छोड़ा।उसे अपनी ओर खींचते हुए बोला- "मुझे साहित्य के छूटने का दुःख नहीं है, यह तो साहित्य का दुर्भाग्य है कि वह मुझसे अभी तक वंचित है; मेरे लिए तो आप ही साहित्य हैं; मैं आपके पिछले संग्रह पर शोध–कार्य में जुटा हुआ था, ईश्वर की कृपा से वह काम लगभग तैयार भी हो गया है... यह तो बीच में नोटबंदी ने मार दिया।दिन में एटीएम की क़तार में लगता और रात में शोध-पत्र की तैयारी करता हूँ; बस इसी सब में मैं कब साहित्य-विमुख हो गया,पता ही नहीं चला। मालूम नहीं मुझे इसका कितना दंड भुगतना पड़ेगा,पर इसकी चिंता नहीं है; साहित्य-विमुख होकर तो केवल यश-हानि होती, पर आपसे विमुख होकर मेरा सर्वनाश निश्चित है। यकीन मानिए, मेरे पास कोई चकमक पत्थर भी नहीं है, पर मैं रोज सोते समय आपकी किताब सिरहाने रखकर सोता हूँ, पता नहीं कब उसमें लिखे पन्नों पर मेरे भाग जाग

जाएँ।''

लेखक बड़े हैं,इसलिए पर्याप्त मात्रा में भले भी हैं और दयालु भी।तुरंत द्रवित हो उठे।कहने लगे-किताबों का क्या है, कहो तो पुस्तक-मेले में एक साथ दस की दस उतार दूँ, पर इससे तुम्हारी सेहत बिगड़ सकती है; साहित्य का इतना 'अटैक'तुम सह नहीं पाओगे, तुम्हें सदमा लग सकता है।फिर भी तुम अपना बजट देख लो,मैं विमोचन करवा दूँगा। तुम तो हमारे अनुज भी हो। हमेशा मेरे पीछे चलते हो... स्वजन तो हो ही; राजनीति और साहित्य में स्वजन ही सज्जनता धारण करते हैं, इसीलिए तुम सभी तरह से सुपात्र हो।जो पुस्तकें प्रेस में चली गई हैं,कहो तो उन्हें भी रुकवा दूँ।इसके लिए बस एक 'दुर्जन' साहित्यकार को निपटाना पड़ेगा, पर इससे साहित्य का ही भला होगा।वह पहले भी कई बार छपकर साहित्य को घेर चुका है। इससे समाज में कौन-सी क्रांति आ गई ! तुम छपोगे तो साहित्य को एक उदीयमान लेखक मिलेगा, वरिष्ठ आलोचकों को साहित्य में संभावनाओं की झलक दिखाई देगी, आलोचना को भी संबल मिलेगा। जिस संग्रह में तुम आओगे, वह आने से पहले ही विवादित कर दूँगा।ऐसी-ऐसी जगह तुम्हें 'हिट' करूँगा कि प्रकाशित होने से पहले ही किताब 'हिट' हो जाएगी।विमोचन के बाद तो साहित्य भी आतंकित होगा।प्रकाशक को आत्मतुष्टि होगी कि उसका छापना सुफल हुआ। मेरा क्या,मैं तो लेखक हूँ, तुम जैसे साहित्य-सेवियों और सौन्दर्य-मूर्तियों की सेवा में ही पूरा जीवन लगा रखा है; साहित्य को अब तक इसी आग ने धधका रखा है... आओ तुम भी इसमें अपनी आहुति दो।''

उनसे इतनी भावुकता की अपेक्षा नहीं थी, पर महान लोग वही हैं जो अपेक्षा से बढ़कर काम करें। गेंद उन्होंने मेरे पाले में फेंक दी थी, मुझे सिर्फ लपकना भर था। मैंने अंगार बनने की पुष्टि करते हुए दो-चार वरिष्ठों के माता-पिता को सादर याद किया और खुद को साहित्य के सुनहरे भाड़ में झोंकने का संकल्प ले डाला। अगली शाम हम दोनों कॉफ़ी-हाउस में टकराए।थोड़ी देर बाद गिलास टकराने लगे। साहित्य के फलने-फूलने का 'फुल' इंतज़ाम था।हमने दो-दो जाम गटककर साहित्य की जड़ता पर जमकर प्रहार किया। चलते समय मित्र से गले मिलकर रोने लगा। वो जिंदगी में दोबारा भावुक हो गए, कहने लगे,आज तुम्हें एक मंत्र दे रहा हूँ, दिमाग़ में बाँध लो।जब भी तुम पर साहित्य से विमुख होने का अश्लील आरोप लगे, बस यही दोहराना कि मैं तो लेखक हूँ; तुम्हारे सात ख़ून माफ़ हो जाएँगे। साहित्य निखर उठेगा। अब इससे ज़्यादा मुझसे

उम्मीद मत करो, मैं स्वयं एक लेखक हूँ।'

बस तभी से हम यह जाप कर रहे हैं और साहित्य की सीढ़ियाँ लगातार चढ़ रहे हैं। उनकी 'निर्मल-किरपा' से अब मैं भी लेखक हूँ।

संजय पुरोहित

मोबाइल - 09413481345
ईमेल - sanjaypurohit2112@gmail.com
पता - बावरा निवास, समीप सूरसागर झील धोबी धोरा,
बीकानेर 334001 (राजस्थान)

आदरणीय मठाध्यक्ष जी

प्रणाम। प्रथम बार बिना किसी औपचारिकता, सीधे-सीधे मुद्दे पर आने की धृष्टता कर रहा हूँ। आपकी संस्था ने पुरस्कारों के विजेताओं की घोषणा कर दी है, किंतु मेरा नाम इस सूची में नहीं है। मैं घोर आहत अनुभव कर रहा हूँ। मेरा मन-मस्तिष्क सूनामी पीड़ित-सा तड़फ रहा है। क्यों, आपके प्रति मेरी भक्ति में कोई खोट रही? जब मैं प्रथम बार देसी घी की मिठाइयाँ (मय छह पृष्ठीय बायोडाटा) लेकर आपके द्वार आया था, तो आपने मिठाई की भूरि-भूरि प्रशंसा करते हुए एवं उन्हें जिहवा की भेंट करते हुए मुझे पुरस्कार दिलवाने के आग्रह को स्वीकार किया था... किंतु हाय री किस्मत, मुझ अभागे को पुरस्कार न मिला।

आपके संकेतानुसार मैं निर्णायक मंडल के सदस्यों के निवासों पर घूम-घूमकर अपने गाँव का सेर-सेर देसी घी, मिठाई, नमकीन, बायोडाटा दे आया था। कुछ माननीय सदस्यों ने अगली ट्रिप में और लाने का आदेश भी दिया था। श्रीमान मैं लाया, सब के लिये लाया, हर बार लाया, बार-बार लाया; किंतु बुरा हो मेरी किस्मत के लेखों का कि मुझ अभागे को पुरस्कार न मिला।

आपकी बिटिया को मैं अपनी बिटिया समझकर प्रतिमाह नमकीन-मिठाई लेकर मिलने जाता रहा हूँ; आपके नाती मुझे घोडा बनाकर मेरी पीठ की सवारी करते रहे हैं। उनकी फरमाइश पर मैं उन्हें वो टॉफी-चॉकलेट लाकर देता रहा हूँ, जो मैंने तो क्या मेरी सात पुश्तों ने नहीं खाई होगी। आपके नाती ने क्रिकेट खेलते हुए जो शॉट मेरे कूल्हे पर जमाया था, वो अभी तक पुख्ता है (और दुखता भी है)। आपके दामाद मुझे 'बेगारिया' समझते रहे हैं; आपकी बिटिया के सास-ससुर मुझे 'आप' समझकर घुड़काते रहे हैं। आपकी बिटिया ने ये समस्त बातें

आपको मेरे द्वारा रिचार्ज करवाये गये मोबाईल फोन से बताई थीं और मुझे पुरस्कार दिलवाने का हृदयस्पर्शी अनुरोध किया था; आपने स्वीकारोक्ति भी दी थी, किंतु हाय! भारी प्रस्तर के नीचे दबा मेरा भाग्य... मुझ अभागे को पुरस्कार न मिला।

आपको स्मरण होगा कि आपकी छोटी बिटिया, जो कि पी-एच.डी. कर रही है, उसके लिये स्टेट लाइब्रेरियों की खाक छानते हुए शताधिक संदर्भ-पुस्तकें ऐसे ला चुका हूँ जैसे हनुमानजी, श्रीराम के लिये सीता माता का चूड़ामणि ले आये थे। आपकी इस मेधावी बिटिया के शोध निर्देशक महोदय तथा शोध संग्रह के कम्प्यूटरीकरण बंधु को भी समय-समय पर प्रसन्न करता रहा हूँ। मैं समझता रहा कि आपकी द्वितीय संतान के प्रति की गई मेरी सेवा से आप विदित रहे हैं; किंतु फिर भी, घास में गुम सुई की तरह खोई मेरी किस्मत, कि मुझ अभागे को पुरस्कार न मिला।

आपको यह तो स्मरण होगा ही कि आपकी अर्द्धांगिनी के घुटनों में दर्द होने पर ऐलोपैथिक, आयुर्वेदिक एक्युप्रेशर, एक्युपंचर, सुजोक आदि-आदि पद्धतियों से उपचार के दौरान भाँति-भाँति औषधियाँ ऐसे लेकर आता रहा, जैसे विपक्ष, हवा में से मुद्दे ले आता है। उपचारावधि के दौरान सेवक निरन्तर सेवा के लिये तत्पर रहा। पत्थर की अहिल्या को श्रीराम मिल गये, किंतु हाय, मुझ अभागे को पुरस्कार न मिला।

यह आप कैसे भूल सकते हैं कि आपकी लिखी पुस्तकों को पुस्तकालयों, विद्यालयों, महाविद्यालयों, कार्यालयों आदि में बलात बेचता रहा। साम-दाम-दंड-भेद का प्रयोग कर बिना किसी कमीशन के मैं भारतीय मुद्रा आपकी हथेली पर रखता रहा। मेरे अथक परिश्रम से आपके खाते में राशि बढती रही... किंतु हाय री किस्त! मुझ अभागे को पुरस्कार फिर भी न मिला।

यह तो आपको याद होगा ही कि जब आपके होनहार पुत्र को मदिरापान उपरान्त कन्या महाविद्यालय के बाहर कमसिन बालाओं को छेड़ने पर पुलिस पकड़कर ले गई थी, तो आपके इसी सेवक ने वकील का प्रबंध किया था और स्वयं अपनी जमानत देकर रिहा करवाया था, साथ ही थानेदारजी को अखबार में समाचार नहीं देने हेतु 'राजी' किया था। इस प्रकार आपके मान-सम्मान पर आँच नहीं आने दी। आपके सम्मान के लिये मेरे इस साहसी कृत्य पर भी, हाय! मुझ अभागे को पुरस्कार न मिला।

मेरे साहित्यकार मित्रगण मुझे आपका 'चमचा', 'पिछलग्गू', 'पूँछ' और न जाने क्या-क्या कहते हैं; मैंने कभी उनका बुरा नहीं माना, क्योंकि मेरी दृष्टि में आप 'पुरस्कारदाता' की अनुपम छवि वाले विराट व्यक्तित्त्व हैं... किंतु इसका मुझको क्या लाभ, जबकि मुझ अभागे को पुरस्का र न मिला।

भारी और दुःखी मन से मैं अपना पत्र समाप्त कर रहा हूँ; आप इस पत्र को मेरा पीड़ा-पत्र समझें। यदि आपको मुझे पुरस्कार घोषित नहीं करने की ग्लानि हो तो किसी एक-आध को हटाकर अथवा कोई नया पुरष्कृत घोषित कर मुझे 'फिट' कर सकते हैं; मैं विश्वास दिलाता हूँ कि पुरस्कार प्राप्ति के उपरान्त मैं पूर्ववत हो जाऊँगा। स्मरण रहे, आपके नाती अभी छोटे हैं; आपकी बिटिया की पी-एच.डी. अभी पूरी नहीं हुई है, आपकी धर्मपत्नी अभी भी उपचाराधीन हैं, आपका पुत्र अभी भी मदिरापान की लत से घिरा है और महामना, आपकी अनेक पुस्तके अभी भी बिकने से शेष हैं।

आपका रुष्ट किंतु शुभ सूचनाभिलाषी

सेवक एवं लेखक

ठण्डे बस्ते

जनता के मिज़ाज का कोई नेम-धरम नहीं होता। जनता जनार्दन है, जब मरजी हो गरम हो, जब मरजी ठण्डा। सत्तर साल में डेमोक्रेसी के मिक्सर ज्यूसर ग्राइण्डर से हासिल एक्सपीरियंस से यह क्लियर है कि अब पब्लिक के मिज़ाज को ज्यादा देर तक गरम रखा जाना उचित नहीं है। सामान्यतया वोट देने के अपने एक मात्र अधिकार के तीन,साढ़े-तीन साल के बाद पब्लिक का टेम्प्रेचर हाई होना शुरू हो जाता है। तीन साल के 'फील गडड-मडड' के बाद सहसा पब्लिक को फील होता है कि 'अइला! फिर बन गये?'' भीड़शाही के इस बदलते रुख को समझते हुए भेड़ियाशाही चौकन्नी हो जाती है। यहाँ अपोजिशन का बदस्तूर, दस्तूर होता है कि पब्लिक के टेम्परामेंट को भभकाया जाये। रूलिंग वाले अपोजिशन की पोजिशन को अपने जतनों से डिस्पोजिशन करने में जुट जाते हैं। उन पर पब्लिक को विरोध के स्थान पर समर्थन वाला जनमानस उत्पन्न करने का डिफिकल्ट टास्क होता है। वे पब्लिक के हॉट माथे पर आश्वासनों की पट्टियाँ रखकर 'कूल' करते हैं। वैसे नेताओं में भेड़ों, मतलब पब्लिक को धुरू बनाने के नेचुरल गुण होते हैं। पब्लिक में भी लुट-पिटकर, अगले पाँच साल तक लुटे-पिटे जाने की रिऑथिरिटी नीतियाँ देने की सहज वृत्ति होती है। ये पारिस्थितिकीय संतुलन है। अस्तु।

लीडरपंती का एक प्राकृतिक गुण है-भाषण। जैसे ही वह भेड़नुमा भीड़ देखता है, जीभ लपलपाने लगती है, भाषण देने के लिये तत्पर हो जाता है। वस्तुतः उसे अपने चश्मे से भीड़ नजर ही नहीं आती। उसे मानवों के स्थान पर मुर्गे, बकरे और ईवीएम के बटन ही दिखते हैं। लीडर उन्हें खोना नहीं चाहता। भीड़ ज्यादा हो तो भाषण के लेवल भी बढ़ जाते हैं। भाषण के हैलीपैड से स्टार्ट होकर नेता, घोषणाओं के विमान को आश्वासनों के मस्त गगन में उड़ाने लगता है। वैसे ये आश्वासन गजब की चीज है। नेता और पब्लिक का रिलेशन आश्वासनों पर ही थिरकता है। भाषण देते हुए नेताजी की बनाई हवा में पब्लिक बही चली जाती है। जब नेताजी आश्वासन की लॉलीपॉप चुसा रहे होते हैं, तो कुछ रायता फैलाऊ, कढ़ी बिगाडू तत्व खड़े होकर दो-तीन मोटी डिमाण्ड धर देते हैं। इनको लगता है कि भीड़ तगड़ी है। नेताजी की 'नीड' है, लोहा गरम है, कुछ न कुछ घोषणा करा ली जाये। नेताजी, भीड़ के साइज से एक्साइटेड होकर घोषणाएँ घोष देते हैं। ऐसी-ऐसी घोषणाएँ, जो इम्पलीमेंट करना उनके तो क्या,

डोनाल्ड ट्रम्प के बूते की भी बात न हो। पब्लिक के रेले से उत्पन्न माहौल ही कुछ ऐसा होता है कि नेता-ए-इण्डिया आसमान के तारे तोड़ने, पाताल से हीरे लाने और समुन्दर में डीपली घुस के मोती लाने तक की घोषणाएँ कर सकता है। नेता हाथ जोड़कर चुनाव में पुनः विजयश्री दिलवाने के लिये जनता का आशीर्वाद माँगता है। जनता जिता देती है। कालान्तर में नेता, मंत्री बनते हैं। आश्वासनों पर एक्सपर्टों से रिपोर्टें बनवाते हैं। ये रिपोर्टें फाइलों में शामिल होती है। तदुपरान्त इम्पलीमेंटेशन के लिये अफसरों तक पहुँचती हैं। अफसर स्माइलते हैं। उनको इनके हश्र का पूर्वइल्म होता है।

टेनटेनटेणेन! यहीं से एन्ट्री होती है व्यंग्य के नायक 'ठण्डे बस्ते' की। मंत्री द्वारा की गई घोषणाओं वाली फाइलें इसी के आगोश में आती हैं। मूर्ख बतियाते हैं कि इस प्रकार के बस्तों का कोई फिजिकल अस्तित्व नहीं होता, पण हुशियार जानते हैं कि यही वो बस्ता होता है जिसका ही अस्तित्व होता है। वैसे आजादी से पूर्व 'ठण्डे बस्ते' नाम की कोई प्रजाति का उल्लेख नहीं मिलता। खुदमुख्तारी के बाद 'ठण्डे बस्ते' का कॉन्सेप्ट आया। फिर यह मुख्य धारा में लाया गया। टालनेबल सभी कार्यों के लिये 'ठण्डा बस्ता' उपयुक्त प्लेस बन गया है। ठण्डे बस्ते में पड़ी फाइलों को दिनों से महीनों, महीनों से सालों हो जाते हैं। अब ठण्डा बस्ता सर्वव्यापक है। नेताओं के आश्वासन के छोटे से बीज से आरम्भ हुआ इसका सफर आज पुलिसगिरी वकीलपंती, डॉक्टरी, मास्टरी, अफसरी, इंसपेक्टरी तक पहुँच चुका है। प्रथम श्रेणी को पूर्ण करने पर व पब्लिक के पुनः अक्ल आने से पूर्व ही 'लेवल टू' पर फाइलों को जिला स्तरीय ठण्डे बस्ते से राज्य स्तरीय ठण्डे बस्ते में पहुँचा दिया जाता है।

राज्य स्तरीय ठण्डे बस्तों में स्टेट लेवल की आशाओं, उम्मीदों, योजनाओं की फाइलें आती हैं। ऐसे बस्ते फ्रिज में ही रखे जाते हैं। फ्रिज में रखने से होता ये है कि फाइलें 'जर्म्स-फ्री' रहती हैं। इनमें फाइलें निरन्तर ठण्डी होती रहती हैं। ठण्डे बस्तों की भूमिका मकान मालिक की तरह होती है। जैसे ही पाँच साल पूर्णता पर आते हैं, तो इन ठण्डे बस्तों की दुनिया वीरान होने लगती है। नेताओं को फील होने लगता है कि पब्लिक की कमबख्त याद्दाश्त रिवाइव हो रही है। ठण्डे बस्तों में से फाइलें निकालकर नया रंग-रोगन किया जाता है। विदा लेती फाइलों को ठण्डे बस्ते फेयरवेल पार्टी नहीं देते। उन्हें यकीन होता है कि इन फाइलों का अंतिम विश्राम स्थल उनकी गोद ही है। चार दिन पीहर घूम कर जैसे विवाहिता, लौट के पी के घर आती है, वैसे ही चुनावी मेला देखकर फाइलें पुनः

अपने धाम आ जाती हैं।

ठण्डे बस्तों की नेशनल लेवल की मेन एग्जेक्युटिव बॉडी होती है- एन.सी.बी.सी.। नाम सुनकर टेंशन में आने की जरूरत नहीं है। एन.सी.बी.सी. का मतबल है नेशनल कोल्ड बैग कॉरपोरेशन। यानी राष्ट्रीय ठण्डा बस्ता निगम। यह ठण्डे बस्तों की सर्वोच्च संस्था है। अखिल राष्ट्रीय स्तर की फाइलें यहाँ आती हैं। जिन राज्यों में अपोजिशन की सरकारें हों, उनकी फाइलों को साइन्टीफिकली प्रूव्ड ठण्डे डीप फ्रिजनुमा बस्तों में रखा जाता है। विपक्षी पार्टी की सरकार वाले स्टेटों की कोई फाइल हरकत में नहीं आने पाये, इसलिये रूलिंग पार्टी की पैनी नजर रहती है। तो जनाब। समझे कुछ? ठण्डे बस्तों की अपनी एक अनूठी, निराली दुनिया होती है। इसमें लीडरों की जगाई स्कीमों, पॉलिसियों से ज्यादा जनता की आस होती है। पर आह! आस के धधलके में पब्लिक को यह कहाँ मालूम हो पाता है कि ठण्डे बस्ते, पब्लिक की उम्मीदों के 'ओल्ड एज होम' होते हैं, आशाओं का अंतिम विश्राम स्थल होते हैं। इस डेमोक्रेटिक ढाँचे में आलोकित हो रहे निराकार, अनश्वर 'ठण्डे बस्तों' की जय हो।

सुनील सक्सेना

मोबाइल - 9425085330
ईमेल - sunil.saxena06@gmail.com
पता - 301 सागर रेजीडेंस, ई- 6 /93, अरेरा कॉलोनी, भोपाल (मध्य प्रदेश) -462016

अतिथि कोटा भवः

आमतौर पर खुजली को चर्मरोग विशेषज्ञ रोग नहीं मानते हैं, क्योंकि खुजली किसी को भी कहीं भी, किसी भी समय हो सकती है। खुजली बड़ी ही संत प्रकृति की होती है। खुजली न जाति—पात देखे, न देश—काल और न ही राजा—रंक में कोई भेदभाव करती है। बस ज़रूरत सिर्फ एक चीज़ की है कि आपको खुजली मचना चाहिए। जो बेचारे हैं, वो अपनी खुजली स्वयं मिटा लेते हैं। जो सक्षम हैं, वे खुजियाने के लिए लोग रख लेते हैं। जब खुजली मची, अंग आगे कर दिया, ले बेटा.. मचा खुजली। ऐसे ही सत्ता गलियारे में बैठे निठल्ले चिंतकों को जब कोई काम नहीं सूझता है तो उन्हें भी खुजली होने लगती है। इन चिंतकों का मानना है कि खुजली की कोख से ही नए 'आइडियाज' उत्पन्न होते हैं। मतलब जब तक आपको खुजली नहीं होगी, नए 'आडियाज' नहीं आएँगे और अगर नए 'आडियाज' नहीं आएँगे तो आपका चिंतक होना व्यर्थ है, आपकी रोजी—रोटी ख़तरे में। जब देश के तमाम गोदामों में रखा अन्न सड़ने लगा, खाद्य मंत्री देश की जनता को पेटू कहने लगे, मंत्री किसानों की आत्महत्या को कर्मों का फल बताने लगे, सरकार की थू—थू और जगहँसाई होने लगी, तब एक चिंतक को खुजली मची। एक आइडिए ने जन्म लिया। पहुँच गये आडिया लेकर। 'सर! अन्न का सड़ना इतना चिंता का विषय नहीं है, जितना अन्न के अपव्यय को रोकना; मेरे पास कम्पलीट डाटा है सर। शादी, पार्टियों व समारोहों में आयोजित होने वाले भोज में खाने की सबसे ज्यादा बरबादी होती है, सबसे पहले इसकी रोकथाम होना जरूरी है। मेरे हिसाब से सर, शादी पार्टियों में आयोजित होने वाले भोज में मेहमानों का 'कोटा' फिक्स कर देना चाहिए, इससे अन्न की बचत तो होगी ही, हमें भी अपनी नाकामियों का

ठीकरा दूसरों के सिर पर फोड़ने का सुअवसर मिल जायेगा। कितना फेंटास्टिक आडिया है न सर जी?" चिंतक के आइडिये को अमली जामा पहनाने में जुट गई सरकार। खाने की बरबादी को रोकने के लिए खाद्य सुरक्षा विधेयक लाया जायेगा। अब सरकार को कौन समझाए कि आज भी शादियों में बचने वाला खाना, समारोह स्थल के बाहर खड़े भूखे बच्चे पॉलिथीन में भरकर ले जाते हैं। वो जूठन में ही खोजते हैं शाही व्यंजनों का स्वाद। कोटा राज और उससे उपजे संकट से सरकारें कई बार दो—चार हो चुकी हैं, बावजूद इसके सरकार का दिल है कि मानता नहीं। कोटे और आरक्षण की राजनीति से परे न देख पाना उसकी नियति बन गई है। जिस दिन से इस कानून बनने की सुगबुगाहट शुरू हुई है, खाद्य विभाग का अमला प्रफुल्लित है। लो भई, एक और कोटा लायसेंस जारी करने का अधिकार मिला; एक और कमाई का जरिया खुला। शादी है? हजार लोगों को दावत में बुलाना है? तो पहले यह साबित करो कि तुम्हारी औक़ात हजार आदमी को खिलाने की है कि नहीं। अगर पाँच सौ को खिलाने की है, तो हम बढ़ाये देते हैं खिलाने की लिमिट, लेकिन उसका अलग से सेवाशुल्क लगेगा। अगर आप खुद इन पचड़ों में नहीं पड़ना चाहते हैं तो बिचौलियों का बाजार सक्रिय हो जायेगा। भोज समारोह में केटरर्स की भूमिका सिर्फ खाना बनाने तलक ही सीमित नहीं होगी, उसके अपने कांटेक्टस होंगे, खाद्य विभाग में उसकी जुगाड़ भी होगी। सौ-पचास अतिथियों की बैकडोर एंट्री करवा देना तो उसके बाँये हाथ का खेल होगा। लड़की के लुटेपिटे बाप का बचाखुचा ख़ून, गेस्ट की लिस्ट बनाने में निचुड़ जायेगा। मामाजी बीमार हैं, आएँगे या नहीं? लिस्ट में जोड़ूँ या नहीं? कहीं आ गये तो एप्रुव्ड कोटे से नंबर बढ़ जायेगा। और ऐसे में खाद्य विभाग का अमला कहीं चेकिंग के लिए आ धमका तो फजीहत अलग। बेचारे की दोनों तरफ से मरन। गेस्ट की संख्या एप्रूव्ड कोटे से कम है तो भी मरना है; क्योंकि खाना बरबदा हुआ, जुर्माना भरो; और मेहमान ज्यादा हो गये तो भी आप फँसे... मतलब दोनों ही स्थितियों में लड़की का बाप गया चूल्हे में और खाद्य विभाग की चकाचक। अब ये चिंतक क्या जानें कि उनकी खुजली से उत्पन्न इस आडिये से बाद की होने वाली पीड़ा को आमजन को ही सहना करना है... तुम्हारा क्या है, तुम्हारे लिए अतिथि 'देवो भव' तब 'अतिथि कोटा भव' हो जायेगा। सरकार के सीने पर ग़रीबों के हमदर्द होने का एक तमगा और लग जायेगा।

अँधेरे में कौन नहीं है यारों

यूँ तो अपनी कॉलोनी के आसपास कई हेयर कटिंग सैलून हैं, पर अपने रामलाल की बात ही निराली है। अपन ने उसकी दूकान पर खूब 'मायापुरी' पढ़ीं; फिल्मी गॉसिप का चस्का अपन को रामलाल की दुकान से ही लगा। इधर आप दुकान पर बैठे सप्ताह भर की फिल्मी खबरों से तरोताजा होते रहिए, उधर आपका नंबर कब आ जाता था पता ही नहीं लगता था। और उसके बाद पंद्रह मिनिट की कटिंग के दौरान रामलाल के मुँह से जो ज्ञान की गंगा प्रवाहित होती तो ऐसा लगता मानो साक्षात सरस्वती रामलाल की देह में प्रवेश कर गई हों। रामलाल की ज्ञानवाणी सुनकर अच्छे- अच्छे ज्ञानियों को उससे रश्क हो जाये। क्या राष्ट्रीय और क्या अंतरार्ष्ट्रीय कोई भी विषय हो, बाढ़ हो, क्रिकेट हो, ओलंपिक हो, बंदे के पास लेटेस्ट डाटा हमेशा उपलब्ध रहता और टिप्पणियाँ भी ऐसी सटीक करता कि अच्छे- अच्छे विश्लेषक लजा जायें।

रामलाल के सामान्य् ज्ञान के प्रदर्शन को देख मैं अक्सर उससे कहता कि 'रामलाल; इतना अच्छा दिमाग पाया है तुमने, कहीं सही जगह लगाया होता तो आज तुम न जाने कहाँ होते।' वो भी बड़ी विनम्रता से अपनी प्रशंसा के उत्त र में कहता 'कहां भाई साब! बस आप जैसे गुणी लोगों के साथ थोड़ा वक्त मिल जाता है, ये उसी का असर है, वरना अपन तो अँगूठा टेक हैं साब।'

मेरा नंबर आ गया। कुर्सी पर बैठते ही रामलाल ने मुझे सफेद कपड़ा उढ़ाते हुए सामने लगे शीशे में मेरी ओर देखकर कहा "कुछ भी कहो भाई साब, इस बार जो पॉवर फेल हुआ सारे देश में इस अँधेरे ने तहलका मचा दिया। क्या न्यूज पेपर, क्या टी.वी. चैनल सभी पिल पड़े सरकार पर। आधा देश अँधेरे में। पहली बार इन हुक्मरानों को एहसास हुआ कि लोगों को अँधेरे में रखना और खुद अँधेरे में रहने में क्या बुनियादी फर्क है। लेकिन साब ऊपरवाले की भी लीला न्यारी है, शहर में बत्ती क्या गुल हुई, अपने बगलवाले दुकानदार की तो उस रात खूब निकल पड़ी। जम के पैसा कूटा उस रात। एक रुपट्टी की मोमबत्ती दस-दस रुपये में बेची।" मैंने कहा "ये तो सरासर लूट है, मौके का फायदा उठानेवाली बात है।"

"क्यों साब! ग्रिड फेल हुआ तो आपने भी तो मौके का फायदा उठाया होगा। ऑफिस बंद कर दिये थे सरकार ने। आप भी तो जल्दी निकल लिये होंगे

ऑफिस से।'' रामलाल ने सफेद कपड़े को मेरे गले के चारों ओर गठान बाँधकर कस दिया और अपनी एक उँगली मेरी गर्दन के चारों ओर घुमाकर तसल्ली कर ली कि कपड़ा गले में कहीं ज्यादा कस तो नहीं गया। मैंने कहा 'अरे अपनी ऐसी किस्मत कहाँ। बड़ा ही खुर्राट किस्म का बॉस है अपना। बोला- जब तक इनवर्टर काम कर रह रहे हैं, काम करो। फिर जनरेटर का डीजल जब तक खत्म नहीं हो गया कमबख्त ने सबको ऑफिस में ही बिठाये रखा... और छोड़ा भी तो एक घंटा पहले। अब एक घंटे की छुट्टी भी भला कोई छुट्टी हुई।'

रामलाल ने मेरे सिर पर पानी का स्प्रे करते हुए कहा ''वैसे ये तो शहर वालों के चोंचले हैं साब; एक दिन क्या अँधेरे में रह लिये हल्ला मचाने लगे; कोई गाँववालों से जाकर पूछे, हर दिन पॉवर कट है, बेचारे चूँ तक नहीं करते। और एक बात बताइये, आज ऐसा कोई इंसान बचा है जो अँधेरे में नहीं है। हर एक आदमी दूसरे आदमी को अँधेरे में रखने की फिराक में है। जनता अँधेरे में है कि जनसेवक कुछ करेंगे, युवा अँधेरे में हैं कि पढ़ लिखकर नौकरी मिलेगी। माँ-बाप अँधेरे में हैं कि औलाद उनके बुढ़ापे का सहारा बनेगी। प्रेमिका अँधेरे में है कि प्रेमी उससे ही शादी करेगा। बाप के भरी जवानी में कदम बहके। बाप ने बेटे को अँधेरे में रखा। लोग अँधेरे में न जाने किस-किसको उस बेटे का बाप समझते रहे। वो तो जय हो विज्ञान की। अँधेरा छटा और बेटे को जवानी में नवजात पिता मिला। इधर पति ने पत्नि को जीवन भर अँधेरे में रखा। स्वर्ग सिधार गया, लेकिन एक फूटी कौड़ी भी वसीयत में नाम करके नहीं गया। मतलब साब, जिसे भी देखिए हर कोई अँधेरे में है। अरे, ये बिजलीवाले तो फिर भी मशीनें सुधारकर अँधेरा दूर कर देंगे, हम इंसानों की जिंदगी का अँधेरा कौन दूर करेगा साब?'' रामलाल के इस सवाल का मेरे पास कोई जवाब नहीं था। मैंने चुपचाप उसे कटिंग के पैसे दिये और निकल लिया।

सुरजीत सिंह

मोबाइल - 09680409246,
ईमेल - surjeet.sur@gmail.com
पता - 36, रूप नगर प्रथम, हरियाणा मैरिज लॉन के पीछे, महेश नगर, जयपुर -302015

सेल्फी : अच्छी बीती

हो सकता है भूलवश किसी दिन हम सरकार को कोसना भूल जाएँ, अपनी गलतियों का ठीकरा, मौका और दस्तूर के बावजूद दूसरों के सिर फोड़ने से चूक जाएँ, स्वच्छता की महत्ता बताने के लिए मुँह खोलने से पूर्व किसी दीवार पर पच्च से पीक थूकना भी भूल जाएँ, कचरा सडक़ पर फेंककर अमेरिका के चाक-चौबंद सिस्टम का गुणगान करना भी हमें याद न रहे, ट्रेफिक रूल्स की धज्जियाँ उड़ाकर ट्रेफिक सिस्टम को गालियाँ भी न बक पाएँ; मुमकिन यह भी है कि किसी दिन अज्ञानतावश कचरा डस्टबिन में ही डाल बैठें, कहने का मतलब कुछ भी भूल सकते हैं, लेकिन यह जो काम है, वह कभी नहीं भूलते। खराब व्यक्ति, पार्टी या सरकार को दिए वोट की गलती पाँच साल बाद अवसर होते हुए भी न सुधार सकें; कोई फिक्र नहीं, लेकिन यह ऐसा काम है, जो नींद में भी तनिक याद आ जाए, तो फौरन हड़बड़ाकर उठते हैं और भूल सुधार कर लेते हैं। ध्यान में, मकान में, श्मशान में, भगवान के दरबार में, हर सिचुएशन में यह काम बिलानागा निपटा सकते हैं, निपटाते हैं; जैसे साँस लेते हैं, छोड़ते हैं।

यह कोई देश-रक्षा, संविधान की पालना का संकल्प, चुनाव में जनता से की गई प्रतिज्ञा, सरकार चलाने की शपथ नहीं है, जिसको लेकर भी भूल जाएँ... जनाब! यह सेल्फी है... और कम्बख्त सेल्फी हर संकल्प, हर शपथ से बड़ी और जरूरी चीज है, गोया वर्तमान संदर्भ में जिंदगी नहीं, सेल्फी बड़ी होनी चाहिए बाबू मोशाय।

सेल्फी बड़ी करने में अहर्निश जुटे हैं। पूरी तन्मयता से। पुलिया पर निठल्ले बैठे आदमी से लेकर अठारह घंटे बिजी रहने वाले प्रधानमंत्री तक, जिसे

देखो सेल्फी के लिए पॉज से ज्यादा मुँह बनाए खड़ा है। दिन की शुरूआत हो या किसी काम का श्री गणेश, अब तो भगवान भी भक्त को देखते ही मुँह बना देता है कि भक्त आशीर्वाद भले न ले, सेल्फी जरूर लेगा। सेल्फी देने की आदत पड़ गई है, गोया सेल्फी ही पूजा है, पूजा ही सेल्फी है। भगवान, भक्त से यह नहीं पूछता, श्रद्धा लाए हो, प्रसाद लाए हो, नम्रता, समर्पण, भक्ति भाव लाए हो; बल्कि पूछता है, स्मार्टफोन लाए हो? वॉव! इसे कहते हैं स्मार्ट भक्त और भक्ति।

सेल्फीबाजी का जुनून इस कदर हो लिया है कि कभी-कभी मसला, शौक से शोक तक जा पहुँचता है, पर बंदे बाज नहीं आते; जान की बाजी लगाकर भी सेल्फी बाजी जरूरी है। यूँ समझ लो, आज जिसके भी हाथ में स्मार्टफोन है, बंदा कहीं भी हाथ बढ़ाकर खुद को हड़काता हुआ सा खड़ा है... अबे ठीक से शक्ल बना, यह क्या मुँह चूहेदानी सा बना रखा है। अब बनता कुछ नहीं, सिवाय हर बार नए तरीके से मुँह बनाने के, लेकिन जिन्होंने सेल्फी नहीं ली, वह सेल्फीविहीन जनम ही अकारथ है; शायद वो जनम्या ही नईं।

कहीं मेरा जन्म ही अकारथ न हो जाए। लाख बचते रहने के बावजूद एक दिन मैं भी संक्रमित हो गया। सेल्फी के वायरस का पता तब चला, जब खुद को सेल्फी में देखा। जीवन की सफलता कर्म में है, तो सार्थकता निश्चित ही सेल्फी में होगी... हाथोंहाथ यह दार्शनिक ज्ञान भी हासिल हो गया। लोकतंत्र में वोट दिए बिन चल जाता है; कोई पूछता नहीं कि दिया कि नहीं? नहीं दिया तो क्यों नहीं दिया? कैसे नागरिक हैं आप। लेकिन बिन सेल्फी न चलता; हर कोई पूछ लेता है- भाई साहब, सेल्फी में नहीं दिखते! यहाँ तक कि सद्यजात शिशु भी अब दुनिया से पहले सीधे सेल्फी में आते हैं।

तो भाई साहब, अचानक मैं भी सेल्फी लेने के लिए व्यग्र हुआ। पेंशन डिपार्टमेंट द्वारा पेंशनयाफ्ता से उसके जिंदा होने के माँगे गए प्रमाण की तरह खुद को जिंदा दिखाने के लिए बेचैन हो उठा था। सेल्फी धाँसू होनी चाहिए, उसमें इतना सेल्फ आ जाए कि मैं होकर भी मैं न लगूँ। हम होकर भी नहीं हों और नहीं होकर भी पूरे हों। गोया सेल्फी नहीं, कोई पहेली है- बूझो तो जानें। काम कठिन है, पर मुश्किल नहीं। सो, कठिन काम के लिए मोर्चा सँभाला। अनुभवहीन कमर कसी, नौसीखिए हाथ बढ़ाए, एक तरफ का शरीर आगे की ओर खींचा; चीन के जबरन भारत की सीमा में घुसने की तरह, मुँह फैलाया, जो रायते की तरह फैल गया। होंठ जबरन मुस्कान की मुद्रा के साथ कानों तक खींच

लिए, आँखें थोड़ी सिकुड़ी हुई, ठुड्डी टाइट; गाल, मंत्रिमंडल से बाहर किए गए सद्य पूर्व मंत्री की तरह किंचित फूले हुए से।

'अबे! ये गधा कौन है?' देखते ही सहसा मुँह से निकला।

फोन तो स्मार्ट है, लेकिन चेहरा स्मार्ट क्यों नहीं आ रहा? ऐसा तो नहीं था चेहरा कभी। वह मुगालता था या यह भ्रम? स्मार्ट फोन में घोंचू सा दिखे बंदा, तो यह बंदे से ज्यादा फोन की तौहीन मानी जाएगी। अगर शक्ल ही ऐसी है, तो इसका मतलब स्साला आईना झूठ बोलता हैय लेकिन उसकी लोग गारंटी लेते हैं, आईना कभी झूठ नहीं बोलता; फिर बोल कौन रहा है?

यही परखने के लिए अतिरिक्त सावधानी के साथ एक बार फिर मुख मुद्रा बनाई, कई एंगल से मुस्कुराकर देखा; कोई मुस्कान जमी नहीं। हर मुस्कान किराए की मुस्कान सी लगी। पहली बार अहसास हुआ, अपने पास भी कितना टोटा है मुस्कान का। न जाने वे कौन लोग हैं, जो हर सेल्फी के लिए टेंडर पर मुस्कान बनवाते हैं।

ओफ्फ! हास्य में भी हास्यास्पद स्थिति। जरा खुलकर मुँह खोला, तो खुल पूरा गया, लेकिन भीतर दाढ़ की जड़ों में लगी केविटी, ऊबड़-खाबड़ बनावट तक साफ दिख गई। स्साले, ये कब पीले हुए? ब्रश तो रोज रगड़ते हैं दोनों वक्त। पेस्ट भी नींबू, नीम, नमक, पुदिना, लौंग, इलायची वाला करते हैं और हाँ, हर वह ब्रश आजमाते हैं, जो कोने-कोने की सफाई की गारंटी देता है। लेकिन दाँतों का हाल तो बता रहा है कि ब्रश नहीं, जैसे जेसीबी मशीन चलाई हो। अट्टहास सी शक्ल देख घबराकर मुँह बंद करना पड़ा। जरा सा कम मुँह खोलकर हल्की सी हास्य स्मित छोड़ने का भ्रम रचने की कोशिश की, तो ऐसा लगा जैसे न खुल के हँस पा रहा हूँ और न हँसी दबा पा रहा हूँ। इसे देखकर तो कोई भी ताड़ जाएगा, बंदा शर्तिया कब्ज से पीड़ित है, या आम आदमी पार्टी से निकाला हुआ कोई नेता, जो सिद्धांतों की बात करते हुए खिसियानी हँसी हँसता हुआ लगता है... खिसियानी बिल्ली खम्बा नोचे। लेकिन मैं यहाँ सेल्फी नोचने की मशक्कत कर रहा था।

क्या किया जाए... सेल्फी जम नहीं रही और चीज अत्यन्त जरूरी हो गई है, जैसे यही अपने जिंदा होने का एकमात्र सबूत है। इस बार मुँह बंद करके गालों से मुस्काने की कोशिश करता हूँ। हाँ, यह ठीक है। मगर चेहरा देखकर

मेरी ही हँसी छूट गई। अबे घोंचू, किसे बेवकूफ बना रहा है; जरा खुलकर हँस... मोदी सरकार का मंत्री नहीं है कि होंठ पूरी तरह सिलकर बैठ जाए। गौर से देखा, तो पूरा चेहरा ही भाजपा का घोषणा पत्र सा लगने लगता है कि जरूर कुछ दबा रहा है। अंत में बिना हँसे, निर्लिप्त सा रहने की कोशिश करता हुआ सेल्फी ले लेता हूँ। सेल्फी का जायजा लेता हूँ, तो चेहरा, चेहरा न होकर मृतप्राय कांग्रेस सा लगता है। भाई, सेल्फी ले रहा है, वैराग्य नहीं... मुर्दनी को छाँट, जैसे मोदी जी मंत्रिमंडल से मंत्रियों को छाँट देते हैं।

लो, छाँट दी। इस बार पहलवान की तरह हिम्मत जुटाता हूँ। मुँह तनिक ऊपर की ओर उठाया, दाँत दिखाए। कसम सेल्फी की, यूँ लगा कि सावन में हरियाली देख बौराया कोई गधा मुँह उठाकर रेंकने की तैयारी कर रहा हो। अब खुद की नजरों में तो गधा भी गधा नहीं बनना चाहेगा, फिर मैं तो चलता-फिरता इंसान था। मुँह घुमाकर इंसान बन गया। एकबारगी खयाल आया, कैंसिल ही कर दें सेल्फी; क्या रक्खा है सेल्फी में... कौन शादी के लिए प्रस्ताव भेजना है कहीं; कौनसे अच्छे दिन हैं कि जिन्हें देखना जरूरी हो गया है।

फिर यह सोचकर रुक गया, लोग क्या कहेंगे? पट्ठों का क्या है, सार्वजनिक दीवार पर मूत दो, बस में लेडीज को सीट न दो, सरकारी हॉस्पिटल के वार्ड में थूक भी दो या माँ-बाप को वृद्धाश्रम छोड़ आओ, तो कुछ नहीं कहते; सब नॉर्मल लगता है... हद से हद समय पर दोष मढ़ देते हैं कि समय ही ऐसा आ गया है, लेकिन सेल्फी न लो तो स्साले ऐसे अचरज से देखते हैं, गोया कोई पन्द्रहवीं शताब्दी से सीधे इक्कीसवीं सदी में प्रवेश पा गया हो।

ओफ़्फ़! पसीना-पसीना हो उठा इस चक्कर में। सेल्फी लेना कोई आसान काम नहीं है। पहले फोटो के बैकग्राउंड में कोई प्रिंटेड चद्दर, तौलिया, कंबल, सफेद दीवार, बाग-बगीचा, ताजमहल, समुद्र, घास, फूल, हरी-भरी वादियाँ होती थीं; आजकल बैकग्राउंड में, टक्कर मारने को उतारू भैंसा, साँड़, डुबोने पर आमादा समुद्री लहरें, ट्रेन के गेट पर खड़े होकर खतरों से जूझते हुए, गिरती हुई इमारत, दहाड़ते शेर-चीता, बाढ़, भूकम्प, आग, दरकता पहाड़, गहरी खाई इत्यादि जरूरी हो गए हैं; तभी सेल्फी मुकम्मल मानी जाती है। खतरों का खेल है सेल्फी। लेने वाले खतरों के खिलाड़ी, बल्कि इन्हें सेल्फी के खिलाड़ी कहना चाहिए। कहीं कोई डूबता दिखे, तो एक सेल्फी से भरा सेल्फिश मन कहता है, चल बेटा सेल्फी ले ले रे!

सेल्फी मैनुअल्स के अनुसार, अगर आप आग में घिरे हैं, खाई में गिर रहे हैं, पानी में डूब रहे हैं, दुर्घटना में घायल हो रहे हैं; तो मौका ए वारदात का सेल्फी के साथ पुख्ता प्रमाण दें।

ले सकते हैं ऐसी सेल्फी... कोशिश जारी है; अब चाहे जान जोखिम में ही क्यों न डालनी पड़े!

तुम्हारा मोआब, हमारा फोआब

बम, अणु बम, परमाणु बम वगैरह तो बमों के नाम-प्रकार सुने थे, लेकिन अमाँ, यह पहली बार सुन रिए हैं कि बमों के भी माँ-बाप होते हैं। यह बमों के बम होने से इस बात का संदेश अधिक है कि एक देश के पास बमों की माँ है, तो दूसरे के पास बमों का बाप। खैर, बिना माँ-बाप के तो दुनिया बम-बम कैसे हो सकती है। औलादें बिखरी पड़ी हैं। ये देश अमेरिका-रूस के अलावा कौन हो सकते हैं, जिनका बर्ताव उस जेलर की तरह है, जो कहता है कि 'आधी दुनिया इधर आओ, आधी उधर जाओ।' ये परस्पर अपनी शक्ति और वर्चस्व का इजहार भी इस तरीके से करते हैं कि एक कहीं दूसरे के पिछलग्गू देश को पीट देता है, दूसरा पहले द्वारा पालित-पोषित देश को निपटाने में लगा रहता है। एक ने कहीं मोआब अर्थात् 'मदर ऑफ ऑल बम' डाल दिया, दूसरे ने ले तेरे की जवाब में 'फादर ऑफ ऑल बम'। इस प्रकार बड़े-बड़े बम पटकना इनके लिए शांति के यज्ञ में हवन की तरह है।

अमेरिका ने पिछले दिनों अफगानिस्तान में दस हजार किलो का बम मोआब अर्थात् मदर ऑफ ऑल बम पटका। बमों की माँ को इस बात की फिक्र कहाँ कि इतने बड़े बम ने सिर्फ छत्तीस आतंकियों का खात्मा किया। उसकी घुड़की तो चीन, पाक, उत्तरी कोरिया, रूस वगैरह को ज्यादा रही कि सब औकात में रहें, वरना उसके पास मोआब है! जवाब में रूस ने सीरिया में फोआब दे मारा अर्थात् फादर ऑफ ऑल बम; यानी सब बमों का बाप। इस बात से रूस को भी क्या मतलब कि बम इत्ता बड़ा और आतंकी भेंट चढ़े सिर्फ चालीस। बमों के बाप के नाते कम से कम आतंक की आधी फसल तो तबाह हो ही जानी थी, लेकिन उसे तो यह बताना था कि बमों के रिश्ते में हम सबके बाप होते हैं। जहाँ

तक बमों की रिश्तेदारी का सवाल है, इस लिहाज से पाकिस्तान जैसे देशों का भी 'सन ऑफ बम' का दावा तो बनता है। चीन, फ्रांस, इंग्लैंड, उत्तरी कोरिया, इजराइल जैसे देशों के पास इन बमों के मामा-मामी, मौसी-मौसाजी, चाचा-चाचीजी वगैरह हैं। बमों का पूरा कुनबा है दुनिया में।

खैर, अमेरिका-रूस जैसे देश मोआब-फोआब गिराकर भी कुल सौ भी नहीं मार पाते... इस मामले में पट्ठा पाकिस्तान कहीं बहुत आगे है। इतना रिलायबल कि वहाँ कोई भी पायजामे के नाड़े से हैंड ग्रेनेड, विस्फोटक पदार्थ बाँधकर ले जाता है और सौ-पचास को यूँ राख बनाकर उड़ा देता है। यह पाकिस्तान है जनाब! चलते-फिरते आदमी तक का भरोसा नहीं यूँ कि आदमी है कि बम। फट जाए तो बम, न फटे तो आदमी समझिए।

खैर, कहने का मतलब यह है कि जब बमों के भी माँ-बाप होने लगे, तो इनके संसर्ग से दुनिया में क्या पैदा हो सकता है। लगता नहीं, दोनों देश आतंक के सर्प का फन कुचलने का इरादा रखते हैं। कुचलने की बजाय, पूँछ दबाते रहना इनका प्रिय शगल है। दरअसल साँप को मारना इनका उद्देश्य ही नहीं है, ये तो उस कोयल की तरह हैं, जो मीठा बोलकर दूसरों के घोंसलों में बमों के अंडे देते फिरते हैं, फिर शांति कायम करने के लिए दबादब हथियार बेचते हैं। इनकी आयुध फैक्ट्रियाँ दिन-रात निर्माण में व्यस्त रहती हैं। हथियारों के पक्के सौदागर हैं; एक तरफ बारूद बेचते हैं, दूसरी तरफ शांति का अखण्ड पाठ चालू रखते हैं, जलवायु परिवर्तन के मुद्दे पर विकासशील, अविकसित मुल्कों को हड़काते हैं।

इनके द्वारा उत्सर्जित कार्बन में विकास जन्मता है; दूसरे मुल्कों का कार्बन सीधे ओजोन परत में छेद करता है। मजेदार बात देखिए, ये देश अपने परमाणु बमों को मानवता, सभ्यता, इंसानियत के प्रचार प्रसार की संज्ञा देते हैं। खुद के बम पर 'ओनली फॉर पीस' का ठप्पा लगाकर बेचते हैं और दूसरों के बम डिफ्यूज करने की फिराक में रहते हैं कि तुम्हारी नीयत में खोट है, कहीं पटकने के इरादे से बना रहे हो; हस्ताक्षर करो बे! गो कि बारूद के ढेर पर बैठकर अपने माचिस उत्पादन को अग्निरोधी कदम बताते नहीं थकते।

वैसे इसके उलट दुनिया में कुछ देश, जहाँ बरसों बरस से आतंकी गतिविधियाँ चल रही हैं, की स्थिति यह है कि इतने भारी-भरकम बम गिराने की बजाय दस-पन्द्रह हजार किलो राशन डलवा दिया जाए, तो खा-पीकर ही 'मर'

जाएँ। लेकिन वह अमेरिका-रूस ही क्या, जो भूखे मरते देश को भी हथियार न बेच दें।

डॉ0 हरीश कुमार सिंह

मोबाइल - 09425481195
ईमेल - harishkumarsingh2010@gmail.com
पुस्तकें - विभिन्न विधाओं की 8 से अधिक पुस्तकें प्रकाशित
पता - सी 1/9, ऋषिनगर,उज्जैन, म.प्र..

जिंदगी की रेलमपेल और रेलगाड़ी

आम आदमी और रेलगाडी का साथ रेल जितना ही पुराना रहा है।यात्रा के लिए गरीब हो या अमीर, अधिकतर रेलगाड़ी को ही चुनते आये हैं।रेलगाड़ी का इंजन ,सवारी डिब्बे और आख़री में गार्ड का डिब्बा मिलकर अनुशासन की पटरी पर मीलों लंबा सफ़र करते आये हैं।आदमी की जिंदगी और रेलगाड़ी एक जैसी ही हैं या यूँ कहा जाए कि अपनी रेलगाड़ी में पूरे देश की झलक ,जीवनशैली दिखाई देती है।रेलगाड़ी के कुल डिब्बों में जनरल या सामान्य डिब्बे ज्यादा होते हैं।इनमें एक दो वातानुकूलित डब्बे ,एक डब्बा महिलाओं या दिव्यांगों के लिए इंजन के पहले या बाद में हो सकता है।

रेलगाड़ी के जनरल डिब्बे की भीड़,गंदगी, बदबूदार टॉयलेट के बाद भी सब इसमें चढ़ने को ही बेताब रहते हैं।आम आदमी की कॉलोनी या मोहल्ला भी रेलगाड़ी का जनरल डिब्बा है, जहाँ रेलगाड़ी के जनरल डिब्बे जैसा ही माहौल और आलम है।जैसे जनरल डिब्बे में एक सीट पर कितने बैठेंगे इसका कोई नियम नहीं है ,कौन ऊपर की सीट पर पहले आकर पैर पसारकर सो जाएगा, या दो सीटों के बीच की जगह पर अखबार बिछाकर भी बैठा जा सकता है, वैसे ही आम आदमी की कॉलोनी का भी कोई खैरख्वाह नहीं होता है। कॉलोनी में भी कोई भी कहीं भी अवैध गुमटी लगाकर कब्जा कर सकता है, आपके खाली पड़े प्लाट पर कोई भी गुंडा नजर जमा सकता है या आपका पड़ोसी आपके घर के सामने कचरा फेंककर खुद के स्वच्छ होने पर गर्व कर सकता है ठीक वैसे ही जैसे महिलायें रेलगाड़ी के जनरल डिब्बे में संतरे खाकर, छिलके सीट के नीचे फेंकती रहती हैं। रेलगाड़ी के जनरल डिब्बे में गुटका,बीड़ी जैसी जीवनोपयोगी मूल्यवान चीजें बेचने वाले बिना खौफ घुस सकते हैं, चायवाला कई फेरी लगा सकता है

और बंबई की भेल से लेकर मूँगफली तक जनरल डिब्बे में ,चाहे कितनी ही भीड़ हो आराम से बेच सकते हैं।ऐसे ही आम आदमी की कॉलोनी में सब्जी बेचने से लेकर कालीन बेचने वाले, सब आ जा सकते हैं, किसी को कोई रोकटोक नहीं है। रेलगाड़ी के जनरल डिब्बे में पाकेटमार, सामान चुराने वाले भी दिहाड़ी रोजगार करते हैं, वैसे ही आम आदमी की कॉलोनी में दिन में बंद घरों के ताले चटक जाते हैं, तो सुनसान होने पर कोई भी घटना दुर्घटना हो जाती है ।

ऐसा भी नहीं है कि जनरल डिब्बे में कोई क़ानून व्यवस्था नहीं होती। रेलवे पुलिस आती-जाती रहती है, यह देखने के लिए कि कौन नया वेंडर आकर यात्रियों को अपना सामान बेच रहा है और उन्हें हफ्ता न देकर ,कानून की आँख में धूल झोंक रहा है। ठीक ऐसा ही कालोनी में पुलिस का रवैया होता है कि कौन उठाईगीरा, बिना पुलिस की जानकारी के वारदात कर उनकी जेब को चूना लगा रहा है। जनरल डिब्बे में टिकट चेकर, बिना टिकट वसूली का अपना कोटा पूरा करने के लिए कभी-कभी आकर टिकट चेक कर जाते हैं और सुविधानुसार रसीद काटना या न कटवाना, बिना टिकट पकड़ा आदमी के कॉमनसेंस पर निर्भर करता है। ऐसे ही कॉलोनी में भी कभी-कभी स्थानीय जनप्रतिनिधि आकर खैर खबर लेते रहते हैं, अपनी खुद की इमेज के लिए।रेलगाड़ी के जनरल डिब्बे में, बिना सुर ताल के चीख चीखकर 'तू देख तमाशा लकड़ी का' गाने वाले और पैसा माँगने वाले भी खूब मिल जाते हैं, ऐसे ही आपकी कॉलोनी में आजकल, किन्नर भाई, मर्जी या जबरदस्ती से वसूली करने के लिए स्वतंत्र हैं। ऐसा भी नहीं है कि रेलगाड़ी के जनरल डिब्बे में सब गड़बड़ ही गड़बड़ है, जनरल डिब्बे में आपस में जान पहचान, भाईचारा भी देखने को मिल जाता है। आप प्यास लगने पर किसी से भी पानी माँग सकते हैं, तो कई बार लालच में किसी अनजान की दी गयी कोई मिठाई खाकर, अपना सामान भी गवाँ सकते हैं। कॉलोनी में भी जेवर चमकाने, अलमारी ठीक करने वाले आते हैं और हाथ की सफाई दिखा जाते हैं। रेलगाड़ी का जनरल डिब्बा, देश की गरीब और मध्यम वर्ग की रोजमर्रा की जिंदगी का प्रतीक है ।

रेलगाड़ी में एक दो वातानुकूलित डब्बे भी होते हैं, जिनमें जनरल आदमी प्रवेश नहीं कर सकता। वातानुकूलित डब्बा उच्च वर्ग का प्रतिनिधित्व करता है और इस डब्बे में चढ़ते ही पूछपरख प्रारंभ हो जाती है।यहाँ साफ़ सफाई का उचित प्रबंध होता है... टॉयलेट में साबुन, पानी की भी गारंटी होती है। टिकट चेकर, जितनी सीटें हैं, उतनो को ही प्रवेश देता है।आजकल मोबाइल चार्जर का

पॉइंट भी दुरुस्त मिलता है इस डब्बे में।कुल मिलाकर यह डब्बा उच्च वर्ग की , परकोटे से बंद कालोनी है, जहाँ पूरी सुरक्षा व्यवस्था है। अनजान आदमी को प्रवेश, एंट्री करने के बाद ही मिलता है और ऐसा नहीं कि कोई भी मुँह उठाये, और कॉलोनी में घुसा चला आये।यहाँ रहने वाले अपने काम से काम रखते हैं; ये गरीब आदमी को हिराकत से देखते हैं और इनकी मुद्राएँ धीर गंभीर प्रकृति की होतीं हैं। यहाँ क़ानून व्यवस्था भी चुस्त दुरुस्त रहती है।

रेलगाड़ी का इंजन , देश के कर्ताधर्ताओं की याद दिलाता है और पूरी रेलगाड़ी की जिम्मेदारी इनकी होती है।सिग्नल को देखकर और आँखें खुली रखकर चलना होता है इन्हें। एक सिग्नल की अनदेखी पूरी रेलगाड़ी को बेपटरी कर सकती है।ठीक इसी तरह हमारे राजनेता, आदमी की जिंदगी की रेलगाड़ी के इंजन होते हैं।पहले इंजन काला हुआ करता था; आजकल इंजन काम तो वही करता है गाड़ी खेंचने का, पर इंजन के रंग बदले हुए हैं। इंजन के चालक, सबसे पीछे वाले डब्बे में बैठे गार्ड से नियंत्रित होते हैं। ये गार्ड, प्रजातंत्र में न्याय के मंदिर जैसा होता है और जब उसे लगता है कि कुछ गड़बड़ है तो आपातकालीन ब्रेक भी लगा सकता है। गार्ड और चालक, सामंजस्य से रेलगाड़ी को गंतव्य तक ले जाते हैं और कभी-कभी इनका तालमेल गड़बड़ा जाता है तो दुर्घटना हो जाती... है जैसे विधायिका और न्याय के मंदिर आमने सामने होने पर, रेलगाड़ी के लाइन से उतरने का डर बना रहता है। किसी किसी रेलगाड़ी में महिलाओं के लिए अलग से जनाना डिब्बा तथा दिव्यांगों के लिए भी आरक्षित स्थान रहता है।असल जिंदगी में भी कमजोर के लिए स्थान सुरक्षित हैं और रेलगाड़ी की तरह ही यहाँ भी, अनधिकृत रूप से प्रवेश करने वाले बहुतायत में मिलेंगे। आपातकालीन स्थिति के लिए रेलगाड़ी में जंजीर खेंचकर रेल रोकने का भी प्रावधान होता है, मगर इसका उपयोग भागने के लिए चोर उचक्के, या स्टेशन के पहले सिग्नल पर उतरने वाले ही ज्यादा करते हैं। ठीक इसी तरह जिंदगी में कायदे कानून का इस्तेमाल कुछ लोग अपने बचाव के लिए करने के बजाय, दूसरों को प्रताड़ित करने के लिए करते हैं।

रेलगाड़ी की दुर्घटनाओं में आजकल इजाफा हो रहा है, क्योंकि पटरियों के रखरखाव की समस्या है; काम करने वाले भी कम हैं। जिंदगी में भी आपाधापी बढ़ रही है तथा दुर्घटनाएँ कभी भी हो जाती हैं। भारी भरकम बजट के बाद भी रेलगाड़ा, बेपटरी हो जाती है, तो जनता के लिए हर वर्ष बजट होने के बाद भी शिक्षा चिकित्सा समान नहीं हैं। आम आदमी की जिंदगी में रेलगाड़ी के जनरल

डिब्बे की चिकचिक-झिकझिक है, तो उच्च वर्ग की जीवन यात्रा, वातानुकूलित डब्बे वाली सुकून की यात्रा है।इसलिए जिंदगी का सफ़र और रेलगाड़ी से यात्रा एक जैसे ही हैं। अपने गंतव्य पर उतारकर रेलगाड़ी आगे बढ़ जाती है, वैसे ही जिंदगी में भी हम कई बार चढ़ते उतरते हैं... और सफ़र जारी रहता है।

संकट में विचारधारा

विचारधारा को लेकर साहित्यकारों की आपसी खींचतान, गुटबाजी और एक दूसरे के विरुद्ध जारी बयानबाजी को देखते हुए, वर्तमान समय में एक साहित्यकार की क्या विचारधारा होनी चाहिए, विषय पर राजधानी के सुधी साहित्यकारों ने एक बैठक का आयोजन हमेशा की तरह कॉफी हाउस में रखा था। साहित्य जिनके भरोसे चल रहा है, ऐसा मानने वाले साहित्यकार पहले ही आ चुके थे और शहर के साहित्यिक डॉन... माफ करना, वरिष्ठ साहित्यकार श्री अंचल जी का इंतजार हो ही रहा था कि वो भी पधार गए। बैठक का प्रारम्भ, कहानीकार माने जाने वाले सर्किट जी ने करते हुए कहा कि इस समय यह हवा चल रही है कि साहित्यकार को व्यर्थ में किसी राजनीतिक विवाद, पचड़े या लफड़े में नहीं पड़ना चाहिए तथा साहित्यकार को किसी भी विचारधारा का गुलाम नहीं होना चाहिए। साहित्यकार को केवल साहित्य सेवा करना चाहिए। ऐसे में एक साहित्यकार की विचारधारा क्या हो या न हो, इस पर विमर्श करने के लिए सुधीजन एकत्रित हैं।

अपने आपको महान उपन्यासकार मनवाने के लिए कुख्यात श्री ज्ञानचंद जी ने सर्किट जी का बात का समर्थन करते हुए कहा कि वो खुद किसी भी विचारधारा के समर्थक नहीं है और उनकी अपनी खुद की विचारधारा है, जिसके आप सब ही नहीं, पूरी साहित्यिक बिरादरी भी कायल है। किसी विचारधारा से जुड़ जाने से नजरिया, सोच और लेखन संकीर्ण हो जाता है, तथा एक विचारधारा से जुड़ा साहित्यकार, कुएँ के मेढक के समान ही होता है और वह साहित्यिक प्रगति कभी कर ही नहीं कर सकता। किसी विचारधारा से जुड़ा साहित्यकार, महान तभी बन पाता है जब उसकी विचारधारा के समर्थक सत्ता में हों; अन्यथा उसकी साहित्यिक प्रतिभा दबी छुपी ही रहती है।

साहित्य की सभी विधाओं में ज़ोर आजमाइश करने वाले आलराउंडर साहित्यकार विभूती जी ने कहा कि उदारीकरण के वर्तमान दौर में साहित्यकार में हर तरह की विचारधारा को आत्मसात करने की विलक्षण क्षमता होना चाहिए। वह साहित्यकार ही क्या जो समय के साथ एडजेस्टमेंट न कर सके। मेरी राय तो यह है कि हमें सभी विचारधाराओं को सम्मान देकर या किसी भी एक विचारधारा से न चिपक कर देश की तरह धर्मनिरपेक्षता का चोला पहन लेना चाहिए। अब तक चुप बैठे अपनी प्रगतिशील विचारधारा के लिए प्रख्यात कविवर श्री चंचल जी ने कहा कि आप सब व्यर्थ की बकवास कर रहे हैं; प्रत्येक साहित्यकार ही नहीं, आम आदमी तक की अपनी विचारधारा होती है। लेखक पर किसी न किसी विचारधारा, या उसने कभी किसी महान साहित्यकार को देखा-पढ़ा हो तो किसी प्रसिद्ध साहित्यकार के व्यक्तित्व का प्रभाव अवश्य पड़ता है। बिना विचारधारा के एक साहित्यकार, बिन पेंदे के लोटे जैसा ही होता है। बिना किसी विचारधारा के लेखन नदी के प्रवाह के साथ बह जाने जैसा ही है और साहित्य की यह राह आसान भी है। यह सही है विचारधारा के साथ जुड़कर लेखन के अपने खतरे होते हैं और यह राह कठिन भी है फिर भी एक साहित्यकार को इन खतरों का सामना करना ही चाहिए तभी वह समाज को जागृत रख सकता है। नए युवा साहित्यकारों ने विचारधारा के मामले में मौन रहना ही ठीक समझा और विचारधारा पर फतवे के लिए अंचल जी की ओर देखा।

अब बारी वरिष्ठ साहित्यकार अंचल जी की थी। अंचल जी बोले कि हम साहित्यकार हैं, अतः राजनेताओं की तरह धर्मनिरपेक्षता की आड़ में जाति, धर्म, भाषा के दाँव नहीं चल सकते; इसलिए साहित्यकार होकर सभी विचारधाराओं का समान आदर करने या विचारधारा-विहीन होने का आवाहन भी नहीं कर सकते, क्योंकि उसके अपने खतरे हैं। अंचल जी बोले कि यह भी सही है कि यह समय विचारधारा के संकट का समय है और जिनकी विचारधाराएँ हैं, वो भी गंभीर संकट में हैं। जान है तो जहान है। जिंदा रहोगे तो ही तो साहित्य की सेना कर पाओगे और सम्मान-अवार्ड पाओगे। जो साहित्यकार यह कह रहे हैं कि साहित्यकार को और उसके साहित्य की किसी भी विधा को, किसी एक विचारधारा की रखैल नहीं होना चाहिए, मैं कतई सहमत नहीं हूँ; साहित्यकार की विचारधारा होनी जरूरी है, मगर साहित्यकार की विचारधारा क्या हो, तो विचारधारा के लिए अब हमें कुछ नए प्रतिमान बनाने होंगे।

आपने देखा सुना है कि जब आँधी – तूफान आते हैं, तो जो लंबे पेड़

अपने आपको तूफान के बहाव की दिशा में झुका लेते हैं वो टूटने से बच जाते हैं और तूफान गुजर जाने के बाद फिर से उसी शान से लहलहाने लगते हैं। आँधी में तन कर या अकड़कर खड़े रहने वाले पेड़ हमेशा के लिए समाप्त हो जाते हैं और उनका कोई अस्तित्व, नामलेवा नहीं बचता। अतीत में राजदरबारों के नौ रत्नों में एक साहित्यकार भी हुआ करता था, तो अब सत्ता या सरकार की विचारधारा अपनाने में क्या गलत है? आप देख ही रहे हैं कि सरकारी संस्थानों के उच्च पदों पर केवल विचारधारा को ही महत्त्व दिया जाता आया है। आप समझ रहे होंगे कि मैं क्या कहना चाहता हूँ। साहित्यकार की विचारधारा आवश्यक रूप से उस समय की सत्ता की विचारधारा ही होना चाहिए। अब साहित्य, सरकार का दर्पण है, को हमें अनिवार्य रूप से मान्यता देनी होगी। सबने अंचल जी की बताई गई विचारधारा से सहमति व्यक्त करते हुए जोरदार तालियों के साथ बैठक समाप्त की।

www.ingramcontent.com/pod-product-compliance
Lightning Source LLC
LaVergne TN
LVHW100812051026
849519LV00006B/2053
* 9 7 8 9 3 8 7 3 9 0 1 6 4 *